庫JA

〉

老ヴォールの惑星

小川一水

早川書房

5686

Cover Direction & Design 岩郷重力＋**WONDER WORKZ。**
Cover Illustration 撫荒武吉

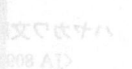

目次

老ヴォールの惑星

ギャルナフカの迷宮

地図を手に入れた。――三枚目の地図を。

シニガミボタルに覆われた白骨の下に、そのグリーンの紙片は落ちていた。私は震える手でそれを抜き出し、羽虫どもの放つ薄緑の蛍光にかざした。

紙片には簡潔な図が書いてあった。皿の印、コップの印、その二つを結ぶ曲がりくねった線。線には赤い丸が一つと、十ヵ所ほどの交差点が書いてある。それだけだ。方角や縮尺、交差点の他の枝道については何も書いていない。

間違いなかった。三枚目の「ギャルナフカの地図」だ。

私はそれを擦り切れたズボンのポケットに、大事に収めた。それから白骨を見下ろした。

死体を食らう忌まわしい羽虫どもに、皮も肉もあらかた平らげられてしまっていたが、頭蓋骨の頂上に開いた拳が入るほどのくぼみは見分けられた。右手には角のある石を、骨になってもなおしっかりと握っている。

自殺だった。床に溜まる地下水のような寒気が、急激に足首を這い登ってきた。祈りの言葉をかけることも忘れて私は駆け出した。死者が怖かったのではない。おぼろげな期待とともにあった将来の想像が、粉々に打ち砕かれ、あの白骨こそが自分の未来の姿だと、逃れようもなくはっきり感じられたからだ。

およそ四つも交差点を抜けただろうか。いや、五つだ。私の体にはいつの間にか、意識せずとも現在地を把握し続ける習慣が染みついていた。前後の傾斜と壁の岩層の色をしっかりと確かめ、最後の角を曲がった。

通路の行きどまりに小さな岩棚があり、浅い水盤のように水をたたえていた。その前に膝をつき、愚かきわまる浪費だと知りながら、ざぶりと顔を突っこんだ。

水の中で嗚咽《おえつ》した。

なぜこんな目に遭わなければいけないのだろう。どうしたらいいのだろう。これからどうなるのだろう。――そんな思いが取りとめもなくぐるぐると脳裏を巡った。

確かなのは一つだけだ。助けは、絶対に来ない。

私はここで、「地図」に頼って細々と命脈をつなぎながら、自力で事態を打開するしかない。これまでの三週間と同じように。これから何週間も。

何週間？　何ヵ月？　……何年？

顔を上げると、「生肉喰い」の危険も忘れて私は叫んだ。

「助けてくれ！　お願いだ、誰か私を、助けてくれぇっ！」

絶叫は殷々《いんいん》と反響して迷宮の奥に吸いこまれていった。もちろん、誰の返事もなかった。

私はぼとぼと涙を落とし、三週間前に私をこの「迷宮」に追いこんだ連中のことを思い出して、いつまでも女々しく恨み言を垂れ流した。

●

「投宮刑に刑期はない」

冷たい風の流れ出してくる縦穴の上で、高圧警棒を持つ二人の刑務官を従えた執行官が言った。

そこは拘置所の奥の狭い部屋で、天井に滑車が取り付けられ、一枚の板が縦穴の上に吊り下げられていた。それが簡単なエレベーターであり、穴の底に私を運ぶものであることは一目でわかった。

「エレベーター」を見ていた私は、精一杯の虚勢を込めた笑顔を執行官に向けた。

「無期刑ってことですか？　仮釈放はないのかな」

「無期刑とは違う。刑期は、おまえ自身で決めることができるのだ」

「よく意味がわかりませんが」

「すぐにわかる」

顔の上半分を隠した執行官は、口元に薄い笑みを浮かべて言った。この頃になってもまだ私は、逮捕とそれに続く一連の法的手続きに現実感を持てず、有罪宣告を他人事のように受け取っていた。きっと何かの手違いか、でなければ刑罰というのは形式的なもので、あっさり町に戻れて拍子抜けすることになるのだろう、と期待を抱いていた。

後で考えたら、それこそ甘すぎる考えだった。私は自分の国の政府が、公正で賢明な人々によって治められていると思っていたのだ。確かに私の国は、公徳と友愛が国民の多くに行きわたり、近隣諸国の泥沼のような戦いに巻きこまれずに済んでいる国だった。しかしその平穏の代償に何が失われているのか、私はまだ知らなかった。

投宮刑についても無知だった。——それが実行される「ギャルナフカの迷宮」について、政府がほんのわずかしか公表していなかったせいもある。そこはおよそ二十年前に、治安関係の高官であるG・ギャルナフカ博士が建造した、政治犯用の牢獄だ。刑事犯罪者は別のところに送られると聞いており、それもまた私が危機感を覚えなかった理由だった。

「これがおまえの持ち物だ」

執行官が差し出したのはグリーンの紙片だった。私はそれをよく見もせずポケットに突っこんで、他に渡されると予想した、着替えや懐中電灯などを待った。——が、執行官は両手をマントの中に収めて、それきり何も出さなかった。

「これだけですか？」

「それで十分なのだ」

「はあ……」

首をひねる私の前で、執行官は時計も見ずに宣告した。

「遷王暦六十五年五月十八日午前十二時零分、テーオ・スレベンスの投宮刑を執行する。さあ、行け」

私はまだ半端に笑ったまま、滑車から下がるロープをつかんで板に乗った。穴の中を見たが、暗くて何もわからなかった。刑務官たちがウインチを操作し、私は地底への降下を始めた。

ゆっくりと降りていきながら、私は早くも——半ばは頭の体操のつもりで——脱獄の算段を始めていた。この縦穴は差し渡しが二メートルほどもある。大きなドリルか何かで掘ったのか、壁面はつるつるの岩盤だ。つまり、両手両足をつっぱってよじ登ったり、壁に何かを突き立てることは不可能だ。

では、この「エレベーター」が昇るときに乗るのはどうだろう、と考えた。重みのせいでばれてしまうかもしれないが、刑期を終えた囚人に同乗させてもらえばごまかせるかもしれない。――あるいは、その幸運な誰かを引きずり下ろして入れ替われば。

しかしその考えもすぐに否定された。十分ほどたって板が底につくと、つかんでいたロープがぐにゃりとゆるみ、ばさばさと頭の上に落下してきたからだ。連中はロープを根元で切ってしまった。

周りの床を見ると、何十もの板とロープが散乱していた。つまり……つまり、この「エレベーター」は使い捨てなのだ。昇ることはないのだ。

背中がひやりとした。冗談ごとじゃない、と初めて思った。

それから私は、地の底のここで周りの様子が見えることの不思議に気がついた。光のやってくる天井を見上げた私は息を呑んだ。

そこには一面の星雲が広がっていた。幾百万の星々とも見まがう、薄緑の光の渦。目を凝らすと個々の光点の形がわかった。虫だ。ホタルのような小さな虫が数えきれないほど張りついているのだ。

囚人の立場も忘れて、いっとき私は壮観に見入った。そのせいで、気づくのが遅れた。左腕を何かがぐいとつかんだ。心臓が胸から飛び出しそうになった。

振り向くと、そこに老人がいた。青白い顔に真っ白な蓬髪とひげを伸ばし放題に伸ばし、ぼろぼろの布を胴に巻きつけた、ましらのように背の曲がった老人が――。

「来るんじゃ」

私が驚きのあまり立ちすくんでいると、老人は灰色に濁った目でキッとにらんで、さらに強い声で言った。

「来るんじゃ！　早うせんと、『生肉喰い《フレッシュ・イーター》』どもが来るぞ！」

意味はわからなかったが、ただ事ではない老人の気迫に押されて、私は手を引かれるままに駆け出した。

そこは広間で、あらゆる方向へ十以上もの横穴が伸びていた。老人はその一つの、入り口に岩がある横穴へと私を連れこんだ。岩の陰に隠れると、絶対に声を出すなと言いつけて、老人は「エレベーター」の方をうかがった。私もそれに倣《なら》った。

やがて……彼らが来た。

横穴の一つから五つほどの影が現れ、イタチのように低い姿勢でするすると地を駆けて、一斉に板とロープの小山を取り囲んだ。その手に、明らかに武器とおぼしき尖った石が握られているのを見て、私は総毛立った。

彼らは獲物がいないことにすぐ気づいた。一体ずつに分かれて周囲の横穴へ調べにいく。私たちのほうにも一体来た。私はそれが人間の男であることに気づいた。しかし――これが人間と言えるだろうか？　体毛は獣のように伸び茂り、四つ足で歩き、衣服らしいものは何もまとっていない。

よく見る余裕もなく私は頭を引っこめた。見つかったらおしまいだ、ということが痛いほどわかった。

と、そのとき――そばにいた老人が、古馴染みを見つけたようにひょいと出ていったので、私は肝を潰した。

「やあ……あんたらも新入りに挨拶しに来たのかね」

声も出ずにうずくまっていると、きしるような低い声が聞こえた。

「おらん。見なかったか、グンド爺」

「はてな、こちらには来なかったが……」

「ちっ。……見たら言うんだぞ」

「わかっとるとも」

ぺたぺたと足音が去り、もう逃げた、運のいいやつだ、という声がした。やがて一かたまりになった足音が遠ざかっていった。

私はどっと息を吐いた。脇の下がぐっしょりと濡れていた。

戻ってきた老人――グンド爺が、からかうように言った。

「よく悲鳴を上げなかったな。偉いもんじゃ」

「あれは……あれはなんなんです？」

「言うたじゃろ、生肉喰いどもじゃ。吊り板の音がするとやってきて、新入りを食らい、『地図』を奪う。あんたは運がよかった。わしが近くにいたからの」

「人間を食べるですって！　なぜ？」

「地図に記された餌場では、かつかつの食い物しか摂《と》れんからじゃよ」

グンド爺は皮肉な口調で言った。

「その食い物よりも、ガリガリのわしのほうがまずいと思われとるから、食われんわけじゃがな」

「ひどい……なんてところだ、人肉食が行われているなんて。法廷はこのことを知っているんですか？　執行官たちは？」

「あんな連中のことは忘れるんじゃな。わしらにはもう何の関係もない。それより、大事なのは地図じゃ。あんた、持っとるじゃろ？　見せてみい」

言われるままにポケットから地図を取り出した私は、それを老人に手渡す寸前、ハッとあることに思い当たって手を引いた。なんじゃい、とグンド爺が顔をしかめる。

「グンドさん……あんたはどうして私を助けてくれたんです」

「ん？　もちろん友好のためじゃ。人と人の関係は一に友愛あるべしとテルノンも説いておる」

わずかに視線を逸らして言ったグンド爺に、私は顔を寄せた。

「生肉喰いたちが地図を奪う、とさっき言いましたね。あんたの肉がまずくても、あんたの地図には価値があるはずだ。なのに見逃されたということは……あんた、もう地図を持ってないんじゃないか？」

老人はうーむと唸ると、きまりが悪そうな顔で言った。

「さといのう」

「やっぱり！　私の地図を奪うつもりだったな？」

「人聞きの悪い、借りるだけじゃ。見たら返すとも」

「それは、見ただけで十分役立つってことだな。それに、それほど地図が重要だということでもある。だめだ、あんたに地図は見せられない！」

「そんなこと言わずに頼むよ。わしゃあんたにいろいろ教えてやれるぞ」

老人はとりすがるようにして言ったが、私は心を鬼にして彼をはねのけた。

「人肉食いなんてものがいるってことは、ここは相当食糧事情が悪いみたいだ。グンドさん、すまないけど食べ物の目処《めど》がつくまではあんたも信用できない。ここで別れさせてもらう」

「助けてやったじゃないか！」

「恩は返すよ。でも、余裕ができてからだ」

地団太を踏む老人から離れて、私は逃げるように横穴の奥へ向かった。

物音のしないところまで離れると、私は地図を調べにかかった。

といっても、調べる必要があるほど複雑な代物ではなかった。両端に皿とコップの印のついた一本の線。途中に多くの脇道があり、真ん中近くには赤い丸がある。そこには横道とおぼしき十数本の枝があったから、あの広間だと見当がついた。

グンド爺はこれに餌場が記されていると言った。この時は思い当たらなかった。たぶん皿の印の地点だろう。するとコップは水場か。その二つが離れている理由に、この時は思い当たらなかった。

問題は、現在地が地図のルートの上にあるのかどうかわからないことだった。地図の線は見た感じではかなり精緻なので、広間まで戻ってすべての横穴を調べれば、おそらくこの地図に符合するルートが判明する。しかし、そちらにはグンド爺がいるし、あの生肉喰いたちに出くわす可能性もある。

ひとまず、今のここを基点に調査を始めることにした。

あらためて周りを見ると、この横穴は幅、高さともに二メートルほどの通路で、天井を支える柱や板などは何もなかった。ただ、露出した堆積岩の地層はかなり堅固な感じで、崩壊の心配だけはなさそうだった。

そして、前後ともに見える限りずっと、あの光る羽虫が天井にとりついている。それのおかげで地図が読めたし、何より暗闇の恐怖がないのが大きな救いだった。

差し当たり、人間以外の危険はないようだった。

「さて、探検を始めるか！」

私は、声に出してそう言った。探検——そうだ、これはこれで悪くない。観光地には、金を取って中を歩かせる鍾乳洞があるくらいなんだから。

それから三日の間に、私が抱いていた甘い予想となけなしの観光気分は、完膚《かんぷ》なきまでに叩き壊された。

迷宮は恐ろしく広大だった。私は「基点」を中心として、既知である「領土」を慎重に広げていったが、どれだけ進んでも似たような通路と交差点が続くばかりで、「外壁」とおぼしきエリアには行き当たらなかった。道筋を記録するのに、最初は地図の裏に爪でルートを刻みつけていたが、すぐにどちらの方向も地図からはみ出してしまった。迷宮は少なくとも東西南北二キロ以上にわたって広がり、その中に五十メートルから百メートルの間隔で無数の通路がクモの巣のように交錯しているらしかった。——迷宮全域にこの密度で通路が満ちているとすると、総延長は八百から三千キロメートルにもなる！

もちろん、その全部を踏破することはとうてい不可能で、せいぜい延長二十キロほどを歩き回っただけだが、計り知れない広大さだけはひしひしと感じられた。

「生肉喰い」の危険があるから、あまり大きな音を立てて走るようなことはできなかった。気休め程度の護身具として石を持ち、見通しのいい通路に出る前には必ず立ち止まって耳を澄ましたが、そのおかげで命拾いすることになった。

生肉喰いに出くわしたわけではない。――別の人間、つまり自分と同じ囚人に出会ったのだ。

ある角の前で警戒した私は、ぺたぺたと近づく足音に気づいて緊張した。逃げるか、戦うか。角からそっと顔を出して様子をうかがった私は、意外に思った。

相手は中年の女だった。街のどこにでもいるような、スカートとセーター姿の女だ。用心深く周りを見回し――それでも、生来の鈍重さは覆うべくもなく――無防備もいいところの様子で近づいてくる。

たとえ争いになっても大丈夫だと判断して、私はさっと通路に飛び出し、石を振りかざした。

その瞬間のことは、一生忘れられそうになかった。――女もハッと立ち止まり、険しい目付きで私をにらんで石を振りかぶったのだ。

その時生じたのは、抑えようもない恐怖と疑念だった。希望は自分でも驚くほどわずかしか湧かなかった。誰であれ同じ人間なのだから、言葉を交わし、事情を話し合い、協力して物事を為すべきだと頭ではわかっていたが、肉体を苛《さいな》む厳然たる事実がそれを阻《はば》んだ。

私は二十時間以上何も食べず、眠っていなかった。女もそれに近いか、より悪い状態のようだった。――だから、相手がそれを癒す方法を知っていたとしても、教えてくれるとはまったく思えなかったのだ。

私はかすれた声で言った。

「石を置いてください。攻撃はしません」

「あんたが置きなさいよ。そしたら私も置くわ」

「じゃ同時に置きましょう」

「それなら……いえ、いえ、だめよ。あんたのほうが力が強そうだもの」

「誓います、乱暴はしません」

「私だって誓えるものなら誓いたいわ。でも私はあんたに何もしてあげられないわよ。あんたは私を助けてくれる？」

無理だった。私はまだ自分の位置すら把握していない。

女はじりじりと後ずさりながら言った。

「何もできないみたいね。話し合っても無駄だわ。さよなら！」

そして身を翻すと、脱兎《だっと》のごとく駆け出した。

女の姿が見えなくなると、私は絶望してよろめいた。今のやり取りには人間らしさというものがかけらもなかった。ここはもう、人間社会ではないのだ！

失意のうちに迷宮をさ迷い歩き、私はさらに数人の囚人と出会った。どの場合も、石を手にする緊迫した対峙となり、その後の会話でもなんら得るものはなかった。――囚人のうち一人は餌場と水場を知っているといい、私が同じことを教えれば自分も教える、と取引を持ち出したが、私が何も知らなかったために、軽蔑したような顔で去っていった。

無為の彷徨がまる一日を過ぎたあたりから、どうにも耐えられないほどの疲労と眠気が襲ってきた。見通しのいい通路を選んでうとうとしたが、遠い足音がわずかでも聞こえると逃げ出したから、熟睡するどころではなかった。渇きと飢え、疲労と睡眠不足に悩まされ、私の体力と気力は急速に失われていった。道を知ろうとする努力もいつの間にかやめてしまっていた。

そして、死体を見つけた。飢えて倒れたらしい太った男と、それにびっしりとまとわりついた光る羽虫――一目見て私は逃げ出した。死！　死ぬのだ、ここでは！

三日目、消耗し果ててふらふらと歩いていると――ホクストルに出会った。

「止まれ！」

鋭く命じられて、私は顔を上げた。もうこの頃ではろくに警戒もしなくなっていた。

前方二十メートルほどのところに、痩せぎすの背の高い男が立って、木とロープで造った武器のようなものを構えていた。――武器！　ここへ来て初めて見る「道具」だ。

石ころ一つで戦うことなど思いもよらず、私は両手を上げて立ち止まった。

「攻撃しないでくれ、何もしない」

「最初に言っておくが、僕は誰のどんな言葉も一切信用しない。君が少しでも怪しいそぶりを見せたら容赦なく撃つから、そのつもりで」

またただ。むきだしの敵意と疑念。私は深々とため息をつき、後ろを向いて立ち去ろうとした。

するとと、思ってもいなかった声をかけられた。

「待ちたまえ。君は疲れきってるな。餌場と水場は見つけていないのか？」

「まだだ」

「では水をやろう」

私は振り返り、ぼんやりと彼を見つめた。

「……そんなことをして何の得がある？」

「何も。だが、僕は人間だ。人間が人間を助けたいと思うのが不自然か？」

まだ私は信用できず、目を細めて男を見ていた。すると彼は、ついてこいと言って歩き出した。

いくつかの角を曲がり、妙に暗い通路に入った。先を行く男の姿が闇に呑まれる。天井を見ると光る虫――シニガミボタルと名づけた――がほとんどいない。

行く手の闇から声がかかった。

「そこから八歩進んで右を向きたまえ。僕は奥から君を狙っている」

ふらふらと進み、右の壁に手を触れた。ぬるりとした冷たい感触。

水！

私は本能的に石壁に口づけし、犬のように舌を伸ばしてその生命の液体をすすった。下に溜まっている、と言われてひざまずき、それこそ動物のようにぺちゃぺちゃと地面をなめあげた。

それにつれて、驚くほど頭の中が澄み渡ってきた。今までどんなに自分がもうろうとしていたかよくわかった。

「好きなだけ飲んでくれ。ここはよそより多くて、僕一人では余るんだ」

その言葉を聞くうち、胸に熱いものがこみ上げてきて、喉が詰まった。

いつの間にか私はすすり泣いていた。男が穏やかに言った。

「つらかったんだな……かわいそうに」

「ありがとう。なんと言っていいか……この恩は一生忘れない」

「あまり感動されても困る。僕も、自分に必要なものは分けられないから」

私は顔を上げた。向こうへ行こう、と彼が促した。

薄明かりに照らされた通路まで戻ると、私たちは十歩ほどを隔ててしゃがんだ。彼は名を名乗った。

「ホクストル・セクトルだ。君は？」

「テーオ・スレベンス。テーオでいい」

「テーオ、君の地図を見せてもらえないか」

「それは……」

「好意で言っている。が、命令でもある。僕は君を殺せる立場だ」

否も応もなかった。私は地図をまるめて彼に放った。

地図に目を通したホクストルは、こちらには見せないように自分の地図を並べて、ふんふんとうなずいた。それから信じられないようなことを言った。

「君の餌場への道がわかったぞ」

「本当か!?」

「ああ。幸いこの曲がり方をする道を僕は知っている。何しろ二年もいるからな」

「二年も?」

ホクストルは私の地図に爪で道順を書きつけてから、顔を上げた。

「君はまだ数日ってところだよな。少し説明してやろう」

そして私は、この迷宮の恐るべき仕組みを知った。

「ギャルナフカの迷宮」は、餌場・水場・人間の三つが構成する、一定のルールに支配された世界だった。投宮刑を受けた囚人には各一枚の地図が手渡される。その地図はそれぞれ異なったもので、決して重複しない。つまり、迷宮内には囚人の数だけの餌場と水場がある。その総数は不明だが、囚人の数が変動しても余りや不足はほとんど出ないようなので、なんらかの方法で調整されていると思われる。

囚人が生き延びるためにはまず餌場と水場を発見しなければならないが、それは最初の足場を築くことに過ぎない。その二つを発見した時から熾烈な攻防が始まる。二つを守るための戦いだ。

わずかな例外を除いて囚人は武器を持っていないので、その戦力はほぼ等しい。一対一で出会った場合、技術・腕力の差などがあっても、無傷で勝利できることはまずありえない。命がけとなれば老人であっても壮年者の肉を嚙み切ったり、目を潰したりといったことはできるからだ。損害を避けるためには戦わずに離別するのが最も賢い。

そこで、餌場・水場に自分がいる場合には、他の囚人を遠ざけることができる。だがそこにばかりしがみついてもいられない。なぜならば餌場には水分がなく、水場には食料がないからだ。生きるためには必ず両方を往復しなければいけない。

移動が行われることで、囚人同士の接触や、いわゆる「空き巣」が発生する。そしてさまざまな問題が持ちあがる。動物の生存闘争そのものの戦いが。

ある者は何通りものルートを開拓し、できるだけ他者と関わらずに持ち場を往復しようとする。――しかし餌をかすめとられる危険は常にある。

ある者は二人か三人ほどで協定を結び、ルート上に危険があって通れない場合に餌を融通しあう。――しかし裏切られる危険は常にある。

またある者は餌場に数日粘って餌を溜めこみ、それから水場に移動してそこで何日も粘る。――移動の回数が減るので遭遇の危険も減るが、餌場をあけっ放しにするので数日分をまるごと奪われることもある。

そんなやり方がある一方、大勢で群れを作るという方法は、意外にもメリットが少ない。――すべての餌場では一日に一人分の餌しか手に入らないので、大勢を賄《まかな》うためには人数分の餌場を巡回しなければならないからだ。誰か一人を使いに出すのは、その一人が逃げる危険と背中合わせだからあまり賢いとは言えない。

徒党を組んで得になるのは、対人戦そのもので利益が出る場合――すなわち、「生肉喰い」たちのケースだけだ。

ホクストルが淡々と語る話を、私は驚愕しながら聞いた。ただの地下追放場だと思っていた迷宮に、こんな恐ろしい仕組みがあったとは。

私はホクストルの手にした武器――投石器と呼べるものだった――に目をやってため息をついた。

「それはどこから手に入れたんだ」

「作ったんだ。あの『エレベーター』の残骸から」

「それがあればここの王様になれるだろうに。あんたは謙虚なんだな」

「いや、臆病なんだよ。これで誰かを不当に殺せば、遠くないうちに噂が広まって僕は敵視される。それに人を殺してもメリットがあまりない。……だから、僕は正当防衛以外でこれを使ったことは一度もない」

「私も作っていいか？」

「止める手段はない。もっとも、引き金部分を自作できるとは思わないがね。これは僕のベルトのバックルで作ったんだ。見たところ君はそんなものを持っていないな」

「あっても無理だろうな。私は一介の教師に過ぎないから」

「教師？　教師がなぜ投獄されたんだ」

　ホクストルに不思議そうな目で見つめられて、私は苦々しく言った。

「授業をしたからだよ。——歴史や、地理や、政治の」

　正しい知識を教えたいだけだった。子供たちに危険な思想を吹きこむつもりなど毛頭なかった。歴史も地理も政治も、人間の過ちの記録と言っていいほど醜い学問だが、だからこそそれは役に立つ。そういったことを教えるのが国のためだと信じていた。

「単純な計算をしたんだ。周辺九ヵ国について農産物供給量と人口の比を算出。最下位だった」

「しかし飢え死にするほどじゃない」

「それは他の国では百年前の選挙公約なんだよ。そして他の国では、足りないものを足りないと言うことは奢侈《しゃし》ではないんだ。むしろ足りないものを得ようとする心が発展を促すと説明した。すると次の週に統制官が来て、私に反社会罪の容疑を告げた」

「君だけで済んだのか。生徒は？」

「生徒が通報したのさ」

ホクストルは少し沈黙し、今までよりもっと同情のこもった口調で言った。

「僕も似たようなものだ。僕は医師でね。ある難病の画期的な治療法を見つけたことで捕まった。やっぱり反社会罪だ」

「病気を治しても捕まるのか」

「それが、一種類の血液型の患者にしか使えない方法でね。助からなかった他の血液型の患者の遺族に訴えられた」

私たちはため息をついた。いろいろな後悔の混ざったため息だった。

「政府はどういうつもりなんだろうな、私たちをこんなところに閉じこめて。普通の刑務所よりもよっぽど費用がかかっただろうに」

「あの政府が深く考えているとは思えないなあ。単に隔離したいだけじゃないかね」

私たちは皮肉な笑みを交わし合った。

さて、とホクストルは立ち上がり、私に投石器を向けた。

「僕はこれから自分の餌場に行く。悪いが、ついてこないでくれ」

「そんなもの向けるなよ。私が悪人に見えるか？」

「見えない。でも、僕が君なら相手についていって餌場を調べ出す。言っただろう、信用しないって。……それがこの二年で学んだ僕の知恵だ。悲しいことだがね」

私は立ち上がり、精一杯の誠意をこめて訴えた。

「ホクストル、あんたは命の恩人だ。傷つけないから、信用してくれ」

「テーオ……忠告しておく。甘さは命取りだ。特に地図は他人に見せるな。僕も見ないほうがよかった、いざというときに君の取り分を奪ってしまうかもしれない」

「地図がそんなに大事か？　複数の餌場を押さえても回りきれないんだろう？」

「大事だ。なぜなら、それはただ一つ、一人で複数の生存マージンを持てる方法だからだ。──忘れるなよ、仲間は作っても地図は見せるな」

そう言ってホクストルは去っていった。

私は、親しくなれると思った彼の峻厳な拒否に、呆然として立ちすくんだ。

●

──そして三週間。白骨から逃げ出した私は力なくへたりこみ、身をもって知ったこの世界のルールをかみしめていた。

囚人同士の間にあるのは、常に緊張をたたえたにらみ合いだった。ぎすぎすした関係に耐えられず、一度だけ石を置いて友好を求めたこともあったが、私が両手を挙げた途端、相手――十代の少年――は勝ち誇った顔で石をかざし、飛びかかってきた。揉み合いになり、頭を殴りつけてからくも逃げ出したが、彼がどうなったかはわからない。

そして私は石を手放さなくなった。

そんな状況でも、一度ならず集団で移動している囚人たちを見た。最初の疑惑をどうやって乗り越えたのかがしばらく疑問だったが、やがてわかった。――「群れ」の連中には例外なく屈強な男のリーダーがいて、他の弱い女や若者を従えていたのだ。最初の出会いを腕力で乗り切るのが、そんな小集団を築く方法だった。だからそれらの集団には必ず不平等な上下関係があった。

ここには、どんな意味でも「友好」などというものは存在しないのだった。

数十分もすすり泣いただろうか。私は立ち上がり、とぼとぼと歩き出した。腹が減ったのだ。どんなに悲しくとも絶望しようとも、私が空腹を忘れられたことはなかった。その情動がなければとうに私は動く気力を失って衰弱死していただろう。私は自らの浅ましさに生かされているのだった。

無意識のうちに岩の形、地層の傾斜を見つめて、方角を読み取る。これは私が為した最大の発見だった。「迷宮」は全体が水平に作られているのに対して、地層は北西から南東方向に向かってごくわずかに傾斜しているのだ。つまり進むにつれて壁の色が変わる。このことは迷宮全体の中で自分がどこにいるのか、どちらを向いているのかを知る手がかりになったし、地層のわずかな屈曲や収縮を知ることで——それは通路に断ち切られはしても、はるか遠くまで連続しているから——もっと厳密な位置決めにも応用できた。

それと、地図。私は先ほどのことを思い出して拾った地図を取り出した。それに、すでに持っていた二枚を重ねて、虫の明かりに透かしてみる。

期待したとおり、数ヵ所の交差点が重なった。これで、新しい餌場への道と、今までの餌場への迂回路の両方が手に入ったことになる。やはり地図は貴重なもの、それも数が増えれば増えるほど有利なものだった。これを二度続けて死体から入手した私は、かなりの幸運だといえた。

しかし、そんな瑣末な幸運など……。

一体、この粗暴で原始的極まりない世界で、食べ物を手に入れて生き延びることに、どんな意味があるのだろうか？　地上での暮らし——新しい知識を学んで子供たちに教え、隣人や友人、同僚との会話を楽しみ、うまいものを食べ、ともしびの燦然と輝く街を歩き、あるいは休暇に高原へ出かけて、澄んだ空気と青い山並みに浸る——そういった暮らしと比べて、どれほどの価値があるというのか？

そうか……と私は暗然と悟った。そんな価値のない、索漠とした生を過ごさせることこそが、この刑罰の意味なのだ。

閉じこめることでも、死の恐怖を与えることでもない。生の価値を剝奪することが投宮刑なのだ。

止まった涙が、またあふれてきた。私は前もよく見えないまま、子供のようにえずきあげて、餌場への道を歩いていった。

通路を渡り、最後の角を曲がる。餌場には柔らかい土が敷かれ、正体のよくわからない、焼く前のパン生地にも似た菌類のようなものが一日に一度生育する。それが囚人の命の綱となる食料だ。

餌場に入って顔を上げると、垢《あか》じみた大男が若い女を床に押さえつけ、石板のような手で口を塞いで二の腕に嚙み付いていた。

一瞬、私とそいつは正面から見つめあった。そいつは身構えていなかったから、心底驚愕したのだろう。まったく備えをしていなかった私と同じように。

生死を分けたのは武器へのこだわりだった。おうっ！　と叫んで床に置いてあった石をまさぐった男に、私は体ごとぶつかっていったのだ。

男はもんどりうって転がった。すかさず私は馬乗りになった。急所はどこだとか、声を立てさせてはまずいとかいったことは頭から吹き飛んで、ただものすごい恐怖に駆られて、男の前髪をつかみ、しゃにむに後頭部を床に打ちつけた。

十回を超えたあたりでぐしゃりといやな感触がして、男が電撃を受けたように痙攣した。

驚いて手を離すと、男の頭から赤黒いものが流れ広がり、痙攣がゆっくりと収まっていった。

殺してしまった。はっはっとせわしなく息を吐いて、私は心臓の激しい鼓動が収まるのを待った。

不意に背後からするりと腕が伸びてきた。のどに何かが巻きつき、凄まじい力で締め上げた。女だ！　私は自分の迂闊《うかつ》さを呪った。命の恩人に牙を剝くことは、ここでは常識だというのに。

慈悲など微塵も期待できなかった。戦って、勝つしかない。

ところが、悲壮な決意を固めた割には、戦いの帰趨はあっけなく決した。――相手を背中にぶら下げたまま渾身の力をこめて後ろに跳ね、背後の壁に叩きつけてやったところ、うめき声とともに首絞めがゆるんだのだ。

すかさず振り返って、相手を押し倒して馬乗りになった。だが、ためらった。

相手は女というにはあまりにも若かった。二十歳も出ていないだろう。まだ丸みの残る顔を苦痛にしかめている。髪は古いほうきのようにバサバサの金髪で、半袖のシャツとズボンに包まれた体も痛々しいほど細い。

ただ、敵意だけは一人前だった。きつく閉じていた目が大きく開き、ぎらぎらとした光をたたえて私をにらんだ。

「殺しなさいよ、今すぐ！　あんたは生肉喰いじゃないんでしょ⁉」

私は沈黙した。すると娘は唇を尖らせ、プッと私の胸に唾を吐いた。

「まだ外の常識が抜けてないの？　言っとくけど、その手を離したらすぐにあんたを殺すからね。それがいやならさっさと殺すことね」

罵声を浴びつつ、私は懸命に考えていた。いくら敵同士だといっても、こんな娘まで殺したくはない。だが、見逃してやったところで和平は結べない。何か、何か解決の方法は――

そのとき、かすかな光が脳裏に閃いた。

「……契約を結びたい」

「契約？」

「そうだ。私があるものを提供する。代わりにおまえは私の隣人になってくれ。仲間や友人でなくてもいい。ただ、出会ったときに警戒せず、正常な人間として接し合える相手になってくれ」

「はあ？　何言ってるの、あんた」

娘は馬鹿にしたように目を細め、舌を出した。

「何を提供できるって言うのよ、手ぶらのくせに。第一、あたしがうんと言えば信用できるの？」

「できる。おまえはこれが必要なはずだからだ。――自分の位置が」

賭けだった。娘がまだ年若くて知識が少ないこと。今まで一人で生き延びられたわけがなく、必ず誰かの助けを借りていただろうこと。それがたぶん、さっき殺した男だったろうこと。――そして、まさに裏切られたばかりだっただろうこと。それだけの想像を頼りにした賭けだ。

娘は何度か瞬きし、ヒステリックに笑い出した。

「あははは、誰がそんなこと信じるもんですか。太陽も磁石も標識もないこの迷宮で、どうやったらそんなことがわかるっていうの」

「ここは『広間』の北西に位置している」

娘が笑いを収めた。

「広間までは直線距離で八百メートル、道のりで一キロ七百。私は他に二つの餌場を知っていて、それらは広間の真西一キロと、西南西一キロ六百の位置にある。餌場は迷宮の北西、水場は南東に多いようだ」

「……そ、そんなハッタリ、誰が信じるって」

私は娘のズボンのポケットに手を突っこみ、抵抗する間も与えず地図を抜き取った。素早く自分の地図と重ねて、すぐに閉じる。

「おまえの餌場はあっちだな」

一つの方向をはっきりと指差す私を、娘は驚きの眼差しで見つめた。

「ほ……本当にわかるの？」

「本当だ。これがどれだけ有利なことかは、おまえにもわかるな」

「……どうやってるのよ」

「その方法は絶対に言えない。が、おまえが契約を結んでくれるなら、その時々で位置を教えてやる。どうだ」

娘の眼差しから、憑き物が落ちたように敵意が消えていた。代わって浮かんだのは、頼れるかもしれない、頼りたいというかすかな期待の色だった。

どうだ、ともう一度言って、娘の両腕から手を離した。娘はさっと手を伸ばして石を取り、振りかざした。機先を制して私は言った。

「脅したら教えないぞ」

「く……」

「私を殺して奪えるものじゃない。おまえにできるのは一つだけ、私を言う気にさせることだ。私が求めるのはさっき言ったとおり、普通の『隣人』。考えてみてくれ」

私はそろそろと娘の体から降りた。かわいそうなほど痩せて飛び出した膝の骨が触れた。

私が三歩ほど下がると、娘は跳ね起きて走り出した。見えなくなる前に、「信じられないわよ！」という叫びが聞こえた。

およそ三日後、私がその餌場に戻ると娘がいた。私を見るとふてくされたような顔で、ロムドをどうしたの、と言った。

「あの男か？　遠くに捨ててきたが、弔《とむら》いに行くか」

「冗談。生きてたらやばいなって思っただけよ」

「関係を聞いてもいいか」

「別に。捕まって、話し相手と見張りをさせられてただけ。あたしがくっついてたのは一応護衛になったから。でも、あの時はあいつ『餌』に飽きて、あたしを……食おうとした」

ぶるっと肩を震わせたので、抱き寄せてやろうとしたが、ものすごい目つきでにらまれたので手を引っこめた。

「それで……つらいことを聞くようだが、乱暴はされなかった？」

突然娘は笑い出した。腹を抱えて、愉快でたまらない、というように。

「あんたのほうが危なかったよ」

「え？」

「あいつホモだったの。だからあたしは逃げなかったのよ。でも、やっぱりアレね。同じ飼われるなら、ホモよりもまともな男のほうがましだわ。あんたがそうだとしての話だけど」

それが彼女の休戦の提案だと気づくまで、少し時間がかかった。私は一歩だけ近づいて言った。

「じゃあ、契約してくれるんだな」

「指一本触れないって条件で」

「結構だ。しかしこちらも条件がある」

「何よ」

まだ何かあるのか、という目で娘はにらんだ。私は片手を差し出した。

「飼うんじゃない、『隣人』だ。そこのところをはっきりさせておいてくれ」

「……似たようなもんだと思うけどね」

握手のつもりだったが、娘はパン！　と私の手を叩いた。

それから一気に力が抜けたというようにへたりこみ、恐怖から脱したばかりの人間がよく見せる、あの上ずった早口のしゃべり方で言った。

「そうと決まったらそれ食べさせてよ。あたし三日もなんにも食べてないのよ、あのあとすぐ近くで座りこんでたから。怖かったし、道わかんないし、これ食べちゃったらあんたが怒るかもしれないし。隣人だったらそれぐらいいいよね？」

私はかたわらの土の苗床に目をやった。三日かかってふくれあがった、生白いパン生地のような「餌」が、手も付けられずに置いてあった。

「全部食っていいよ」

ここにナイフとフォークがないのは幸いだった。——それがあれば一緒に噛み砕きそうな勢いで、娘は餌を平らげてしまった。

タルカ・アトワルカが投宮された理由も取るに足りないものだった。「契約」を結んでからしばらくは互いの身の上を語る時間となったが、ものの三十分もたたないうちにその件は話し尽くしてしまった。彼女は学校で友人たちと語らって徴兵制度実施への反対運動をやり、憲兵が来たときには彼女だけがやったことになっていた——それだけだ。

「準校でそんなことをしたって、授業妨害ぐらいの罪だろうにね」

「頂校よ。いくらなんでも義務教育の歳で捕まるはずがないでしょ」

私たちはしばし見つめあい、改めて年齢を確かめ合った。タルカは二十一歳、私は三十一歳だった。それからタルカは女の歳を見誤る罪悪についてひとくさりぶった。

この話し合いでも、投宮刑の明確な目的はやはりわからなかった。が、彼女は元々そういうことに興味を持っていなかった。タルカが気にしているのは刑の目的よりも有効性だった。

つまり、脱出が可能かどうかということだ。

めに」

「出口を探すのよ」

タルカは宵闇のような黒い輝きを瞳に宿して言った。

「それを第一の目的として行動しましょう。生き延びるのも歩き回るのも、すべてそのために」

「出口がなかったら？」

「そんな断定ができるようになるのは十年先だと思うわ」

十年もそんな努力を続けるという彼女の気迫に恐れ入って、私は悲観論を引っこめた。

それから、私とタルカの新しい日常が始まった。日常——そう、その毎日は日常と呼ぶに値する暮らしになった。

大まかに区切った二時間ずつの睡眠を交互に取ってから、一日の行動を始める。まずは食事か水を飲むことだ。一ヵ所のものを二人で半分ずつ摂る。それから次の餌場に向かう。二つの胃袋を養うために、三回移動しなければならない。これに要する時間が大体半日ほどだ。しかし私たちは三回目の移動にはできるだけ多くの時間をかけることにした。新しい道の開拓のためだ。四ヵ所目に着くまでにはたっぷりと回り道をした。

新ルート開拓の最大の難点は記録だった。迷宮の道は数知れず、すべて暗記することは不可能だった。石炭や石墨の類《たぐい》は落ちておらず、地図に爪でつけたくぼみは数日で消えてしまう。これはなかなか解決できず、しばらくは二人の記憶をつき合わせて道を選ぶしかなかった。

位置と方角を調べ、他の囚人を避けつつ歩く探索が終わると、私たちは四ヵ所目の持ち場でその日を終えた。言うまでもなくこういった「時間」や「日」は勘に頼ったものでしかなかったが、それでも、二人で行動を共にしているとかなり正確なリズムができるものだ。一人でいるときにはただ体力の増減しか生活を規定するものがなかった。そのようにして「朝」に目覚め、「昼」に移動して「夜」に休むという生活――これが日常の日常たるゆえんだ。

「日常」は他の方面からも私に戻ってきた。服装や、入浴や、排泄といった行為に伴ってだ。一人でいるときは忘れがちだった瑣末な事柄も、二人だと大いに問題になった。まず服の損耗と体の汚れ。私もタルカも着替えなど無論なく、垢の浮くまま匂うままのひどい有様だったが、最初の数日はなんとか無視した。しかし四日目に私のほうが根負けして、自分が汚くて恥ずかしいのであまり近寄らないでくれ、と申し入れた。するとタルカは顔を真っ赤にして怖い顔で言った。

「男が恥ずかしいのに女が恥ずかしくないと思う？　自分をちょっとでも紳士だと思ってるならそれぐらい我慢して！」

以後私たちはその問題を存在しないものとして取り決め、妙な距離を取らないようにした。

排泄はある意味で命に関わる問題だったが、意外にもそれほど取り扱いは難しくなかった。迷宮は水浸しになっていない。つまり、水場の水は壁の穴から常に流れ去っているのだ。その穴を交互に使えばいいだけの話だ。「音」を気にして数十メートル離れるようになった点が、やはり日常の発露だった。それに一度、三日後の合流を約束してタルカが別行動をとったことも。——成人女性というものはその現象を男性には想像もつかないやり方で巧みに押し隠すものだが、さすがにドラッグストアなどないこの地では、人を遠ざける必要があるようだった。

そんな事柄を通じて私は発見した。すなわち日常とは、他者とともに暮らすことで生成されるのだということを。

この日常は、二週間目にタルカがすばらしいことを考え出して、より輝かしいものになった。——彼女は地図に針の先ほどの穴を開け、自分の金髪を穴から穴へと張り渡すことで、道を書き付ける代わりとしたのだ。それによって私たちは決して失われない記録という貴重な宝物を手に入れた。

その功績と引き換えに、彼女は私の宝物——位置を知る方法——を求めることもできただろう。しかし彼女はそうしなかった。理由はうすうす察しがついた。

この安定した「日常」は、一種のやじろべえ《モビール》なのだ。私という支点が、タルカというおもりをぶら下げることで成立している。私が有利な立場にある限り、モビールは立ち続ける。しかし、もしタルカが位置を知る方法を体得したら、タルカが私を頼る理由がなくなり、ひいては私がタルカを信用する根拠がなくなる。――それはモビールのおもりが支点と同じ足場を得ることだ。モビールは倒れてしまうだろう。

私はモビールを倒したくなかった。そして嬉しいことに、タルカもそのようだった。

私たちの探索は続いた。地図を埋める髪は十本になり、二十本になり、五十本になり、やがて数えきれない編み目となった。

それでも出口が見つかることはなかったが、その発展は私に、あることを考えさせるようになった。

一体、広いとはいえ有限の空間で、複数の人間がまったく出会わずに動き回ることができるものだろうか？　これが地上の街路だったら、そんなことは難しいし、起こりそうもない、といえるだろう。

しかしこの迷宮ではかなり長い時間、それが持続した。地上と違ってここでは、すべての人がすべての人を避けたからだ。人は人を避けるものだという常識ができあがっていて、それを侵すものは、それだけで危険な相手であると見なせるぐらいだった。これは神経質な考えではない。「生肉喰い」たちがいたからだ。彼らだけは獲物を求めて徘徊し、条件が許せば、相手を挟み撃ちにした。迷宮には数日に一度、逃れられない罠に陥った人の、決死の突撃、あるいは悲痛な命乞いの叫喚が響いた。しかしそれは外道たちの勝利の雄叫《おたけ》びで塗りつぶされるのが常だった。

私とタルカも二度、連中に出くわした。幸いにしてその二度とも体力があり、石を持っていたので、姿を見るや否や威嚇に出て、追いはらうことができた。――その時に、よく考えれば当たり前の事実にも気づいた。「生肉喰い」たちといえども他人は怖いのである。獲物の選択ができるうちは、単独行動の弱い個人を襲いたいと思っているのだ。私たちが二人でいることは、それだけで襲撃への備えになった。

これはまったくの推測に過ぎないが、私たちはこの時期もっとも孤立していたのではないかと思う。というのも、単独行動の囚人と出会うことも少なかったからだ。それは一つには、隠しても隠しきれない「二人分」の気配を警戒して他人が逃げるからであり、またそれとは矛盾するようだが、四つの目と四つの耳が、相手が気づくよりも早く相手を発見するからだった。――この辺りの、何人が生存に最適な集団なのかということについて、科学的に正確な答えを出していたなどと言い張るつもりはない。ただ私は、そうやって生き延びるのがかなり楽だったという事実を述べるだけだ。

しかし私たちは六週間目に、こういった「法則」あるいは「公式」の当てはまらないケースに遭遇した。

その日、私はある些細なことでタルカと言い争いをして――自分一人で、しかも彼女に見えないところで性欲を発散させることの、どこが「失礼」なんだ？――彼女と交差点一つ分ほど離れて、先行して歩いていた。

とあるT字路に近づき、耳を澄ましても何の音もしなかったので、私はひょいと角から顔を出した。その途端、拳ほどもある石がブンとうなって鼻先を通過した！

右手を見ると、懐かしいことに長身痩躯《そうく》の男が立っていた。肝を冷やしつつも、相手が相手だったので、なるほど待ち伏せという危険もあるのだなと考えることはできた。――生肉喰いほどの集団なら、多数の餌場を回る必要性から、あまり一ヵ所に留まれないだろうが。

私はそろそろと片手を挙げて言った。

「やあ、ホクストル……元気だったか」

「君か。そこをどいてくれ」

理性的な医師は、彼らしからぬ憤怒の色に顔を染めて言った。私はT字路の左手を振り返った。そこには、これも懐かしい、背の曲がった小柄な老人がうずくまっていた。グンド爺だ。

彼が手にしているものに、私の目は吸い寄せられた。「地図」だ。しかし、彼はそれを持っていなかったはずだが……？

「うたた寝してる間にやられた。知られてしまった以上生かしてはおけない。僕は生きるための正当な権利として、それを取り返す。テーオ、どいてくれ」

なるほど。私は背を丸めてへたりこむ哀れな老人と、投石器をぶるぶる震わせるホクストルを、交互に見た。

そこへ、異変に気づいたタルカがやってきた。私の横に顔を出してホクストルを見る。

「知り合いがいたなんて聞いていないわよ。一体どんな……ああっ？」

「おまえは！」

ホクストルが腕を動かすのを見て、私はとっさにタルカを来た道に押し倒した。初めて触れる肌の柔らかみと、野生動物のような濃い汗の匂いが鼻を突き、背後をブン！　と石が通り過ぎた。

ホクストルが苛立《いらだ》った叫び声を上げる。

「テーオ、そいつもこそ泥だぞ！　僕は二度も投石器を盗まれそうになった！」

「ここでは誰もがこそ泥だ。それだけで悪いとは決め付けられないよ。私とこの子は目下のところ同盟中だ。撃たないでくれ」

「同盟中……？　そうなると、君も敵に回ったということだな」

「別に今まで味方だったわけでもないだろう。他ならぬあんたがそう言った」

体を起こして角から覗くと、ホクストルは苦しげに唇を歪ませていた。胸が痛んだ。——結局のところ、彼はなりたくて非情な孤立者になっているわけではないのだ。

その時、私の中でわだかまっていたある考えが、不意に確かな形をとった。

私は振り向き、命乞いをするように這いつくばっているグンド爺に声をかけた。

「爺さん、恩返しのときだ。助けてやる」

「ほ、ほんとか？」

「ああ。代わりにその地図をくれ」

老人は刷毛《はけ》のような長い眉をひそめた。損得を必死に考えているんだろう。

もう一人はもちろん納得しなかった。

「テーオ……だめだ。君がそれを手に入れたら、僕は君まで撃たなけりゃいけなくなる」

「そうか？　これならどうだ。私の持ってる地図を一枚、代わりにあんたにやる」

ホクストルも眉をひそめた。投石器を構えたままゆっくりと言う。

「……どういうつもりだ？　君に何の得がある？」

「二つ三つあるな。あんたに恩を売れる、無駄な殺しを止めることができる、そして……いい、い、い、い、い、い、い、
この世界を変えることができる」

「なんだって？」

「いいか、よく聞け。『ギャルナフカの迷宮』を支配しているのは、疑心暗鬼の心だ。各々の持ち場を守り、他人に知られまいとする心だ。でも、考えてみろ。――もしすべての囚人が互いの持ち場をすべて知ってしまったら、どうなる？」

ホクストルはぽかんと口を開けた。振り返らずとも、他の二人が同じように間の抜けた顔をしていることはわかった。

明晰な頭脳を持つ男は正面から問いに答えず、何かに抵抗するように言った。

「机上の空論だ。もし誰かがそれを提案し、自分の地図を見せても、相手は笑ってそれを奪うだけだ」

「対等な立場ならな。しかし片方が最初から有利だったら、それを材料に取引ができる。たとえば、『現在位置を知ることができ』たら？」

「その話しぶりだと君はそれを見つけたようだが、あいにく僕も知っている」

「そうか。しかし四枚の地図と、道のりを記録する方法までは持っていまい」

この時も私は賭けをした。まかり間違えば口にした途端撃ち殺されるかもしれなかったが、四枚もの地図を持っていることをあえて明かした。――彼の人間性に賭けて。

ホクストルは青ざめた顔で後ずさり、投石器を下げた。賭けは勝ちのようだった。

私は、彼が答えなかったことを言った。

「全員が餌場を知り尽くせば、抜け駆けもくそもなくなる。失うものがなくなるんだ。そうなれば協同の余地だって生まれるだろう。人としての心を取り戻すこともできるだろう。生肉喰いに対抗することだってできる。……私は、ここに精一杯人間らしい世界を作り上げてみたい」

口にすると、よりはっきりと自覚できた。そうだ、それはいい。この殺伐たる辺土を、立派な人間社会に作り変えてやるのだ！　地上の法廷に、政府に対して、これほど痛快な仕返しもないじゃないか！

私は振り返り、呆然としているグンド爺に声をかけた。

「聞いただろう。あんたが仲間の第一号だ。賛同してくれるか？」

「わしゃ……わしゃそんな難しいことはようわからんがな、助けてくれるっていうならなんでもするよ」

「とりあえずそれでもいいよ」

私は苦笑し、ホクストルに向き直った。

「あんたはどうだ？」

彼が激しい葛藤に襲われていることは一目でわかった。降って湧いたようなこの提案を信じるか、それとも二年の間に培《つちか》われた生存のノウハウに頼り続けるかの葛藤だ。壁にもたれ、肩で息をし、じりじりと後ずさっていく。

だが、彼はとうとうその戦いに勝てなかった。

「すまない……僕は信じられない。今までいろいろな希望を抱いたが、ことごとく粉砕されてきた。もう……もう、苦しみたくないんだ」

そう言うと、がっくりと肩を落として背を向けた。私は声をかけた。

「ホクストル！　……持っていけよ。まだあんたが見てない地図だ」

丸めた地図を投げると、ホクストルは素早くそれを拾って、力ない足取りで通路の奥へ去っていった。

私が悲しい気持ちでそちらを見ていると、不意に肩をつかまれた。──タルカが、なんだか怒った子供のような顔でにらんでいた。

「なんなのよ、あなた。私に相談もなしでどんどん話を進めちゃって……」

「いや……すまん。私も今の今まで、考えをまとめていなかったんだ」

「ふうん……？　ま。この場の思い付きにしちゃ、いい考えだと思うけどね」

そう言うと、軽く顔を背けて、タルカはつぶやいた。

「なんでその爺さんが第一号なのよ……」

「それは成り行きで──いや待て、おまえが第一号になりたかったのか？」

どうでもいいでしょそんなこと、とタルカは背を向けた。私はこみ上げる笑いを抑えられなくなった。

グンド爺が、きょとんとした顔で言った。

「女連れはよく見るが、女に連れられている男は初めてじゃ」

「違う！」

私は笑いながら、タルカは真っ赤に怒った顔で、一緒に叫んだ。

いまや私たちは十分な目的を手に入れた。最終的にはここからの脱出——それがかなうまでは正常な社会の構築。さまざまな物質的な不便を補って、それは何よりも私たちに力を与えてくれた。

グンド爺に続く第二、第三の同盟者を、私たちはひどく緊張しながら探した。しかし、いくらもたたないうちに、その用心が杞憂《きゆう》であることが判明した。石を手にして脅えながら対峙した相手は、こちらの話を聞き、新社会の構想を知ると——そうでなくとも、私の仲間になればいくつもの有利な点があると知ると、拍子抜けするほどあっさりと同盟を承諾したのだ。たまたまそういう人に会ったのではなく、誰もが受け入れの素地を持っていたことは、五人、六人と仲間を増やすにつれて、ますますはっきりしてきた。

人は誰もが仲間を欲しており、気を張って一人だけで生きようとすることはとてつもなく困難なのだ——通路で顔を合わせたときに逃げる必要がなく、微笑みすら交わせるようになった人が増えるにつれ、私はその思いを確乎《かっこ》とした信念へと育てていった。

そんな順調な日々にも障害はあった。「生肉喰い」の存在だ。彼らがいる限りまっとうな社会の構築は望めない。自警団を作って威圧する？　不寝番を立てて避け続ける？　だめだ、そのような専業の労働者を置くキャパシティはない。迷宮の食料は各人が自ら採取できる分のみ——この厳然たる制約がある以上、生肉喰いを脅威でないものにしなければ、秩序だった社会の構築は望めない。

それは他の囚人たちも等しく望むところだった。私たちは数日ごとに集まって――各人が安全だと思えるだけの距離をお互いの間に置いて――話し合った。この頃には同盟者たちは十人を超えていたが、芳《かんば》しい結論は出なかった。

選択は二つだ。生肉喰いを説いて常人に戻らせるか、実力をもって彼らを滅ぼすか。どちらにしろ接触は避けられない。だが、猫の首に鈴をつけにいくのは誰だっていやなものだ。

そんな問題を抱えて過ごしていたある日、タルカが予想外の行動を取った。

彼女は、眠っていた私に口づけした。驚いて目を覚ますと、娘は乾いて荒れた頰をほんのり朱に染めて私を見つめた。それから少し体を離して、思いつめた眼差しとともに言った。

「あのさ……私を抱かない？」

「……また突然だな」

私は体を起こしてあぐらをかいた。タルカは膝を折って座り、足の上に両手をついて、つかえながら言った。

「そろそろ……いいと思うんだよね。あんたに下心がないのはわかったし……お互い、嫌ってるわけじゃないと思うし……どう、ほんとのところ、ちょっとは好いてくれてるんでしょ？」

「嫌いじゃないがね」

私は床を見つめてつぶやき、長々と吐息をついた。

「実際、むらむら来たこともあるよ。しかし……どうも納得いかない。なぜこんなに急に？」

「こういうことするのに急も何もないでしょ。あんた今まで女の子と寝るのに、書類書いてサインもらってからベッドインしてたわけ？」

「そういうことじゃなくてな……恋愛ごっこを体験してから寝たいなんて青臭いことは言わないが、おまえがその気になった理由がわからんというんだ」

「別に。私だって初めてじゃないし、ちょっとした気持ちでそうなることもあるわよ。もう、じれったい。女の子のほうから誘ってるのに、ごちゃごちゃ言って遠慮するなんてもったいないわよ？」

面倒くさそうに吐き捨てると、タルカは急に目を細めて、猫のように体をすり寄せてきた。色気のないシャツに包まれた――下着はどうなってるのかなんてことは知らない――ほっそりした腕と、他の部分よりは肉があるかなという程度の乳房が、それでも明白な女の柔らかさを伴って、私の腕に、胸に押し付けられた。背筋をひんやりしたものが滑り落ちて、私は勃起し始めた。

が——それで理性を忘れられるような場所ではなかった。私の頭の一部はタルカの突然の変化を異様に思い、ここへ来てから叩き上げられた冷徹な論理性をもって、分析し、結論を下した。

「そうか……おまえにはそんな武器があったな」

「……え?」

「おまえの体だ。それは立派な取引材料になる」

タルカは跳ねるように体を離し、キッと目をつり上げて毒のこもった声で言った。

「い……言うにことかいて、私を売春婦扱いする気?」

「事実を言ったまでだ。それを受け取ってしまうと私はおまえに逆らえなくなる。目的はなんだ? 例の位置を知る方法か? それとも地図を全部かすめ取るつもりか?」

タルカはあえぎながら後じさった。その表情が徐々に崩れていき、目尻に涙が盛り上がり、今にも声を上げて泣き出すかと思われた。——これも手だ、と私は懸命に自分を抑えた。

「知らないわよ、あんたなんか!」

叩きつけるように言って、タルカは後ろも見ずに走り去った。私は深々とため息をついた。私だってまともな男だ。あのままなし崩しに抱いてしまって、その結果、肉体の魅力と引き換えに唯々諾々《いいだくだく》と操られることになっても、それはそれで悪くない——そんなふうに考えようとする自分を、格闘するようにして律しなければならなかった。

そんなのは目的を持った人間のやることじゃない、それでは迷宮でたまに見かける、性欲の捌《は》け口として女を連れ歩いている連中と変わらない――そう何度も自分に言い聞かせたが、それでは割り切れない何かが心の底にわだかまって、口の中に苦い唾を湧かせた。深く考えるまでもなくその正体はわかった。幻想だ。私はタルカと理性的な信頼関係を築けるほど付き合ってきたと思っていたのに、それをこんな安っぽい誘惑で壊されてしまったのが悔しいのだ。

もっと信頼してくれればよかったんだ、とつぶやいた。――それから私は気がふせって、見張りもいないのにまた横になってしまった。

何時間かたってグンド爺がやってきたときには、熟睡していた。目を覚ましたのは、彼が大声で呼ばわりながら近づいてきたからだ。迷宮にわんわんと反響する彼の声を聞いて、不快な気持ちで起き上がった私は、声を頼りに通路に出て行って、怒鳴り声を上げた。

「爺さん、やめてくれ！　誰が来るかわかったものじゃないし、私は目が覚めちまったよ！」

「寝とったのか？　この大馬鹿もん！　あんた、あの子の保護者じゃなかったのか！」

保護者じゃない隣人だとぶつぶつ言いながら、二つほど先の角に顔を出したグンド爺のところへ私は歩み寄った。そして、彼のただ事ならぬ様子にようやく気がついた。

「やけにあわててるな。どうしたんだ？」

「どうしたもこうしたも、タルカちゃんが生肉喰いどもに連れていかれちまったぞ！」

一瞬、頭が真っ白になった。――我に返るとグンド爺の胸倉をつかみ上げていた。

「どこだ、どこで見た」

「お、落ち着け。これから人を集めて案内してやるから」

「そんな暇があるか⁉ 連中は生のままで人を食うんだぞ、鍋に湯を沸かしてるわけじゃないんだ！」

「一人で行って何ができる？ 返り討ちに遭うのが関の山じゃぞ！」

「しかし、しかし――」

私は震える手でグンド爺を床に下ろして、言った。

「とにかく場所を教えろ」

「一人では行かんな？ 約束するんじゃ！」

「ああ」

「よし。『広間』の南東側じゃ。もともと連中は新入りを狙ってその辺りに……」

それだけ聞くが早いか私は全力で走り出し、喉も裂けよとばかりに叫んだ。

「みんな来てくれ！ 誰でもいい、協力してくれ！ 生肉喰いに仲間がさらわれた、取り戻しに行くぞ！」

「あ、阿呆！　そんなことで助けが来るものか！　テーオ、待つんじゃ！」

老人の呼びかけもものかは、私は何度も叫びながらしゃにむに突っ走った。二、三度見えないところから問い返しの声が聞こえ、一度など岩で爪削りをしていた男をつっ転ばせて走り抜けたが、すぐさまついてきてくれるような者は一人もいなかった。

それでも私は走り続けた。

焦りのあまり二度も道を間違えてしまった。しかしそれでやや冷静になり、行き止まりでありったけの石を拾って、ポケットに詰めこんだ。石を投げて敵をひきつけ、タルカが逃げる隙を作ろうと考えたのだ。作戦というほどのことではなくせいぜい小細工程度の準備だったが、その時はそれでなんとでもなるような気がしていた。

それから、広間へと向かった。

「エレベーター」の残骸の上に仁王立ちになって、四囲の横穴を睥睨《へいげい》し、私は怒鳴った。

「出てこい、蛮族ども！　ここに獲物がいるぞ！」

しばらく反応はなかった。私は繰り返し叫んだ。

「おまえたちの食い物だぞ、とびきり生きのいい人間だ！　さっさと出てきて襲ってみろ！　それともおまえたちは女子供しか襲えない腰抜けなのか？」

すると、横穴の一つから一人の男がちらりと顔を出し、すぐに消えた。すかさず私はそちらへ走った。一人や二人おびき寄せてもだめだ。全員の注意を引かなければ。

横穴の奥に男がいて、私を見てぎょっとした顔になった。まさか自分が追われるとは思ってもいなかったのだろう。仲間を呼ばわりながら転がるように逃げていく。百メートルも行かないうちに、私は彼らと初めて正面から対峙した。そこは行き止まりで、十二、三人の男女がうずくまっていて、一斉にこちらを振り返った。

私は一瞬ひるんだ。思っていたよりも多い。果たして作戦が通用するか——

その時目に入ったものが、私の恐怖も理性も吹き飛ばした。

片方の壁一面にたっぷりと水が流れ落ちていた。おそらく迷宮でも指折りの水量だったろう。ちろちろと涼しげな音を立てて光る流れが床に落ちている。その透明な流れは、連中の足元を過ぎて反対側の壁に至るまでに、真っ赤に染まっていた。

手のひらが落ちていた。膝も。尻も。肩も乳房も太腿も赤黒い臓器も長い髪をまとわりつかせてぽかんと目を見開いている頭部も。

くおおおおおっ！

もはや声ですらない怒叫を吐き出して、私は肩が抜けるほどの勢いで石を投げつけた。二人ほどの顔に命中して、そいつらは声もなく倒れた。

残りは立ち上がって、こちらに負けないほどの叫び声とともに吶喊《とっかん》してきた。

私は逆方向に走り出した。正面からぶつかったらあっという間にバラバラにされるだろうこと、それでもとにかくこの獣たちを全滅させたいということだけは頭の片隅にあった。

だから、逃げながら石を投げて一人ずつ倒そうとしたのだ。

逆上した愚行以外の何物でもなかった。

広間を過ぎて反対側の通路に入り、十歩も行かないうちに向こうの投げた石が私の背中に当たった。息が詰まり、私は前のめりに倒れた。叫喚と足音が殺到して起き上がる間もなく私を取り囲んだ。痛みに弱い脇腹や太腿に殺意のこもった蹴りが叩きつけられ、爆発のような苦痛が体内を荒れ狂った。

あと三十秒遅ければ私は死んでいただろう。――ブン！　という音がした。

何かの潰れる音とともにどさりと重いものが乗ってきた。私は薄目を開いて振り返った。後頭部をざくろのように割られた男と目が合った。

「かかれっ！」

鋭い声とともに数十もの風切り音がし、悲鳴が巻き起こった。それからあとのことは何がなんだかわからなかった。無数の足音が、絶叫が、打撃音が、破裂音が、嵐のように暴れまわった。

やがて、それも止んだ。――私はまだ痛みが収まらず、体を丸めてうめいていた。ぴたりと軽い足音がして、そばに誰かがしゃがんだ。

「無茶をしおる。……おかげで勝ったがの」

白髭蓬髪の老人だった。

何本もの手が私を仰向けにさせ、けがの具合を調べた。二十名近くの囚人たちが囲んでいた。私を見下ろしたグンド爺が疲れたように目をしばたたいて言った。

「きっかけにはなったな。こんなことがなければずるずると放置してしまったじゃろうから。しかし作戦を考えるべきじゃった。あんたは死にかけたし、犠牲も出てしまった……」

「犠牲？」

助け起こされた私は、息を呑んだ。——生肉喰いたちの死骸の向こうに、何人か見覚えのある姿が横たわっていたからだ。

その一人はホクストルだった。彼は胸に鋭い石を突き立てられ、息絶えていた。

「彼が最初に参加してくれたんじゃよ。武器を持った彼が加わったことで、こんなに短い時間で多くの人数が集まった。広間の横穴で様子をうかがい、あんたが囮《おとり》になっている間に後ろから襲うことも彼が決めた。……あんたがあんなに突っ走らなければ、もっと周到に準備できたものを」

グンド爺は悲しげに首を振った。

「あの知恵、あの勇気、あの統率力、そしてあの自省……彼は最後の突撃の前に、あんたの正しさを認めたんじゃぞ？　なんと惜しい男を亡くしたことか。よく悼《いた》むんじゃぞ、テーオ・スレベンス」

私は手を借りて立ち上がり、ホクストルのそばへ行った。男の眉間《みけん》には深々と縦のしわが刻まれ、決して安らかではない表情を形作っていた。――苦悩と苦痛のどちらが刻んだものであれ、それは私がつけたものだ。うねりのような悔恨がこみ上げ、私は彼の手を強く握りしめた。

「すまない……私のせいで」

あんたは功労者でもあるよ、と誰かが後ろで言った。私はキッと振り向き、誰が言ったのか見定めようとした。

「功労者？　こいつを殺した手柄か？　それともタルカをか？　元はといえば私が彼女につらく当たったからこうなったんだ。もっと責めてくれ、石を投げてくれ！」

すると仲間たちは不思議そうに顔を見合わせた。グンド爺がぱちぱちと瞬きし、困ったように言った。

「テーオ、それは違う」

「何がだ！　私に慰められる価値なんか――」

「タルカは生きとるよ」

私は口をつぐんだ。それからその場凌《しの》ぎの嘘に対する悪《あ》し様《ざま》な文句を言おうとしたが、グンド爺は片手で押し止めて静かに言った。

「死体を見たんじゃな。あれは別人じゃ。連中は複数の獲物を捕まえて、一人ずつ殺しておった。タルカの番はまだだったんじゃよ。胸糞の悪い言い方じゃが――『保存食』扱いされておった」

「じ、じゃあ……」

「傷一つつけられておらん。来週食べる予定の果物のように。じゃが、心のほうには大きな痛手を受けたようで……あんたがあの子を心配するなら、しばらくそっとしておいてやれ」

私はじっと彼を見つめ、ゆっくりとうなずいた。熟慮というものの必要性について、いやというほど思い知らされたばかりだった。

四日後にグンド爺が場所を知らせてくれたので、私は水場の一つに向かった。タルカの行動範囲など隅々まで知っていたが、そこは今までの持ち場ではなかった。予備として行かずに放置していたホクストルの水場だ。彼女がなぜそこにいたのか、はじめはわからなかった。

そこへ向かうと、いつかのように通路は闇に沈んでいた。踏みこもうとした私に、細い声がかけられた。

「……止まって」

誰も来させたくないが、声をかけて注意を引きたくもない、そういう調子の弱々しい声だった。私は言われたとおり立ち止まって、当たりさわりのないことを言った。

「そこからこっちが見えるのかい」

「……うん」

「こっちからは全然だめだ。闇夜のカラスって感じだな。ああ、なるほど――こちらにはシニガミボタルがいるけど、そちらにはいない。ホクストルが追いはらったんだ。彼は実に賢かったんだなあ」

饒舌によって、自分が少しずつ進んでいることを彼女に教えてやった。その効果はあって、言葉が切れたときに、タルカが許可を与えてくれた。

「しゃがんで、ゆっくり来て」

「ああ――」

「待って、やっぱり立って！　……這いずってこられると、思い出す」

生肉喰いは、四つん這いで走る。私はタルカの見ているものを想像した。低い位置から近寄ってこられるのはそれだけで恐怖なのだろう。私は壁に張りついて、自分の横顔を彼女に見せながら進んだ。

そばに着くと、溺れる人のようにしがみついてきた。私はしゃがみ、首にからむ腕を好きにさせて、背中に手を回した。

「テーオ、テーオだ……！」

「ああ、私だ。タルカ、大丈夫か？」

「大丈夫じゃないよ、来るの遅い！」

待たれていたとわかって、心底ほっとした。しばらくの間は、なにも考えずに抱きしめて、ただ彼女の存在を確かめた。

やがて私は、ここ数日、胸の中で繰り返してきた言葉を、口に出した。

「タルカ、すまない。私が冷たかった。おまえと私の仲なのに……」

「うん」

「もう疑ったりしない。要求があれば言ってくれ。望むとおりにしてやるから」

「……テーオ？」

どん、といきなり胸を押された。目が慣れて彼女の顔が見えた。救いがたい愚か者を見るように目を細めていた。

「まだそんなこと言ってるの？」

「おまえを受け入れてやりたいんだ。たとえ何を考えていても――」

「違うって。違うでしょうそれ！　私、打算であんなこと言ったんじゃないわよ！　わかってないじゃない全然、このばか！」

「じゃあどうして言ったんだ？」

「どうしてもこうしてもないでしょ！」

叫ぶとタルカはうつむいて、恨みがましげな上目遣いでにらんだ。

唇を嚙んで眉を吊り上げた彼女の顔は……悽愴な美しさを放っていた。

ようやく私も、無様な思い違いをしていたことに気づいた。この地の異常な環境のせいで、私は警戒心の塊になっていたのだ。タルカは私よりずっと早くに鎧《よろい》を解いていた。打算的であったのは私のほうだった。

とはいえ、にわかに打ちとけることもできず、私が伸ばした両腕はとても遠慮がちだった。指を貼り付けるように、ぐっと二の腕をつかんだが、タルカは目を逸らしもしなかった。そのこわばった表情が何を意味しているのか、なかなか確信をもてなかった。

ごく小さな、嬉しげなささやきを聞くまでは。

「……止めないで」

「タルカ？」

「もう、黙ってすればいいの」

それで私は、ようやく彼女を引き寄せることができた。

頬が塩からかったのはむしろ当然で、肌が脂じみていないことのほうに驚いた。愛撫の合間に顔を離してみると、妙に小ぎれいにしていることに気づいた。タルカは服を、ここで可能な限りきっちりと整えてしゃがんでいた。シャツのボタンは首まで止め、裾はズボンの中にやや強引なほど突っこんであった。

聞き取れないほど小さな、彼女のつぶやき。

「……拭いたから」

「え？」

「体、拭いたから。水で。あなたそういうの気にするでしょう」

「はあ？　……あ、まさかいつぞやの」

「誘ってるわけじゃないけど！　――わけじゃないけど、その、準備はいいよってこと……」

タルカが身を離してシャツの襟を整えたりしたので、私は微笑を誘われた。妙に小ぎれいにしていたのはそういうことだったのだ。あごの下に手を伸ばすとおびえたように肩を縮めたので、私はそっと言った。

「汚いなんて思うもんか。どんな意味でも」

ふわりと彼女の輪郭から力が抜けた。

ボタンを一つずつ外していくと青白い肌が現れた。鎖骨は手でつかめそうなほど飛び出し、みぞおちから脇腹にかけては彫刻刀で削ったような肋骨のうねが浮いていたが、乳房の線は清冽なまるみを十分に保っていた。視野がぐうっと狭まるような興奮がこみ上げてきて、私は床に膝をつき、ぽつりと尖った小さな乳首を唇に含んだ。

心臓から染み出してきたような熱と搏動が舌先に移り、はあっと濃い吐息がかけられた。

そして私たちは堰《せき》を開け放った。奔騰《ほんとう》する情欲を一切とどめずに、私は舌を押しつけ、指を食いこませ、頬をすり寄せた。羞恥と受容の心を一切隠さずに、タルカは思いきり抱き寄せ、肌をさらし、愛撫の一つ一つに対して純粋な痙攣で応えた。

湿った床に横たわり、最後の一枚までお互いの衣服をはぎ取りながら、私たちは焦ったような震え声でささやきあった。

「テーオ、おかしいわよ、もう手加減なしって感じになってる」

「そのとおりだよ、もう止まらない。タルカ、頼む。最後まで、行けるところまで」

「いいよ、私も、半端なのはいや、思いっきり――ああっ！」

私の限界まで張りつめたものを、タルカが溶けきるまで温まった部分で呑みこんだ。言葉どおり、二人とも決して途中で引き返したりしなかった。私たちは燃え尽きるまで求め合い、体と心の一番奥で熱いものを溶け合わせた。

数時間か、ことによると半日もの時間がたったころ、私たちは額や多くの部分を触れ合わせて、静かに横たわっていた。

軽く目を閉じたタルカの幸せそうな顔が愛しかった。ごわごわした彼女の金髪を飽きずに指で梳《す》いてやりながら、私はつぶやいた。

「やっていけるかもしれない」

　タルカが薄闇色の目を開いて聞く。

「何を？」

「ここから出られなくとも。──私たちはここの人間の中でも最高に幸運な二人だと思うけど、足りないものを皆で補い合えば、全員がそれなりに満足できる生活を築けるんじゃないかな」

「脱出をあきらめるの？」

「あきらめるわけじゃない。でも、それが不可能でも落胆しないで済むようにしたいんだ」

　私は天井を見つめた。

「執行官は、投宮刑には期限がないと言った。囚人自身が決めるんだと。それはこういう意味じゃないだろうか。私たちの努力で、刑を刑でなくしてしまうこと……」

「なんだか悔しいわ。彼らの思う壺って感じで」

「それは、同感」

　口をへの字に曲げたタルカに、私は苦笑した。

「だけど、こうも考えられる。連中は私たちがコミュニティを作って生き延びるところまでは予想していても、そこで外界以上の幸福を手に入れられるとは思っていないだろう。ここの環境はそれだけ苛酷だし。だから、私たちが一定以上にうまくやれば、連中の鼻を明かしたことになるんだ」

「一定以上って、どれぐらい？」

「さあ……」

私は口ごもったが、すぐに笑ってみせた。

「私だけに限れば、そのラインはもう越えているけどね。地上では手に入らない宝物がこうして手に入った」

「……テーオ、もてなかったの？」

「ほっとけよ」

私は強引な口づけで意見を封じた。タルカは楽しそうに目を細めて顔を傾けた。


そして——迷宮社会の歴史が始まったのだ。

私はグンド爺や力ある囚人と集まり、この世界を恒久的な暮らしの場とする展望を語り合った。それは何度も殴り合いにまで発展した、激しい議論だった。

脱出を最終目標とすることは全員一致で可決されたが、その後の道のりは長かった。

私の案を圧制政権への迎合だとし、臆病者、腰抜け、現実逃避呼ばわりする者は多かった。

私はそれに対して、政府や法廷が不当であり、私たちを苦しめることが目的なら、どういう方法であれ幸福になったものが勝ちだ、という論法を堅持して、粘り強く説得に当たった。

その議論は長引き、統一的な結論はなかなか出なかったが、実際的な面での要請から、社会整備は着実に進んだ。最初に方針が立てられたのは、当然水と食料に関することだった。

人肉食は死体であっても厳重に禁ずる。少数の激しい反対意見を数で潰して、私はこれを徹底させた。なるほど確かに、即物的な性格の人々が言うように、人の肉は人間にとってこの上ない栄養源となる。しかしそれに付随する悪影響は大きなものだ。理由は不明ながら腐らない「餌」と違って、人の肉は腐り、食中毒や疫病を発生させる。それをストックすることは大きな危険を伴う。また、人肉を食料とみなす視点は人の心を変質させてしまう。ただでさえ人間には性欲や征服欲というものがあって、隙あらば弱者への攻撃に駆り立てようと手ぐすねひいているのに、この上「食欲」などという凶暴な獣まで対人関係に持ちこんだら、不安定な迷宮の社会は一挙に崩壊してしまう。――そこまで突き詰めて考えなくとも、素朴な抵抗感から支持してくれる者は多く、人を塵に還すのは虫たちの仕事とすることで、大勢の同意は得られた。

餌場や水場、自分の位置や地図についての知識は、私たちのコミュニティに入った者全員が共有することにした。何度も理解し合われたことだが、個人が必要以上の水と食料を確保することはできない。水は輸送と蓄積の方法がなく、餌は余剰分がないからだ。ということは、他人と持ち場を教え合ったとしても、自分の取り分は増えも減りもしない。しかし、自分の餌が取られていた場合に向かうべき次の餌場は増える。これは実質的に生命線の本数が増えることに等しい。しかも人数が増えれば増えるほど有利な作戦だ。

コミュニティが始まって二ヵ月ほどたったころ、この方針の真価が示された。そのころ迷宮には、私たちとは別の十人ほどからなる集団ができていて、こちらと小競《こぜ》り合いを繰り返している状態だった。彼らはこちらと違って一人のボス（驚いたことに初老の女性だった）が一切を取り仕切っていて、ボスだけがすべての持ち場を把握し、スパイ組織のようにメンバー同士の交流を禁止している集団だった。メンバーにとって有利な点は、病気になったとき、けがをしたとき、あるいは自分の餌が取られたとき、他のメンバーからある程度の互助を受けられるということだけだ。――しかしそんなことよりも、とにかく誰かに従っているという安心感、包容感が、彼らの拠り所とするもののようだった。

　そして彼らは、暴力こそ振るわないものの、しばしば数を恃《たの》んでこちらのメンバーを脅し、餌場から追い払った。

　ところがある日、そのボスの老女がささいなけがの悪化で死んでしまった。――すると、まがりなりにも統率されていたメンバーたちは二日もたたないうちにばらばらになり、それまで禁じられていた暴行や略奪を行うようになった。それは最初から単独行動している囚人よりもたちの悪い行いだった。彼らは短い組織行動の間に、自制というものを忘れていたのだ。

私たちは集会を持ち、全員で彼らを狩り立てた。そして服従を約束した者はコミュニティに取りこみ、拒んだ者は地図を奪って追放した。追放といってもどこかへやることはできないが、無視することはできる。閉じられた世界で無視の輪に囲まれるのは非常に苦痛なものだ。外界の会社や学校でのそれは、自殺者さえ出す。

実際に彼らの最後の二人は疎外感のあまり自殺し、ここに老女のコミュニティはほろんだ。——私たちは心を痛めたが、同時に自分たちを振り返って安堵もした。知識を共有しない集団は脆《もろ》いのだ、ということを再確認して。

そんな成り行きは、囚人同士の複雑な接触を通じて迷宮全体に知れ渡っていった。わざわざ私を探して参加しにくる者が増えたのも、この三ヵ月目の頃だった。私は着実に増えつつあったコミュニティの決まりごとをよく説明し、またその人の人柄をよく見て、できるだけ受け入れるよう努めた。

そのころの決定にはこんなものがあった。たとえば葬儀に関すること——誰かが死んだ場合に放置するのは文明的でなく、また食べられることを防ぐ必要もあるから、場所を決めて安置する。その場所には、「生肉喰い」たちがねぐらとしていた、あの大量の水が湧く行き止まりが選ばれた。腐汁が速やかに流れさって衛生的だし、なによりそこで不幸にも殺された多くの人に、新たな仲間を送って慰めることになる。——実はこれは私とグンド爺が、忌まわしい場所を何とか利用できないかとひねり出した屁理屈だったが、葬儀なんてものは大方屁理屈で裏打ちされて執り行われるものだから、案外みなも納得した。

また、入浴に関することも決められた。多くの水場は一日かかって洗面器一杯程度の水が床に溜まるぐらいの出水量だったから、飲用以外にむやみと使うわけにはいかない。余裕があるのはあのホクストルの水場ぐらいのもので、そこが共用の洗い場とされ、厳格な順番制で各人に体を拭く日が割り振られた。しかしこれはコミュニティの人数が増えるにつれて十日おき、二十日おき、と間隔が延びてしまい、はなはだ問題となったので、思いきって制度を撤廃し、やはり各人が一日水を我慢して自分の水場でやるように取り決めた。ホクストルの水場は月経時の女性やけが人など、特に多くの水を必要とする者だけが使えることとした。――後にそこは誰言うとなく「月の泉」と呼ばれて、健康な男子は出入り禁止の聖域となった。

恋愛に関する取り決めは紛糾した。私やタルカが恐れていた案が出るべくして出た。――社会秩序の維持のため恋愛を禁止する、もしくはセックスを完全にコミュニティの管理下に置くという案だ。対案はもちろん自由恋愛制だが、そのころで五十人に達していたコミュニティ内では、男女比がおよそ七対三であり、数字どおりに一対一のカップルができたとしても（その前提からしてまずありえないが）男性の半数以上がパートナーにあぶれる計算だった。となると自由恋愛制では不可避的に不平等が発生する。

男同士の争いを防ぐために女を交代制であてがえという意見は、猛烈な反撃を受けながらもかなり持続した。支持者は男性の三分の一と、女性三人ほどだった。この女性たちは同性から侮蔑と敬遠の眼差しを受けたが、当人たちは泰然としてあわてず、惚れたはれたの駆け引きなんか面倒だからやりたくない、それぐらいならベルトコンベアーで流れてくる男どもを機械的にあしらうほうが楽だし後腐れがない、などとのたまった。それだけならまだしも、「そのほうが女にとっても平等でしょ。顔の不自由な人もいるし」と余計なことを言ったので、女同士の壮絶な罵《のの》り合いまで起きた。

私は最初、この件に関して立場上発言権を放棄し、歯がゆい思いで議論を見守っていたのだが、同じ立場にあるはずのタルカが途中で暴発し、暴発したくせにひどくまともなことを言って満場を沸かせた。曰く——「セックスってそれだけのものじゃないでしょう！　好きな人とだから意味があるんじゃない、やりたいだけなら私だってオナニーして寝るわよ！　みんな一回済ませてから話し合ったら？」

爆笑の渦の中、グンド爺がもったいぶった顔で語った、一万人の男性と十数人の女性を抱えて孤立した世界で、そこの統治者が似たような言葉を吐いたという話がある、と。それから一座を見回して言った。

「嫉妬というものの醜い力はみんなようくわかっとるじゃろう。しかし恋愛は地上ですら難しいものじゃや。その成就はもちろん、抑制もな。場所がここでもそれは何も変わらん。

わしは惹かれあう二人が万難を排して結ばれること、そして不幸にも恋破れた者がぐっとこらえて二人を祝福すること——そんな姿を見られるようになることこそが、この社会の成熟だと思うんじゃがのう」

「爺さん、あんたが言っても禿げ頭が髪型を語るみたいで説得力ないぜ」

そんな野次が飛ぶと、グンド爺は腹の下辺りを手で押さえてわめいた。

「何を言うんじゃ若造が。わしが現役ならそれこそあんたらが泣いて止めるぐらい、女どもをちぎっては投げ、切っては捨て」

「じゃ、もう引退なんだ」

女性の誰かが言い、また笑いがはじけた。

私は口を開き、グンド爺の理想論はともかくとして、この問題を規制する方向で法を定めるのは避けてほしい、というようなことを慎重に言った。法を用いるならばそこから派生してしまう問題にのみ適用し、恋愛そのものは肯定的に捉えるべきだ、と。そういったことを弾圧するのは地上の政府と同じやり方だと誰かが掩護射撃をしてくれて、なんとか私の主張は受け入れられていった。——だが、一部の男女は白い目で私を見ていて、それは後の災いの種になった。

そういった全体会議が何度も重ねられていき、ある日、大小二つの事件が私に降りかかった。

「首相？」

やってきたグンド爺とタルカを見つめて、私は間の抜けた返事をした。

「誰が？」

「あんたがじゃ、テーオ・スレベンス。会議で決まった」

突き出されたグンド爺の指先を十秒ほども見つめて、私はようよう反論を組み立てた。

「会議って、聞いてないぞ。勝手に決められても困る。そんな資格もないし。一体どうして私がそんなものに祭り上げられたんだ？」

「地層法を編み出し、生肉喰いたちに立ち向かい、ギャルナフカ界の秩序の基を築いた男がふさわしくなくて、誰が首相になれるんじゃ？　それが不要だとも言わせんぞ、首相でなくとも議長なり裁断者なりは必ず必要なんじゃから。あんた抜きで決めたわけは、決まっとる、いたら辞退されたからじゃ」

老人は悪魔のように意地の悪い笑みを浮かべた。

「あんたはこの世界の至高者にして最終尻拭い役にされたんじゃ。――ま、頑張ることじゃな」

拒否の言葉が三十ぐらい頭の中をぐるぐる回ったが、口にしても無意味だと知っていた。

――この世界は地上ではなく、どんな法律よりも憲法よりも全体会議での決定のほうが重要だからだ。それが見事に民主的で、かつ最小の犠牲を求めるものならば、なおさらだ。

迷宮の天井すべてが頭の上に降りかかってきたような気分で、私はタルカを振り返り、それでおまえの話はなんだ、と聞いた。答えは、迷宮の通路すべてが閉じられたような気分をもたらした。

タルカは嬉しいような、困ったような、おびえたような複雑な表情で、伏し目がちに言った。

「赤ちゃんできちゃったみたい」

立っていた私は、へたり込むのを懸命にこらえなければならなかった。我が恋人は少し責めるような上目遣いで、言わずもがなのことを言った。

「テーオがいっぱいしたから……」

「わかってる、否定したりしない、それが本当なら確かに私の子だ」

手を振りつつ、なんと言ったものか考えたが、本当に呆れるぐらいなんの言葉も出てこなかった。つまるところ男というものは、恋愛の最終的な結末なぞ、そのときが来るまでは理解してやしないのだ。

とにかくそばで興味深そうに聞いているグンド爺だけでも追っ払おうとしたとき、タルカがいきなり胸に飛びこんできて泣き声で言った。

「どうしよう、怖い。あと六ヵ月か七ヵ月で、私、子供産まなきゃいけないのよ」

それが不確定な未来でもなんでもなく、確実な事実だということが、じわじわと、そして強烈な衝撃を伴って襲い掛かってきた。そうだ、これは二人の関係とかコミュニティへの体面などよりもはるかに重大な問題だ。

私は呆然と周囲を見回した。岩と水と薄明かりしかない異常な世界。ここでタ、、、、、ルカが出産する？

恐怖のあまり歪んだ顔をあげて、タルカが細い声ですがる。

「子供って病院じゃなくても産めるものなの？　薬とか機械とかいるんでしょう？　産むときってあそこ裂けるんじゃないの？　どんなに痛いんだろう、きっと死ぬほど痛い、うん本当に死――」

「堕胎という手もある」

私たちはハッと振り向いた。グンド爺が、いやに平静な顔で言った。

「不可能ではない。一本の棒さえあればできることじゃ。むろん危険をともなうが、出産のそれだって似たようなもの」

「爺さん、やめてくれ！」

「目をつぶっていいのか」

私の叫びにも動じず、老人は足元から迫るような声音で続けた。

「生まれてしまったらもっとつらいぞ。堕ろす、ではなく、殺す、になる。殺さなくとも赤ん坊は弱い。どんなにかばっても、かばいきれないかもしれん――」

「タルカ！」

がたがた震えだしたタルカを、私は力いっぱい抱きしめた。

「聞くな、あれは最悪の場合を言ってるだけだ」

「でも、産むとしても」

「死なない、絶対に。私がついてる」

「……テーオ」

「医者だの薬だの、そんなもの何もない頃から人間は子供を産んで増えてきたんだ。大丈夫だ」

「……テーオ、テーオ」

「心配するな、タルカ！　大丈夫だ！」

ぎゅっと力をこめてから、体を離し、私はタルカの瞳を覗きこんだ。

「二人で頑張ろう。いや、みんなとだ。おまえはこの世界で初めての子供を産む。――こんなに誇らしくて立派なことはない。タルカ、しっかりやろう！」

「……うん」

ひくっ、としゃくりあげてから、タルカは幼子《おさなご》のように目を閉じて頭を預けてきた。

私たちの肩に手が置かれた。グンド爺が見たこともないほど苦しげな顔で言った。

「愚かな選択かもしれんのに……なぜ？」

「なぜかって……人間らしいと思うからだ」

タルカがしっかりと聞いているのがわかる。私は彼女と、この世界と、それに自分自身に対して言い聞かせるために言う。

「道具を使って子供を堕ろして、理性的に生き延びるやり方もあるだろう。孕《はら》んだから産んでしまうというのは、それより動物的かもしれない。けれどもそれは人間的であるということと矛盾しないと思うんだ。なぜって、人間の社会というのは常に生死を含んで、生まれ変わり続けるものだろう。それをきちんと織りこんでいない世界のほうが、不自然なんじゃないか……？」

私の話のどこが彼に訴えたのか、よくわからない。

グンド爺は途中で顔をそむけた。涙が見えたような気もした。

だが、彼は去りぎわ、言ってくれたのだ。

「負けるな。テーオ・スレベンス、タルカ・アトワルカ」

自然に私たちはうなずいていた。

半年の間に私たちの仲間は百人を超え、社会組織は地上のそれに比べても見劣りしないほど立派なものとなった。――しかしそれでも、迷宮をくまなく支配するまでには遠く及ばなかった。延長数千キロの通路には依然として未知の場所も多く、初めて出会う囚人はいくらでも現れた。ましてや、こちらを避けている単独行動の囚人の数に至っては！　おそらくそれはこちらの数倍、五百人近くに達するだろうと思われた。なんと言っても、声を限りに叫んでさえ呼びかけの届く範囲はせいぜい百メートル四方なのだ。無数の曲がり角が声を乱してそれ以上の到達を阻み、途中の仲間の中継がなければそれ以上の呼びかけは覚束《おぼつか》ない。囚人すべてに呼びかけることは極めて困難だった。

それでも私たちは社会を発展させた。――生存の困難がほぼ克服されると、社会の役割はむしろさらに重要になった。生き延びるだけなら人は一人でもやれる。しかし「暮らす」となると……これは人と人との交流がなければ維持しえるものではなかった。

私たちは、私と八人の評議員からなる執行部の下、各人が産する社会的資本として芸術物の創作を奨励した。絵画や歌、踊り、物語などだ。「絵画」は石で壁を引っかいたり、石板に刻んだりしたもので、技量の差が激しく一握りの人間しか価値のある物が創れなかったが、それだけにうまい作品には大勢の人が群がり、ほしがった。素晴らしいことに囚人の中にロッコ・フーゴという本物の画家がいて、風にそよぐ湖畔の糸杉、夕暮れにきらめく摩天楼の群れ、水滴を散らして飛び立つ水鳥などを、ただの線画でハッとするほど美しく描き出し、人々の感動を誘った。そのうち彼は広間の全面を使って、それが逮捕の理由になったという大作を再度描き始め、その進行の度合いは人々が挨拶に使うまでになった。――「やあ、七日ぶりだな。元気だったか？」「まだ五日だよ。ロッコが三十センチしか進んでいなかった」。

「歌」と「物語」は、誰もが持つことのできる資産だった。うまい者もへたな者も実によく歌い、語った。一人が歌うと、それと引き換えにもう一人が別の歌を歌うのだ。そして良いほうの歌が人口に膾炙《かいしゃ》していき、歌の自然淘汰、生存競争とでも言うべき現象が起こる。——取引的な側面はあまり重視されなかったが、第十五回か十六回の全体会議の時に、それまで影の薄かったベラルカ・ソルリャールという中年の太った女性が、体重別食料融通案というとても成立しそうにない提案を、胸を打つほど素敵なラングリン聖歌一曲で危うく可決させそうになったので、これは十八番の歌を取っておいて、いざというときに聞き惚れさせるという手も使えるぞ、と皆に考えさせる契機となった。物語については当然というべきか、最高齢のグンド爺が抜群にうまく、彼を囲む噺《はなし》の夕べには、常に十人以上の聴衆が集まった。

「踊り」はBGMというものがないので、あまり見かけることがなかったが、ベラルカと元陸軍兵のギル・ガスケット(これも大兵《だいひょう》肥満の大男だ)はコンビを組んで舞曲の見事な演技を編み出し、惜しくも流れた食料融通案の代わりに間食を得る手段とした。彼らは後に、第一回ギャルナフカ舞踊祭のメインプロデューサー兼メインアーティストを務めるまでに名を挙げる。

そういった社会活動が活発になってくるにつれ、私たちが考案を迫られたのは、「通貨」だった。価値を計量し、蓄積し、流通させるその道具は、ギャルナフカ界といえどもあって困るものではあるまい。なくてもなんとかなるが、あったほうがより文明らしい。しかし――有形財産が衣服とわずかな「餌」しかないこの世界で、いかような通貨を発行したものか？　試験的に私のサインを刻んだ石貨を作ってみたが、重くて運びにくいのであまりはやらず、偽造が簡単で、造形的にも所有欲をそそるものではとてもなかったので、一ヵ月もたたないうちに廃止した。やはり人間、きらびやかな光り物や麗々しく肖像画の描かれた紙でなければありがたく思わないものだ。

社会規模が大きくなると、「犯罪者」が出現するようになった。全員が犯罪者として投宮されたギャルナフカ界でそういうのも変な話だが、コミュニティの総意に従わない者のことだ。といっても暴力沙汰や強姦沙汰はほぼなかったが――そんなことをすれば決定的な村八分を受ける――恐喝や覗きや痴漢、それに売春などの悪事はしばしば起こされた。他はともかく売春は自由恋愛法とのからみがあって扱いが難しかった。自分は動かず食料を持ってこさせるのと引き換えに、男たちに体を与える――これが是か非かであのときの騒ぎを蒸し返してはかなわないので、執行部の九人で独断的に処分を決めた。食料横領の罪、処分は一週間の隔離と減食。だが処分明けで解放されたその女は、私いつでもＯＫだから、と嫣然《えんぜん》と微笑んで去っていったから、根本的な解決にはなっておらず、差し当たり男性側に自制を促すしかできることはないのだった。

そうこうするうちに、時は来た。

首相に就任してからおよそ百九十日目、タルカが産気づいたという知らせが届き、私はおっとり刀で「月の泉」に向かった。

ついてみるとそこでは年配の女たちが物々しい様子で辺りを固め、男たちを締め出していた。私は冷や冷やしながら奥へ入った。実際、心配で身も細る思いだったのだ。

虫たちが戻って明るくなった奥では、皆が出し合った上着で寝床が作られ、ズボンと交換したゆったりしたワンピースに身を包んだタルカが横たわっていた。彼女は九ヵ月あたりまで膨らんだ腹を抱えて自力で歩き回っていたが、今はさすがにそうもいかず、というかもはやそれどころではなく、額にびっしり汗を浮かべて、土気色の顔で深呼吸していた。

私がそばにいっても気がつかず、天井のどこか一点をうつろな目で見つめているだけだった。ヤーナという薬剤師の若い娘が、産婦本人よりもおびえた顔で股の間に指を突っこんでいたが、頼りになるとはとても思えなかった。

「そ、そろそろだと思います。子宮口が十センチ開いてるので。……たぶん」

「どきなさい、そんなの測ったってたいして意味はないよ。止めることも切ることもできないんだから。出てくるのを待つだけだね」

五十歳のバッテルマン夫人が冷然とヤーナを押しのけた。沈着さだけで言えば頼れそうな女性なのだが、彼女は出産とは何の関係もない、気象台の天気予報官なのだった。

夫人はM字に開かれたタルカの足の間に陣取ると、私に向かって顎をしゃくった。

「テーオ、そっちへ。頭の上で両腕握ってな。うむ、握られてな、か」

「な、何か他にすることは？」

「深呼吸。――あんたがだよ！ そんなに震えてどうするんだ、あんたが産むわけでもないのに！」

私はタルカの両手をつかんで、逆さまに顔をのぞきこんだ。

「タルカ、がんばれ！」

「て……テーオ？ 私、いま……はくぅうっ！」

耳を覆いたくなるような甲高いうめき声とともに、タルカの指に凄まじい力がこもった。ぼきぼきと私の指が鳴り、今にも骨を折られそうな激痛が響く。その痛みが逆にありがたかった。私はタルカの苦しみを替わってやることができない。指を折られるぐらいならまだ楽なほどだ！

「かはあぁっ！ ……ひ、ひぃんんっ！」

タルカは身をよじり、背を反《そ》り返らせて絶叫する。美しかった顔を死相と見まがうばかりのどす黒い苦悶の色が覆っている。ほっそりした体に筋肉が裂けるほどの力がこもり、見る者の顔を打つような苦痛が発散される。私は泣いていた。何一つしてやることができない無力感に苛まれて涙を流していた。

「タルカ、しっかりしろ、タルカ！　がんばって——」

「うっ、うるさぁいっ！　うあぁぁっ！」

励ます恋人にかけるものとは思えない殺気のこもった叫びだった。私はまざまざと思い知った。これが女なのだ。これだけの力を振り絞れるのが女なのだ。——なんと凄まじい生き物なのだろう。

破水した、とバッテルマン夫人がつぶやき、脂汗の浮いた顔を寄せた。その顔がハッと輝いた。

「出た！　タルカ、頭が出たよ！　もう少しだ、ふんばれ！」

またしても刃物で刺されたような絶叫。もう私は息もできない。

それから、長い長い十数回のいきみがあって、出し抜けにすべてが終わった。濡れたものが落ちる音とともに、ふーっと空気の抜けた風船のようにタルカの体が沈み、夫人が腕を上げたのだ。

そこに、灰色の小さな塊が載っていた。

ヤーナが必死の形相でへその緒を石刀で切り、胎盤を引っ張り出すかたわらで、夫人が晴れやかな笑顔でその塊を突き出した。血と羊水にまみれたそれはわらわらとうごめき、

私は一瞬ぎょっとした。——それが異常なほど小さく思えたのだ。

だがそれは親指も入らないような切れこみをぱくりと開き、こちらがあわてるほど大き

な音を吐き出し始めた。

　ほぁ、ほあ、ほやあああ——

「女の子だ」

　夫人が差し出した新生児を、二本の腕が受け止めた。タルカがうっすらと目を見開き、もう意思を取り戻していた。胸に抱いた子供に戸惑いの一片もない眼差しを注ぎ、ふっと振り返る。

「できたわよ。私たちの子供」

「あ、うん……」

「やったよう。やった。ああもう、ほんとにやったあ……」

　そう言ってまた目を閉じた。眠ったのかと思ったが、小さな声で言った。

　いてくれて、ありがと。

　それだけですべて報われた気がした。ほんの小さな種を注ぐ以外、この十ヵ月間、子供を育《はぐく》むためのどんな行為もできなかった男の後ろめたさが、すっと和《やわ》らげられた気がした。

　そして、あれだけの苦闘の後でそう言えるタルカを、この上なく素晴らしい女だと思った。

　夫人が赤子を持ち上げ、濡れ布で丁寧に拭いていた。ヤーナも精一杯の医療行為として、タルカの下半身を拭いている。通路の入り口を見ると駆けつけたいくつもの顔、掛け値なしの祝福を浮かべた顔。

タルカは静かに目を閉じている。私の手を握る指は柔らかい。

すべてを圧して、元気のいい泣き声がわんわんと響く。

この一瞬を生涯忘れないだろう、と私は思った。

私は二人のためだけでなく、あとに続く何人もの母と父と子供のために、娘たちをなんとしても守らなければならなかった。すでに四人の妊娠が確かめられていて、その一人は臨月に入っていたからだ。

幸い、ハヌカ・アトワルカは、産後の脆弱《ぜいじゃく》な一時期を母親ともども乗り切り、順調に育っていった。しかし四ヵ月後、ギャルナフカ界三人目の産婦となったマレル・スナウプは、二十一時間にも及んだ熾烈な出産に耐えられず、ついに息果てた。——子供だけは父親の信じられないほどの決断により、母の遺体を犠牲にすることで救われた。皆は深く悲しみ、八十人もの人間が三日の間、食を断って喪に服した。

ただ、出産が死の淵を渡る行為だと改めて知れ渡ったにもかかわらず、その後も懐妊の知らせは続いた。これはギャルナフカ社会の高潔さを現す事実だと思うのだが、タルカの出産以後、手違いで宿された子は一人もいなかった。皆が皆、迷宮に新たな命を授かろうとして子供を作ったのだ。

そして私も。小さなハヌカが立ち上がって歩くようになり、最初の二言――パパとママの言葉を覚えた頃、タルカと二人目を作った。

それを契機に、私たちはようやく結婚した。晴れの服もご馳走も、祈禱書すらもなかったが、ラングリン派のペール司祭が承婚礼を執り行ってくれ、式はどこに対しても恥ずかしくない素晴らしいものとなった。

広間の四分の一ほどまで進行したロッコの壁画を背に、上座に祭り上げられた私たち二人を、みんなが冷やかし、祝福してくれた。バッテルマン夫人は例のごとく冷然とした態度で、家族控除なんかありゃしないんだから頑張れよと言い、太っちょのギルはくるくると踊りながら、私とタルカの睦言《むつごと》を即席の笑劇に仕立ててやんやの喝采を博した。

グンド爺はずいぶん丸くなっていた。精彩を失いつつあったともいえる。洗いざらしてすっきり乾いたスカート――乾燥はこの迷宮で得がたい貴重な現象なのだ――に身を包み、はにかみながら私に寄り添うタルカのそばにやってきて、産むのは怖くないのかな、とまるで普通の年寄りのようなことを言った。

「大丈夫、やれるってわかったから」

タルカがそう言って私に目を向けると、偉いなあ、と何度もうなずいて老人は去っていった。

それからまた数ヵ月後、タルカは前回より少しだけ楽な死闘をして、イーグを産んだ。

今度は男の子だった。

一年、二年と時が流れていった。迷宮社会は順調に発展した。人口が増えたことによる食糧問題は発生しなかった。これは私たちの手に負えない問題のひとつだった。

コミュニティはその活路を新たな餌場の獲得に求めていたが、不思議にも他の囚人からの抗議は出なかった。それが、抗議することもできずに闇の中で倒れていった者たちがいたからなのか、あるいは餌場の数に余裕があって現時点で不足しないだけのことなのか、あるいは昔ホクストルが推測したように、想像もできない方法で餌場の数自体が操作されているのか、私たちに知るすべはなかった。

私たちの悲願は、食料獲得を自らの手で管理することだったが、それはこれまでも、この先も、不可能なことのようだった。私たちは苦い思いで認めるしかなかった。――有史以来、将来にわたる完璧な食料計画を立てられた国家は存在せず、その意味ではギャルナフカ界といえどもそれらを凌駕《りょうが》することはできないのだ、ということを。

また、コミュニティ成立当初から続けられ、しかしいまだにまったく成果をあげていない事業もあった。トンネルの掘削だ。

東西南北についての意見は、誰のものでも比較的一致した。地図に描いてあった「コップ」の口が向いている側が北だ。しかし、そのどちらが外界への最短距離かということになると、確たる情報は何もなかった。迷宮は拘置所の下にある。しかし拘置所がどこにあるのか、誰も知らなかったのだ。私たちは全員、密閉された乗り物でそこまで連れてこられた。

迷宮中の壁という壁に聞き耳が立てられ、水音らしきものが聞こえる地点が三つ特定された。堆積岩の堅固な壁を石で掘る、根気のいる作業が開始された。しかしその進展は遅々たるもので、一日に一センチ進むかどうかというところだった。

だが……その他の面では、ギャルナフカ界は奇跡に等しいほど恵まれた世界へ変貌していった。

一年目の時点での人口は百四十八人、うち新生児が二人だった。

二年目、人口は百九十二人、新生児十五人となった。また第一回ギャルナフカ舞踊祭が開かれた。

三年目、「ホクストルの討伐戦」を生き延びていた生肉喰いの一人が発見され、一ヵ月の激論と観察の期間をへて、コミュニティに受け入れられた。

四年目、災厄の年。――一体どうやって菌が入りこんだのか、はしかが発生した。ギャルナフカ界始まって以来の非情な隔離策が断行されたが、大人八人と子供六人が亡くなる惨事となった。

五年目、前年とは打って変わって幸運の年。――迷宮のある場所で岩塩が発見された。執行部はただちにこれを管理下におき、念願だった「通貨」として配給することを開始した。皆はそれを使って取引したり、コックのパーレイの下に持ちこんで「餌」を少しでも変わったものに料理できないかと談判した。空気汚染の心配から「火」の使用は厳禁されていたが、この年を境にそれは変更され、以後パーレイが迷宮でただ一人、木の棒にロープを巻きつけた火鑽《ひきり》を持ち歩く、「火使い」となった。

六年目、文化の年。すでに五回目を数えていた舞踊祭に加えて、運動会、競話会などが催され、石工のホッジが七ヵ月かけて作り上げた「トロフィー」が勝者に授与された。

七年目、ある意味で驚くべき、けれども悲しむべき奇跡の年。──理学生のメーナン・サイダが、地上の数学界で二百八十年にわたって議論されてきた「タマルの漸変式」の非成立を証明した。しかし、それを理解できるものはギャルナフカ界に一人もおらず、地上に知らせることもできないのだった。

八年目、失望の年。迷宮から東、北、北北西へと掘り進められていたトンネルが、相次いで硬い巨岩に突き当たった。二十メートルを超えるそれらのトンネルには、人々の気が遠くなるほどの労力が注がれたが、得たものは三ヵ所の新たな湧き水だけだった。

九年目、争いの年。我がコミュニティ以外では最大の集団、「シンヤの家族」が、タルカをさらって犯した。彼らの一人はなんと、八年前の恋愛会議で私たちに反対し、コミュニティを脱け出した者だった。八年もの間、私からタルカを奪うことを画策していたのだ。我々は報復を決定し、暴力で彼らを討伐して、十八人を捕縛、二人を殺した。タルカは後に妊娠した。

その男は私より五歳ほど年上で、風格と人徳があるように見え、片足が折れているにもかかわらずリラックスして座っていた。

シンヤの家族のリーダーである、ブラッカという男だ。タルカをさらったのはこいつではないが、さらいたいという申請を受けて許可を出したのはこいつだ。シンヤの家族は独裁者ブラッカを奉じた小国家なのだ。

彼らを追いつめ、懲らしめる戦いはすでに終わった。さらわれたタルカも一晩付き添って落ち着かせ、年配の同性たちに任せてある。残るは捕虜の処分だった。私とグンド爺を始めとする執行部の面々が、ブラッカを囲んでいた。

しかし私たちはブラッカの様子を見て奇妙に思った。過去にいくつかあった、私たちの対立コミュニティ――生肉喰いや老婆の集団たち――に共通する、獣性や狂信性のようなものが、まるで感じられないのだ。

私が口を開くより早く、ブラッカが深みのある声で言った。

「ひとつ聞いていいかな。……あなた方のコミュニティでは、選挙をやっているか」

私たちは顔を見合わせた。火使いのパーレイが言った。

「いいや。しかし圧政を布いているわけじゃない。執行部はいつでも意見を受け付けている」

「どうかな。今度、無記名投票をやってみるといい」

「お山の大将やってたやつにそんなことを言われる筋合いはないな」

バッテルマン夫人が冷然と言うと、ブラッカは笑って首を振った。

「私の家族たちに聞いてみろ。私は全員の支持を受けていたんだ」

「だからなんだ。独裁者が取り巻きたちに支持されてるのは当然だろうが」

「当然？　とんでもない、人間の支持は無償で得られるものじゃない。みんなよりもさらに下の立場の者を作ってやるから、上にいる者が受け入れられるんだ。私がやったのはみんなに生贄《いけにえ》をやることだ。それだからみんなは——」

私は彼に近づいて顔を殴りつけた。ブラッカはちょっと驚いた顔をしたが、そのまま言葉を続けた。

「みんなは団結し、規律正しく従ってくれた。みんなを八年もの間、実際にまとめた方法だよ」

「私たちは生贄などなくてもうまくやっている」

「そうかな。選挙をしてみるんだ。表に出ていないだけで必ず不満はあるさ」

私は彼に背を向けて足早に去った。これ以上、タルカを辱《はずかし》めたことを正当化されたら、その場で殴り殺してしまいそうだった。

しかし数日後、私は決心をした。そのことを話すとグンド爺は猛反対した。

「選挙などやらんでよい！　あんな犯罪者の言うことは気にするな！」

「あんなやつに付け込まれるような弱点は持っていたくない。きちんと皆の支持を——」

「支持を得られなかったらどうする」

驚いて彼を見た。グンド爺はからかっている様子はなかった。

「うまく行っているものを、なぜわざわざ揺さぶる。地上と同じ政治が、この世界になぜ必要なんじゃ！」

「……爺さん、あいつを無視するということはね、あいつと同じことをするということなんだよ」

私は彼の制止を振り切って、皆に選挙を実施させた。ギャルナフカ界には筆記用具も投票用紙もなかったから、通路の一本を使って、壁に執行部全員の名前を列記し、人々が一人ずつそこを通って罷免《ひめん》すべき人物のところに石を置いてくる、という仕組みにした。史実に倣った陶片追放制だ。

その結果は意外なものだった。執行部の半分が政権を追われたのだ。人々が軍事力の行使を忌避したためだった。私がそれを退嬰《たいえい》だと感じたのは確かだが、それでも甘んじて罷免を受け入れた。

退嬰的でいられるほど迷宮社会に余裕ができたのが、うれしかったのだ。

十年目を、私は一囚人として迎えた。

夕食の後、私は寝転んで腹の上の小さなネルカを撫でる。そばには三十歳を超えても相変わらず野花のようにほっそりと美しい姿のタルカが座り、ほつれた服に髪の毛でつぎを当てている。彼女の髪は腰まで伸びて、つくろいものに使わせてくれと頼む連中を私はいつも苦労して追い払っていた。

タルカの膝には、右と左から十歳のハヌカと八歳のイーグが身を預けて、真剣な顔でやとりをしている。ハヌカは母親に似て気が強く、しょっちゅうイーグを泣かせてはタルカに叱られる。もっとも、姉弟げんかでは決して石を握らないことを私は知っている。

タルカは手を動かしながら、眠たそうな声で何かの童話を語っている。ちっとも聞いていないような様子の二人の子供は、実は常に母の言葉を噛みしめていて、少しでも気になるとすぐに顔を上げて聞くのだった。

「ねえママ、きぬのどれすって何？」

教育について私はほぼ全面的に地上のそれを援用していた。絹のドレスや青い空を見られない子供たちにそういったことを教えるのは、不憫《ふびん》なだけではなく残酷だという意見が多かったが、地上の美しい世界について何一つ教えず育てていくのはそれ以上にむごいと私は考えた。だから一つだけ手を加えて、すべての知識を子供たちに注ぐことに決めていた。タルカがやっているように――「それはね、昔々、まだ人々が地上で暮らしていた時代のものなのよ」。

それでも知識が失われていくのは防げない。このままでは、私たちはまったくの地底人へと変貌してしまうだろう。ハヌカやイーグはまだ「シンヤの家族」との争いや、ギャルナフカ社会が完成していなかったころのことを知っているが、胸の上ですやすやと眠る一歳のネルカは、それすらも知らずに大人になるのだ。自分の出生にまつわる、父と母の悲嘆、苦悩、そしてそれを乗り越えるまでの身を裂かれるような苦しみについても。……それは、幸福と呼んで呼べないことでもないが、さまざまな高い次元の「真の幸福」と比べれば、どれほどの幸《さち》でもない。――それとも、人間に真の幸福など不要なのだろうか。

今や私は、限界を悟っていた。

ギャルナフカ社会は人口五百二十九名を数え、迷宮全通路の解明と、全囚人の戸籍化を完了した。私たちは達せられる限りの成功に達した。まだ一度だが、数えきれない国家が失敗してきた政権の禅譲にすら成功した。それ自体は掛け値なしの勝利だったが、人間の力が輝かしいだけに、かえって物悲しさが際立つのだ。人の勝利に対して自然や世界が与えてくれるはずの栄冠が、この地にはまったく乏しいことが、どうしようもなく空《むな》しいのだ。

それが私の、ただひとつにして最大の苦悩だった。

誰かが水場の入り口に顔を出して呼んだ。新執行部のハラゴンだった。

「テーオ、来てください」

「どうした？」

私は起き上がりもせずに聞いたが、ハラゴンの言葉で危うくネルカを取り落としそうになった。

「グンド爺が危篤になりました。たぶんもうだめです」

私はネルカをタルカに預け、まとわりつく子供たちを振り切って外へ出た。

老人は広間の縄寝台の上に横たえられていた。この偉大な人物――栄えあるギャルナフカ界の第一同盟者！――を慕って、多くの人々が集まっていた。そのすべてを、ロッコが広間の全周に描いた、圧制と戦う群像の壁画が見守っていた。

私はグンド爺のかたわらに座り、彼が気づくのを待った。去来する想いが多すぎて、とても言葉にしきれず、ただ無言で見守った。

老人も同じ気持ちだと思っていた。が、彼は私を認めると、弊衣《へいい》の裾をあさって、一枚のグリーンの紙片を取り出した。私は何の気なしにそれを受け取った。

見れば地図だった。この世界の始まりからあり、社会の成立に伴ってゆっくりと忘れ去られていった、あの一本線の地図……はて、老人はこれを持っていなかったはずだが、と私が思ったとき、細い声が私を揺さぶった。

「わしがグンデリオ・ギャルナフカじゃ」

私は呆然と老人を見下ろした。その名が示すことはただ一つだった。

「では……あんたがこの迷宮を？」

「作った」

老人はかすかにうなずき、私だけに向けたささやきを続けた。

「我が国民たちのために……国家じゃ、覚えているかな？　昔日に我々が暮らしていたあの世界じゃ。他国との交わりを絶ち、内治のみで生き抜こうとした国。しかし生き物である人間社会をただ縛りつけておくのは無理だった。捌け口が必要だった。外に向けられないのならば、中へ。それも、人々の不満を解消するような形で……」

いつしか老人の口調は、彼があらわにした知性にふさわしいものになり、それと引き換えに、彼の目からは現在を見つめる光が失われていった。

「我々が死刑にならなかったのはそういうわけだ、テーオ。我々は最下層民として必要とされたのだ。地上の人々は我々の逮捕におびえ、不幸が自分に降りかからなかったことに安堵した。彼らは朝に歩く道を、昼に話しかける相手を、夕べに食べるものをことごとく限定されているが、それでもそのすべてを持っている。しかし我々には何もない！　死刑による直接的な恐怖ではなく、我々と地上の人との格差こそが国家に必要とされたのだ。

……ふふ、あんたたちは知らなかったろうが、大部分の刑事犯には投宮刑を受けるかどうかの選択肢が与えられていたのだ。ほとんどの者は拒否を選び、選択肢があったということ自体に満足してしまう。……人工の不可触賤民、それが我々だ」

「それはあんたの考えか、ギャルナフカ」

「そうではない、と言い逃れることもできる。わしはあくまでも設計者であり、投宮人数に応じて自動的に餌場が発生消滅する仕組みや、脱出を許さない換気機構を作っただけの技術者だ、と。……しかし、やめておこう。わしが今求めているのは安らぎで、そのためには告白が最良の手段だろうからな。そうだ、わしはその思想の信奉者だった。人々のために生贄が必要と信じ、人々の代わりに手を下すものが必要だと信じて、犠牲者の背を押す悲しみに酔っていた司祭だよ」

「それが、なぜここに？」

質問と言うより、水を向ける言葉だった。彼の今までの話で、理由は明らかだったからだ。投宮システムの治安効果は、それが公平でなければ発揮されないだろう。たとえ見せかけだけでも。

「最良の生贄だったからさ」

思ったとおりの答えだった。

私の心中は複雑だった。彼のせいで迷宮の五百人余が、あまりにも多くのものを失った。

責めようと思えばいくらでも責められる。私たちの、他ならぬ私の心には、十年をへてなお形を失わない、不遇への悔しさがある。その最上のぶつけどころが見つかったのだ。

しかしその十年は、彼にも同じ重さの罰を科した。

「テーオ、私は感謝している。無為に朽ち果てるはずの私を救ってくれて」

老人が、最後の明晰さを失いつつも、私の手を強く握った。

「あんたはこのひどい世界でも人が人として生きられることを証明してくれた。十年――十年もの歳月をかけて、わしの思想を覆《くつがえ》してくれた。心から礼を言う、ありがとう。……それと、すまなかった……」

「待ってくれ、爺さん。今さらすまなかったはないだろう、私たちはこの世界を誇りに思うようになったのに……」

「ふふ、そうじゃな。では礼だけを言っておこう……」

老人は細々と息を吐き、そのまま永の眠りにつくかと思われた。――が、私が顔を寄せると、最期の小さな声だけは聞き取れた。

「すべての地図を……」

呼吸が止まった。すっかりベテランになったヤーナが枯れ木のような手首をとり、亡くなったわ、と首を振った。

幾十ものため息がなだれ落ちた。人々は顔を覆い、天井を仰いで、哀切の声を漏らした。

その中で、私は末期《まつご》の言葉を反芻《はんすう》していた。

すべての地図を……重ねろ？

雷光のような閃きがあった。私は走り出し、執行部の穴倉へ向かった。

そこには、知識の共有によって用済みとなった四百数十枚の地図が、歴史上の遺産として注意深く保管されてあった。私はそれを二枚、手に取って見比べた。二つの餌場と二つの水場、合計四つの点が書かれている。さらに一枚取ってみる。点は六つになる。

地図の餌場の位置はすべて異なる。迷宮の誰もが知っていることだ。

しかし——その配置に意味があるなどということは、誰一人考えつかなかった！

尖った石を使って、一枚の地図の上に、他の四百数十枚の地図のポイントをすべて写し取るまで、かなりの時間がかかった。しかしその作業が半分を越えたあたりから、もう私にはわかっていた。それらの点の連なりは、文字を描き、文をなしていたのだ！

私は長い間うずくまっていた。この想像を絶する仕掛けを作った老人への驚愕と、今までそれを秘していた彼への呪詛《じゅそ》が胸の中で渦巻いた。十年！　十年かけて築き上げたものを、この地図は根底から破壊してしまうのだ！

そんなことはとても耐えられない。

私は地図を手に取り、破り捨てようとした。

その時、背後からためらいがちな声をかけられた。

「パパ……お葬式、始まるよ」

振り向くと、ハヌカが愛くるしい顔を半分だけ覗かせていた。その下からイーグも。その上にはタルカが。

タルカは私の様子に気づいた。

「テーオ……どうしたの？　また何かひどいことが起こるの？」

ひどいこと？

確かにこの変化は、ひどい苦労を私たちにもたらすだろう。このまま迷宮にとどまれば体験する必要のない困苦を。ここに居続けたほうが苦労はずっと少ないが、どちらを選ぶべきなのか——。

私は愕然とした。脱出を渇望していたはずの自分の、思いがけないためらいに。

するとタルカが、ふと目を見張った。私が手にした地図の束、そして私の顔色を見て、これ以上ない大事が起こったと悟ったらしかった。

彼女は私のそばに膝をつき、シャボン玉にふれる子供のようにそっと言った。

「……出口が？」

彼女の顔を見て、私は決めた。

その天井は一見して他の岩盤となんら変わらないように見えた。が、地図に記されていた文字は間違いなくそこを示していた。私たちが石をぶつけると、うつろな音を立てて震動した。

石を集めて足場を築き、偽装された板を破るのに、ものの三日もかからなかった。最初の穴が開くと、さあっと風が降りてきた。何人もがくしゃみをした。その風には、忘れて久しい植物の香りがたっぷりと含まれていた。

老いに若きが手を貸して、私たち全員が穴に這い上がった。水平にまっすぐ伸びた黒い通路を、五百人が歩いていった。

やがて、光が見えた。顔をかばってさらに進んだ。心臓がどくどくと脈打ち、家族たちが力いっぱい両腕にしがみついた。

そして——私たちは野へ出た。

丘の中腹だった。季節は初夏で、膝ほどの高さの青草がざわざわと風になびいていた。丘の下に白い箱のような建物があり、それを始めとして、無数の家が、道路が、小川が、果樹園が、見渡す限りに連なっていた。はるか地平線には紫にけぶる摩天楼の群れと、ちりちりと輝く海が見えた。

すべては底抜けの広い空の下にあった。まばゆい太陽の光がたぎり、私たちの肌はひりひりと痛んだ。

十年のときをへて、迷宮から脱出したのだ。

私はへたりこんだ。あとからあとから涙があふれて頰を伝った。私に続いて出てきた人も、一人の例外もなく腰を抜かし、恐れの声を上げて泣いた。

子供たちはおびえきって、私の胸や背中に顔を押しつけていた。この子たちを慣れさせるには、何年もかかりそうだった。――ことによると一生慣れないかもしれない。

それでも、脱出したことへの後悔はかけらも覚えなかった。

事情が許せば、そうやってずっと奇跡に打ちのめされていたかった。しかし懸念があり、私は皆を促そうとした。この脱出口が公式なものなのか、それともギャルナフカ博士がひそかに仕掛けておいた裏口なのか、わからないからだ。最悪の場合、私たちは五百名の脱獄囚として看守と戦わなければならない。

だが、当局に知られないうちに逃亡することは、どうやら不可能のようだった。丘のふもとから白い影が近づいてきたのだ。マントとフードを身に着けた執行官だった。その後ろには武器を持った百人以上もの刑務官が続いていた。

やがて執行官は私の前に立った。十年前の執行官と同一人物かどうかはわからなかったが、身にまとった傲慢な雰囲気はそっくり同じで、まず不快感をそそられた。

彼が時計も見ずに言った。

「遷王暦七十五年六月二十日午前十一時八分。囚人四百六十一名、およびその付帯発生血族六十七名の投宮刑を終了する」

「終了……？」

　私はつぶやき、フードの下の彼の目を覗きこもうとした。

「投宮刑に刑期はなかったんだろう。どういうことだ」

「反社会分子だったおまえたちが社会を構築した時が、刑期の終わりなのだ」

　執行官は、奇妙な笑みを含んだ口調で説明し始めた。聞くほどに、私も笑いをこらえなければならなかった。

「この出口を見つけたということは、おまえたちがすべての地図を重ね合わせる解答に気づいたということだ。それに気づいたということは、ひとつの勢力がすべての地図を収集したということだ。迷宮の初期における相互不信の状態から、そこまでの統一を達成するには、強力な統治が不可欠だったろう。その統治は、必要最低限の水と食料を公正に割り振るために、厳格な規律と自制によってなされただろう。――おまえたちは、この地上における我が国政府の、ミニチュアを形作ったはずなのだ。それこそが我々の期待したことだ」

「私たちが圧制国家を築いたっていうのか」

「おまえがリーダーのようだな。さよう、そのはずだ。認めたくないのだろうが」

　執行官はうなずき、なおも優越感をむき出しにした説明を続けた。私たちは投宮前の身分にかかわらず、元の生活へ戻される（当局は個々の囚人の生死を追跡しておらず、迷宮の人口変動を把握しているだけだった）。そこで迷宮の暮らしを好きなだけ吹聴していい。それによって、私たちが殺されたのではないかという国民の疑いを払拭《ふっしょく》できるだろう。また、社会から追放された者が、それでもなお社会を築いたという物語が、国民に社会性というものの必要性を思い知らせるだろう。私たちの名は、すでに追放者として社会に広められている――。

笑いをこらえつつも、私はそら恐ろしさを感じていた。当局はこんな筋書きがそのまま通用すると思っているのだろうか。思っているならその想像力のなさが恐ろしいし、思っていないならその無慈悲さが恐ろしい。

私の後ろで皆が口々に叫び、執行官が答えた。

「十年も追放されていたんだぞ、どうやって元の生活に戻ればいいんだ？」

「努力したまえ、迷宮で培われたおまえたちのたくましさがあれば、きっと元の役割に戻ることができる」

「子供ができたのよ、もう前の夫のところには帰れないわ」

「おまえ自身の不貞が招いた結果だ、甘受するんだな」

「迷宮に戻ってはいけないのか」

「迷宮は改造され、新たな囚人たちの受け皿になる。おまえたちの知識は無駄だ」

「みんなと離れたくない」

「幻想だ。元の暮らしに戻れば忘れる」

　この執行官に限れば、どうやら想像力がまったくない部類らしかった。自分の台詞がどれほどの反感を買うのかまるで理解していないように見える。彼の背後の刑務官たちが、その自信の源だろう。

　しかし私には、その刑務官たちの動揺が見えていた。

　私は執行官に詰め寄って言った。

「グンデリオ・ギャルナフカを知っているな？」

「――いや、知らない」

「嘘をつくな、おまえたちが彼を知らないはずがない。迷宮の設計者という意味でも、おまえたち自身が投宮したという意味でも、絶対に知っているはずだ」

「……ふむ、そのとおりだ。しかし彼は死んだのだろう？」

「どうしてわかる」

「生きている間は身を守るために出てこないはずだからだ。ああ、なるほど……つまりこういうことか。おまえたちは彼がギャルナフカであることに気づき、出口の場所を尋問し、その結果、地図を集めるという答えを得たのだな」

　この男はどこまでも、迷宮に圧制社会があったと信じたいようだった。

　私はその信念を粉砕してやろうとした。

「尋問はしていない。グンド爺は自らの意志で答えを教えてくれたんだ。地図が集まったのも圧制のせいじゃない。私たちの社会は助け合いでできあがったものだし、私がそれを壊しかけた時には、きちんと追放してくれたよ！」

言うなり執行官の顔面を殴りつけた。十年分の怒りを固めた一発だった。

彼は鼻血をまき散らして後ろに吹き飛んだ。一瞬の静寂の後、仲間たちから盛大な歓声が上がった。次々に立ち上がって同じことをしようとする。執行官がもがきながら立ち上がり、部下たちに鎮圧を命じようとした。

私は冷静にその様子をうかがって、背後に叫んだ。

「みんな静かに！　……静かに。暴力はやめだ。そのやり方に反対だから私を罷免したんだろう」

私は執行官を殴った自分の拳を見つめ、背中に隠した。皆は、その冗談を受け入れて笑うだけの余裕を示してくれた。

「座ってくれ。ともかく落ち着くんだ」

両手を広げると、風に吹かれたように皆が腰を下ろした。

私は振り返り、一礼した。

「見てのとおりだ。私たちは今でも文明人だよ」

執行官はなおも、取り押さえろと叫んでいたが、銃を持った刑務官たちは驚いたように立ちすくんでいた。私の願ったとおりだった。

それから私は、まだ座りこんでいたタルカに手を伸ばし、立ち上がらせた。彼女は薄闇色の瞳にいっぱいの不安をたたえて、私を見つめた。

「テーオ、どうするの？　これから」

「おまえはどうしたい？」

「私……怖い」

タルカは目を伏せ、まとわりつく子供たちに手を触れながらつぶやいた。

「家族や知り合いには会いたいけど……十年前の生活に戻れるとは思えない。テーオと離れたくない。一緒に暮らしちゃいけないの？　そう頼めない？」

「頼んでも無理だろうな」

私が言うとタルカは目を閉じ、つらそうにうなずいた。脱出の代償なのだから仕方ないというふうに。

そんな姿を見るために外へ出たのでは、絶対になかった。

「誰が頼むものか」

「……え？」

「自力でやるさ。誰になんと言われようと」

私は愛すべき仲間たちを見回し、声をはりあげた。

「みんな、行くぞ。——帰るんじゃない、挑戦するんだ。私たちは一度すべてを失い、それでもすべてを作り上げた。一度できたことが二度できないはずはない。この世界を、もう一度自分たちの世界に作り変えよう！」

賛同の声は、まだ大きくなかった。戸惑いと恐れのつぶやきのほうが多かった。その中で私はもう一度タルカと赤ん坊のネルカを抱きしめ、ハヌカとイーグを両手に抱え上げた。

「ほら……見てごらん、これが空だ！」

「きゃあっ！」

高く抱え上げられた子供たちは、必死になって私の頭にしがみついたが、やがておずおずと顔を上げ、魅入られたように空を見つめた。

「これが……そら……」

「落っこちない？」

「おまえたちの空だ。もう誰にも奪わせない。……タルカ、いいな？」

タルカは目尻を拭い、そっと私の二の腕に額を押し当てた。

「やるわよ……こんなのどうってことないわ。あなたさえいてくれれば……」

「行こう」

私は振り向き、歩き出した。執行官が険しい顔で立ちはだかった。

「止まれ。自宅まで送り届ける」

「どこへ行くかは自分たちで決める。いいな、通るぞ！」

その言葉を私は、刑務官たちに向けて叫んだ。

賭けだった。彼ら刑務官は、無実の人がささいな罪状で投獄されるのを、誰よりも間近で見てきたはずだ。十年の刑で私たちが屈服していると教えられたはずだ。私たちは彼らの目の前でそれを覆し、脱出し、以前にもまして力をつけたのだ。

私は気づいていた。十年の時は逆に、この国の仕組みにも亀裂を生じさせていたのだ。刑務官たちは今に至るまで手にした銃をこちらに向けていなかった！

「行こう」

私は進み、彼らの間を通り抜けた。誰一人、それを止めなかった。

今度こそ、天に抜けるような喚声が丘に響き渡った。

「テーオ！」

タルカが、家族が、五百の同胞が、そして、銃を置いた刑務官たちまでがあとに続いてきた。ただ一人を残して。

遠くに巨大な街が見える。その地の人々が私たちを受け入れるか、それとも石を投げるか——私は、期待と恐れに胸をとどろかせながら歩いていった。

老ヴォールの惑星

1

もう一万日近く、ヴォールは秋の食事をやめていた。同族たちが躍り狂い、より幼い同族たちを食べようとしている境界域の嵐から遠く離れて、夜半球の闇の中で、ヴォールは静かに定位していた。

これ以上育つと沈んでしまうというのは、食事をやめた二番目の理由でしかなかった。一番目は、秋から冬にかけての澄んだ空気に、食事を犠牲にするだけの価値があったからだ。

体を洗う涼風の中で、ヴォールはいつものように水晶体を立てようとした。その時、体表に分散する無数の汎眼《はんがん》の一つに、小さな円筒形のものが映った。そちらに意識を集中する。

青く澄んだ大気のかなたで、ねっとりした超臨界水の海面を間切って、同族がやってきた。二本の鰭肢《ひれあし》を踏ん張り、電離水素の季節風を斜めに受けて、一生懸命、風上のこちらに向かって進んでいる。まだ水晶体窩《すいしょうたいか》のくぼみもはっきりせず、体長はヴォールの四分の一ほどしかない。若者だ。

もっとも、ヴォールの四分の三以上の大きさの同族はいないのだが。

一万体長以上も先から、彼はこちらを見つけたらしかった。南北に間切りながら、体表をせわしなく明滅させて呼びかけ始める。フライマだとわかった。

じきにフライマは、ヴォールのそばにたどり着いた。鰭肢を大きく水中に広げて体を安定させ、秋の夜半球の優しい風を口から飲み込んで、後方にジェットを噴き、静止した。

ヴォールも大推力のプラズマジェットを穏やかに噴きながら、このなじみの若者にたずねた。

「今日も一人かね」

「一人だよ。みんなはまだ、ヴォールを怖がってる」

フライマのほそっこい体が、はじけるように瞬いた。ヴォールはからかう。

「ふふ、勘がいいな。私もそろそろ、おまえのような子供を食べたくなっていた」

「冗談でしょ。育ちたいなら嵐の中に行くはずじゃない。これ以上育つと沈んじゃうから、一人でこんなところにいるんでしょ？」

　こまっしゃくれたフライマの台詞を見て、ヴォールはさやさやと体を光らせた。それから、水晶体を風に逆らってぐうっと起こした。巨体の彼ならではの器用さで風を受け流し、どっしりと体を安定させる。

「見るかね」

「うん」

　フライマが彼の水晶体の後ろに移動してきた。水晶体の直径の二倍程度の太さしかない若者に、ヴォールは彼が指向しているものを見せてやった。

　それは、天空に数限りなくある星のひとつだった。フライマの未熟な水晶体ではにじんでしまう光の点を、くっきりと映してやることができた。色はほんのわずかに青みがかっている。ヴォールは瞬く。

「昨日は、やや赤かった」

「うん。その前はやっぱり青かったね。温度が変化してるの？」

「いや、別の原因だ。振動による波長偏移――こっちを見なさい、教えてあげよう」

　フライマが主眼で星を見つめたまま、体表に無数にある汎眼でヴォールを見た。めまぐるしく体表を点滅させて、ヴォールは思考を伝えた。

　すべての近づくものは青く、遠ざかるものは赤く見える。それは、大気のかなたに見える仲間であろうが、もっと遙かに遠い星であろうが同じこと。仲間のわずかな色変化を感じ取れる自分たちだからこそ、星の移動も見て取ることができる。

そんなヴォールの考えを消化したフライマが、感心したように瞬いた。

「あの星も、僕たちと同じぐらいの速さで、あっちへ離れたりこっちへ戻ったりしてるんだね。不思議だなあ。なぜだろう？」

「あの星にもサラーハがあるからさ」

「え？」

これはフライマを相当驚かせたようだった。鰭肢が海面からすっぽ抜け、勢いよく吹き飛んでしまったのだ。くるくる回ったフライマは、ずいぶん後ろでゴウッとジェットに力を込めて体勢を立て直し、あわててヴォールのそばに戻ってくる。

「あの星にも、僕たちの世界と同じものが？　どうしてわかるの？」

「鰭肢を振ると反動で体が揺れるだろう。それと同じように、光る星も何かに振り回されて揺れていると考えれば、波長偏移も説明できる。あの星は私たちのサラフォルンとよく似た光を出しているから、やはり同じものだろう。そんな大きなものを振り回す存在といったら、サラーハのような住める星――惑星しかないというわけだ」

「へえ……あそこにもサラーハが……」

フライマがさやさやと体の光を波打たせた。ヴォールは彼にいろいろなことを教えたが、そのたびに素直に感動するので嬉しかった。

別の世界にも、仲間がいるという考えは、格別のようだった。フライマはしみじみと言った。

「ヴォールはこういうのが楽しくて、いつも星を見てるんだよね」

「もう少し現実的な目的のためだがね。フライマ、楽な暮らしをしたくないか」

「楽な暮らし？」

「そう。毎日の風で吹き飛ばされたり、海に落ちたりしなくてもいい暮らしだ」

フライマがきょとんとして見つめた。

「風も海もない暮らし？　そんなのどうやって」

「風も海も、サラフォルンの激しい熱が作り出したものだ。それがなければ、私たちはずっと楽に暮らせる」

「風がないと力が出ないよ。海がないと鰭肢を踏ん張れないし。それって楽？」

「行けばわかるだろう。それらしいものは、もう見つけた」

「見つけたって？」

返事の代わりに、ヴォールは水晶体の角度を少し変えた。フライマが覗き込み、けげんそうに瞬く。

「……色、変わってないよ」

「波長偏移ではない。別の方法で見つけたんだ。惑星に振り回される恒星の動き、それ自体で」

「……ちっとも動いてないんだけど？」

「ふふ、おまえの瞳は小さいからな。たとえ私の大きな水晶体を使ったとしても見えないだろう。それに、たった一秋の観察でわかるものでもない……そう、長い間見つめねば」

その説明は、フライマに別のことを気づかせたようだった。フライマが居心地悪そうに身震いして光る。

「風が強くなってきた……もうすぐ冬が来るよ。秋が終わったんだ」

「……そうだな」

「吹っ飛ばされちゃう、そろそろ群れに戻らなくちゃ。ヴォールはまだここで？」

「ああ。冬は視界がいいからな」

ヴォールはまた少し水晶体を動かして、別の星を見る。フライマは鰭肢を縮め、ゆっくりと風に流されながら、別れの挨拶を点滅させた。

「よそのサラーハの話、面白かったよ。行くのは無理だろうけどね」

遠ざかる彼に、ヴォールは背をチカチカと光らせて挨拶した。それに短く返信すると、フライマは若者特有の思いきりのよさで鰭肢を引き抜き、昼半球へ向かう暴風を腹に捉えて、あっという間に空へと飛び去っていった。

ほんの少し、ヴォールは後悔した。好奇心旺盛な彼になら、自分の夢をまるごとすべて伝えてもよかったような気がしたのだ。

しかし、ゆっくりと時間をかけて、再びその思いを封じた。種族最大に育ってしまった自分の考えは、あの若者にとって重荷になるだけだろう。それが実現不能とあればなおさらだ。

他の世界に移り住むという考えなど。

渡さないほうがいい。渡せば、それを成しえずに早晩沈むことになる自分の悲しみも伝わってしまう。

ヴォールは、一人、強まる風に身を任せていた。

フライマがヴォールを見たのは、それが最後だった。その日の冬、春、夏が過ぎ、翌日また風が一番穏やかな季節を狙って夜半球へ出かけたが、彼の巨体は広大な海のどこにもなかった。質量が浮力と推力を上回って、超臨界水の海面に体を支えられなくなったのだろう。

フライマたちの一族は死を恐れないが、知識を他人に譲り渡すことなく没する孤独死は別だった。ヴォールは寂しさに震えながら死んだだろう。フライマは悲しみ、渡された最後の知識、別の星のサラーハの話を、何度も何度も思い返した。

2

サラーハは熱風の惑星だ。

風の源は、昼半球の中央にある。夏、母星サラフォルンの強い光を受けて、昼半球の大気は膨れ上がり、夜半球へと殺到する。その時期に昼半球に赴ける者はいない。昼の領域そのものが動かない。サラーハはサラフォルンの強い重力で扁平《へんぺい》に引き伸ばされているので、自転できないのだ。

十数時間の夏が終わると、サラーハはサラフォルンから少しずつ離れ、秋へと季節を変える。夜半球への流れは淀《よど》み、昼夜の境界域では、分厚い水素大気と超臨界水の海が天地もなく混ざって、大嵐を起こす。

サラーハがサラフォルンから最も離れる冬になると、流れは一変する。昼半球の大気は力を失い、夜半球に押し込められた大気が大反攻に出る。

冬の終わりの春は、最も激しい嵐が起こる。昼と夜の大気の衝突に加えて、サラーハが母星の方向と、その反対方向に引き伸ばされ、昼夜境界域での惑星半径が短くなるからだ。薄くなった大気層は凄まじい嵐で満たされる。

およそ七十時間周期で、サラーハはサラフォルンに最接近し、再び夏がやってくる。フライマたちは、この星の嵐の中で生まれた。

有機物はおろか、液体の水の存在さえ許さないような高温・高圧の星だったが、核の氷が溶融圧縮された超臨界水の海が、代わりの揺りかごとなった。あらゆる元素を溶かし込んだ超臨界水の飛沫が嵐によって飛ばされ、空中でいくぶん冷却されて、金属や珪素などの融点の高い元素がかろうじて固体化し、溶融し、また固体化した。強力な還元性を持つ水素大気のせいで進化は遅れたが、それでも化学物質は局所的に生じるヘリウム雲などの中に機会を見出し、生命と呼べるものに育っていった。

いつの頃からか、珪素の殻と金属の繊維を備えた小さな移動物が、昼夜境界域の海面で増え始めた。この移動物は、ちょっと大きな嵐がくるとすぐ海に沈んで消えてしまうような弱々しいものだったが、無限に繰り返される誕生と消滅の果てに、嵐から逃れられる移動力と環境探査力を備えてからは、ずっと力強いものになった。

その生物は風を呑んだ。呑むために位置を保持した。二本の袋状の鰭肢を作り出して、それを海に突き立てて風に抵抗し、また向きを変えた。

呑んだ風をエネルギー源とした。時速千キロを超える強風を大きな口に捕らえ、素通しの腹に通した。高熱と高速で電離した水素の風は、生物の腹の環形の金属神経が作り出す磁界を横切るときに、強力な電流を残した。絶縁された何万枚もの薄膜組織に、電荷は蓄積された。

一定の風向きのない嵐の中で動くために、電荷を放出した。発電器官である腹が逆に大気に電流を流し、加速して後ろから噴き出させた。

成長のために仲間を食った。夏冬の高速の定常風は腹を素通りさせるしかなかったが、春秋のでたらめな嵐の中では大気を漉《こ》すこともできた。嵐の季節には自由に飛び回り、自分より小さな仲間を腹に収めた。

探査のために目を育てた。音を吹き飛ばすほどの風が吹き、高温すぎて滅多に雲もできない澄明な大気の中では、光が最適な道具だった。巨大な水晶体を造り、捕食者の目を欺くために体表の輝度を変えた。

成長とともに賢くなった。複雑化した金属神経が思考するようになり、コミュニケーションを望んだ。自分より小さなものは餌だから食べてしまう。大きなものは敵だから逃げなければいけない。だが、ほぼ同じ大きさの個体は無害であり、それどころか共同で大きな個体を追い払える仲間だった。体の光と目で語り合うようになった。

繁殖はしなかった。すべての個体は環境から自発的に発生したものだった。過酷な自然条件が繁殖などという消耗の多い仕事を彼らに与えなかったためであり、過酷であるがゆえに、逆にすべての生命は、彼らとまったく同じ形態に育てられた。そういうふうに育つしかないとはいえ、多数の個体が環境から発生したというのは奇跡だったが、サラーハをベルト状に囲む昼夜境界域は総延長四十万キロ、四十億平方キロもの面積があり、それだけ広ければ奇跡も毎日起こるのだった。

ともあれ、彼らはサラーハでただ一種の生命で、しかも知的だった。繁殖はしなかったが、高速の光学的コミュニケーションによって経験は受け継がれた。それによって共有知識を確実に増やし、種全体の賢さも育てた。すると、成長すればするほど賢くなれること、物がよく見えることが知れ渡り、同時に、一定以上の大きさに育つと海に沈んでしまうことも知れ渡った。この時点から彼らは無目的な成長を中止した。すべての個体が、賢明な年寄りの指示で、捕食をし捕食された。成長してより大きな水晶体を得ようとする個体や、逆に沈没死を嫌って捕食を拒否する個体もいたが、体構造と同様に彼らの精神構造にも個体差は少なかったので、大多数の個体が長老に従った。

エネルギー源と成長資材が別なので、食事をしなくても死にはしない。わずかな量は体の経年劣化を補うために必要で、その採取量が海からの個体の自然発生数と等しくなるまで個体は増え、そこでバランスした。サラーハ全域で約五百万体。若者から年寄りまでピラミッド状の年齢分布でその数を達成すると、彼らの社会の変化は終わった。

以後数億年。珪素の体の劣化限界である千年ほどの時間を平均寿命として、彼らは穏やかに世代交代を続けていた。

3

冬の風は冷たいが優しい。夏の風のように体を焼き尽くすことのない、清冽な水素の流れが、口にぶつかるとともに電離して、噴射で消費する以上の電力を腹の中に残してくれる。

フライマたちは口をいっぱいに開けて、暗い夜半球から吹きつける烈風を呑んでいた。

夏冬の風は強すぎるので、鰭肢を踏ん張りジェットを噴射して定位する以外のことは、ほとんど何もできない。食事をしようにも、海面は一様に均《なら》されていて、幼体混じりの重元素沫など飛んでこないし、鰭肢を抜いた途端に吹っ飛ばされてしまう。定位していてすら、夏が終わるまでに数千キロも流される。

少しでも風に対抗するために、群れごとに陣を組んでいた。風上に向かって、数十体の個体で三角形を作るのだ。力のある個体が先頭に位置し、他の個体がその衝撃波よけの傘に隠れる。先頭個体が過熱しすぎると、他の個体が代わる。

数十条の青白いプラズマジェットを整然と噴射する群れの隣にも、同じような群れがいる。二つの群れが、後方の別の群れを一つ守る。少し大きな個体による群れだ。その後方にも、さらに大きな個体の群れがいる。小さくて前面投影面積の少ない個体が集団の先頭に位置し、最後方に巨体の長老が控えて、全体で逆三角形を作るという陣形だ。この時ばかりはお互いに食らいあう余力もなく、皆が団結して風に立ち向かう。

そういった巨大な群集団が、南にも北にも、いくつも並んでいる。サラーハをぐるりと取り巻く昼夜境界域の全域で、同じようなことが行われているのだ。

少しでも気を抜くと自分だけではなく集団全体が崩壊する、とても危険な作業だったが、毎日のことなので慣れていた。それに、この季節には、今しかできない楽しみもあった。

三十二体の群れの中ほどに位置したフライマは、前にいるカローナの衝撃波円錐に隠れて、水晶体を起立させた。鰭肢をわずかに動かして体の角度を変え、前方の夜空を見上げる。

雲のない澄み切った大気のかなたに、無数の星々が見えた。

三つ隣で同じように水晶体を立てていたシャウラーが、体を鋭く瞬かせる。

「ハウリの連星が上がった！　春まで九ラビル！」

六十二ラビルが一日だ。季節の移り変わりを知るために、同じ間隔で並んでいる天の六十二の星を基準に、時間が決められた。サラーハにはそのような天体しか不動のものがない。それを毎日見ているから、皆、星には詳しい。

カローナがフライマの行動に気づいて、後尾を光らせた。

「天測はシャウラーがやってるよ。何をしてるの？」

「趣味。別のサラーハを探してる」

「別のサラーハ？」

「うん、ヴォールに教えてもらったんだ。天の星々の中には、サラーハのような惑星を持つ星もあるんだって」

「それがどうかしたの？」

「どうもこうも、そんな惑星があれば、僕たちみたいな生き物も住んでるはずじゃないか。まったく別の群れがだよ。興味ない？」

「それは……」

カローナは少し沈黙してから、ぱっと体を輝かせた。

「凄いね！　まったく別の群れか。どんな知識があるんだろう。話してみたいなあ」

「昔の長老の『風見のヘラス』とか『囮《おとり》のピーパー』みたいに、もっといい対風陣の組み方とか、大きい連中を出し抜く方法を知ってるかもしれないね」

「でも、話すのは無理だね。こっちからその星が見えないぐらいだから、向こうからも見えないだろう。みんなで言葉を同調させても、サラフォルンの光にかき消されちゃうだろうね」

「ううん、どうだろ。すごく目のいい長老だったら、向こうの光は見えるかも。ヴォールぐらい水晶体が大きければ」

そう言ったフライマは、ヴォールに教えられたもう一つのことを思い出した。

「そういえば、ヴォールは楽な星のことも話してた」

「楽な星？」

「涼しくて過ごしやすい惑星だって。ヴォールは、それをもう見つけたって言ってた。ええと、天のどの辺りだったかな……」

「そんな星があるの？　どういう星さ、サラフォルンみたいな母星がないとか？」

「母星はあるよ。ヴォールは母星の動きでそれを見つけたんだから。でも、色は変化しないって言ってたな。確か、ほんのちょっぴり揺れて見えるって」

フライマはしきりに水晶体を動かしてその星を探したが、どうやら今の季節では見えないようだった。

二人の話を見て、シャウラーが割り込んできた。

「やめとけよ、よその星の連中がもしこわいやつらだったら、どうするんだ」

「こわいやつら？」

「大きい連中みたいに、僕たちを食っちゃうのさ。ううん、そいつら全部が僕たちより大きいかもしれない。そうだとしたら仲良くするのは無理だ」

「それは……こわいねえ」

フライマとカローナは同意した。サラーハ中のすべての個体と意思の疎通ができるので、異種族という概念はない。だが、話が通じても襲い掛かってくる大型個体は存在するので、敵という概念はある。なるほど言われてみれば、他の星の生き物はこわいものかもしれなかった。

仲間が孤独死したときにもそれほど悲しまず、自分も死ぬときは一人で死ぬというのが口癖の、皮肉屋のシャウラーは、あてつけがましく派手な光をまき散らした。

「ま、空想だけのお遊びだけどね。『角度のリョーカ』によれば、天の星々は、サラフォルンの二十億倍も離れたところにあるんだから。どうしたって行き来は無理だ」

「それはそのとおりだけどさ……」

二体は光をひそめた。

サラーハの生き物は、敵と味方の区別こそあれ、すべての個体の性質も考えも知り尽くしている。まったく未知の生き物という考えは新鮮で楽しかった。それなのにシャウラーがけちをつけたので、フライマとカローナは残念に思った。

「サラーハはいいところさ。暮らしやすい星なんか探す必要はないよ。おっと、そろそろ次の星が見える頃だ」

シャウラーは気取った調子で光って、水晶体を水平線に向けた。そして、自身の言葉を否定するものを見つけてしまった。

「……なんだ、あれ？」

群れが頭を向ける夜半球の中天に、他の星を圧してまばゆく輝く火球が現れた。その光――フライマたちの見慣れた、大気の中を高速で飛行する際に発する、電離水素の輝き――は急速に強くなり、じわじわと広がっていった。

「危ない！」

シャウラーが驚愕の光を放つと同時に、フライマは可能な限りの速度と輝度で全身を点滅させ、自らの知識と経験を全方向に発振した。

それは、死に瀕した彼らの種族が反射的に行う行動だった。フライマからわずかに遅れて、その場のすべての個体が同じ行動を取ったが、最も早かったフライマの信号が周囲の個体に刷り込まれ、それらの個体の信号発振によってさらに遠くの個体、遠くの群れにまで転送されていった。

火球は際限なく大きくなった。死に物狂いで逃げるもの、制御を失って沈むもの、風に身を任せて昼半球に逃げるものなど、恐慌状態に陥った集団の頭上でどこまでも大きくなり、ついには全天を覆った。もはや火球ではなく天空の炎上だった。

わずか三十分後、強烈な衝撃波が降ってきて、逃げ惑うフライマたちを粉々に破壊した。

サラーハを襲ったのは、直径十五キロほどの大きさの彗星核だった。分厚い水素大気に突入したそれは、対気摩擦で膨大な水蒸気をまき散らして質量を失いながらも、大気の底の超臨界水の海に向かって五分以上――距離にして九千キロも進んだ。上空から下方に向かって逆円錐形の爆風が広がり、深さとほぼ同じ差し渡しの水蒸気の井戸を作った。超音速の風が吹くサラーハにあってさえ、惑星に出来た目玉のようなその井戸が消滅するまで、その冬いっぱいかかった。

フライマを始めとして、三万体の個体が死んだ。しかし彼らの知識と経験は、ほぼ光速の伝達によって、爆発圏外の仲間に伝えられていた。大気の澄んだ冬であったこと、対風陣を組んで一列に並んでいたことが幸いした。

生き残った仲間たちは、空から降ってくる星を警戒しなければならないと痛感した。早期に察知して、安全区域に逃げなければいけない。近傍天体の観測が盛んに行われるようになった。

だが、もし逃げられないほど大きな星が降ってきたら、どうしたらいいのだろう？

フライマが遺した、ヴォールからの知識は、その懸念に直接答えるものではなかったが、参考にはされた。他の惑星の生き物と連絡を取れば、対策を教えてくれるかもしれない。

それに、フライマがやったように、知識と経験を伝えることができるかもしれないではないか。重要なのは個体の存続ではなく、知識と経験の存続なのだ。

4

秋の嵐を前にして荒れ始めた空を、クーリシュは二十一体の仲間を連れて飛行していた。目的は、自分たちより一体長ほど大きい、ソンボーの群れを見つけることだ。夏冬の強風の最中には動くことなどできないし、春の嵐は激しすぎて視界が利かなくなるから、秋の今、彼らは人探しを始めたのだった。

揚力形状に広げた鰭肢で風を切り、プラズマジェットを全力で噴いて飛ぶ。大気に夏の一様さはすでになく、膨れ上がった夜半球の大気が押し戻って、あちこちで戸惑ったように乱流を作っている。見下ろせば、眼下の海面は圧力の不均衡を敏感に察知して、クーリシュたちの体長の百倍にも達する巨大な波濤を育てている。それがさらに百倍の大きさにそびえ上がり、轟然と渦巻いて大気と入り乱れるのは、もう間もなくだ。

三角編隊を組んだ仲間たちが、それぞれ水晶体を立てて遠くを監視している。夏の間は全個体で集団を組むクーリシュたちも、強風が弱まると一斉に散開する。大きな個体は小さな個体を食べようとし、小さな個体は群れを組んで大きな個体を追い払おうとするのだが、その場で争いを始めると大混乱の末に海に沈んで共倒れになってしまう。いったん距離をとって、遊弋《ゆうよく》しながら他の群れの様子をうかがうのが、暗黙のルールだった。

左翼にいたイーゴが、仲間に向けて体表をかすかに瞬かせた。

「左方八分の三角に大型群、距離六千！」

「ペル、テトラント、突き合わせよう」

「うん」

遠すぎる目標はぼやけてよく見えない。けれども数人で同時に見ながら、その光景を互いに教えあえば、細かいところまではっきりと見える。クーリシュが編み出したその方法を三人は実行した。水晶体に映った光景を即座に信号に変え、高速の点滅で渡して補完しあった。

「個体数十三、平均体長一・八。大きさは合ってるけど一体足りない」

「いや、陣形に見覚えがある。誰か沈んだんだ」

「決まりだね。すくい上げる、ついてこい」

クーリシュは鰭肢を大きくひねって、勢いよく降下した。二十一体の仲間が順序良くローリングして、ついてきた。

海面すれすれを全速力で突進する。波濤は刻一刻と大きさを増し、何度かその腹を突っ切る羽目になった。もう嵐が始まっている。猶予はない。

目星をつけた地点まで来ると、クーリシュは躊躇《ちゅうちょ》なく垂直に上昇した。海面から飛び散った重元素沫のしぶきを貫いて飛び出すと、旋回中のソンボーたちが真上にいた。こちらに気づき、一斉に警戒閃光を放って散開しようとするが、クーリシュたちのほうがすばやかった。

一番大きな個体——指導者のソンボーに次々に体当たりし、鰭翼をねじ曲げる。姿勢を崩したソンボーはまっさかさまに墜落した。海面近くでジェットを噴いて強引に姿勢を整えようとするが、そこに寄ってたかって群がり、上昇できないように押さえ込んだ。

「動くな！」

クーリシュは鋭く光を放った。

「ソンボーは捕まえた。指示を聞かなければ、このまま海に突き落とすぞ！」

上空を旋回していた大型個体たちが、せわしなく瞬きあった。ソンボーの体は完全に隠されている。今沈められれば、誰も彼の知識と経験を受け継ぐことはできない。勝負はあっさりついた。

降伏の点滅を確認すると、クーリシュは降下し、ソンボーの下に回り込んだ。

「やあ、ソンボー。六百五十日前は世話になったね」

「クーリシュか。気まぐれで乱気流から助けてやったのが仇になったな。あの時の礼がこの仕打ちか？」

「恩を仇で返したりはしないよ。今日は喧嘩じゃなくて話し合いに来た」

「なんだって？」

「僕たちすべての将来に関わることなんだ。解放してあげるから、襲わないって約束してくれ」

「……いいだろう。でも、もうじき嵐だ。時間はないぞ」

「夜側に行って嵐から離れよう。食事はあきらめておくれ」

ソンボーは強力な個体だが、物わかりの悪い相手ではなかった。クーリシュたちが包囲を解くと、約束どおり襲ってはこず、先導の光を放って見事な編隊を率いて飛び始めた。

本格的な嵐になり、風と風のぶつかり合いが途方もない大波を巻き上げていた。その怒濤を意にも介さず二つの群れは飛んだ。嵐といっても、真夏や真冬の烈風に比べればそよ風のようなものだった。

夜半球から押し寄せる冷気の前線を越えると、大気は穏やかになった。一行は海面に降り、話し合いを始めた。クーリシュが口火を切る。

「三千三百四十日前に氷星がぶつかって以来、僕たちは衝突天体の探査を続けているよね」

「ああ。僕の群れのエルテナも二つばかり見つけた。百二十二日前に東域で退避の指示が出たのは、その一つがぶつかったからだ」

「うん、サラーハには思ったよりたくさんの星がぶつかってることがわかった。でも、僕たちの群れはもっと恐ろしいものを発見したんだ。サラーハの約十分の一もの大きさの衝突天体を」

「……本当か？」

「イーゴが見つけた。歳差観測を考え出した『角度のリョーカ』の知識と経験を、彼はほぼ完全に受け継いでる」

クーリシュの合図で、やや大柄で鈍重な、しかし大きな水晶体を持つイーゴが進み出て、ソンボーに点滅を送った。計算結果を受け取ったソンボーは、ぼうっと体を明滅させる。

「本当だ……まいったな、確かにぶつかる。この大きさだと、サラーハは壊滅だな」

「まだ五万五千日も先だけどね」

「それでも僕が沈むより早い。ということは、僕たちはいなくなってしまうわけか」

「たぶん。止める方法は何もないだろうね」

一同は、真っ暗に光を消して、沈黙した。

しかし、やがてクーリシュが、慎重な感じで点滅を再開した。

「でもね、全滅する前に、ひとつだけできることがあるんだ」

「どんなことだ？」

「知識と経験を、他の人たちに受け渡すんだよ」

「他の人たち？」

「そう。フライマの知識は君も持っているだろう。よそのサラーハに住む人たちだよ」

「シャウラーの知識も持ってるぞ。そんなことはできやしない。僕たちの光なんか、他の星まで届きっこないんだから」

「一人ならね。みんなでやったら？」

ソンボーはしばらく、中途半端な量の光を垂れ流しにした。

「みんな？」

「大勢の光を同調させるんだ。サラーハの夜半球で、何万もの仲間が一斉に光を放てば、ものすごい明るさになる。きっとよその星まで届くよ」

「うーん、それなら……いや待てよ、夜の側っていったって、相手の星から見てサラーハが夜の時じゃないと、見えないじゃないか。つまり、相手の星が真冬の天頂に来ている時だ。そのためには、その星がどの星なのかを、僕たちがわかっていなきゃいけない。どれがよそのサラーハなのか、わかるのか？」

「そこだよ」

クーリシュはソンボーの大きな体に身をすり寄せた。

「そこで、君たちの助けがいるんだ。大きな君たちの大きな水晶体を、使わせてほしい」

「水晶体を？　そんなのうまくいくかな。他人の水晶体を使っても瞳の大きさは変わらないから、あまり意味はないぜ」

「君の水晶体の後ろに僕の水晶体も立てる。二つ重ねるんだ。いや、必要ならもっと大きな個体を探して、その人に先頭になってもらう。いくつもの水晶体を重ねれば、びっくりするほど遠くのものが見えるんだよ」

ソンボーは、三たびぼんやりと明滅して、驚きを表した。やがて、にわかに海面下の鰭肢をねじ曲げて、体をどんとクーリシュにぶつけた。

「たいした考えじゃないか！　なんだかほんとにやれる気がしてきたぜ。ようし、大型連中には僕が話してやる。任せろ！」

「長老たちにもね。『方位のゼローマ』や『揺らぎのオーデ』の助けもいると思う」

「あんな化け物たちにか？　それはちょっと……」

ソンボーが尻込みするのを見て、クーリシュは彼の前に移動し、決然と光った。

「やってくれるなら、僕を食べてもいい」

「なに、本当か？」

「その代わり、しっかり受け継いでおくれよ。それが僕の望みだ」

「……ようし、わかった」

クーリシュが、全身からきらきらと美しい光を放った。彼の生涯のすべてを込めた点滅だった。

それを一閃も見逃さずに受け取ると、ソンボーはおもむろに口を開け、小柄なクーリシュの体を飲み込んだ。

ややあって、ソンボーの体の光がより複雑さと深みを増した。クーリシュの知識と経験と、それ以上のものが、彼に受け継がれ、統合されたのだ。クーリシュの仲間たちが、質量を増して沈みかけた彼に寄り添い、体を支えた。ソンボーは自分たちの指導者を奪った者ではなく、それをもっとも理解した者だった。

「確かに受け継いだぞ、クーリシュ。もう後には引けないな」

クーリシュの組織を吸収したソンボーが、強力なジェットで海面から浮かび上がり、身を翻した。仲間たちも離昇し、彼を追う。

ソンボーたちよりももっともっと大きな個体が大勢いる。だが、この方法ならば説得は可能に思われた。

ソンボーは自分の身を挺して、長老の一体である『揺らぎのオーデ』を口説き落とすことに成功した。オーデは自らの水晶体で、彗星とは比較にならない惑星規模の彷徨天体を観察し、それがサラーハへの衝突軌道にあることを確認した。彼は仲間の長老を説得し、その長老たちが種族の意見を統一した。

彼らの指示で、史上最も巨大で賢かったと言われる『惑星のヴォール』の着眼になる、系外惑星へ通信を送る計画が動き出した。

それは、恒星光のドップラー偏移を分析する作業だった。恒星は遠すぎて、それに随伴する惑星を直接見ることはできないが、サラーハ並みの巨大ガス惑星を擁する恒星では、その大質量に振り回されて自身もわずかに振動する。その振動が見かけ上遠ざかるものであるときは、恒星光の波長は長くなり、逆の場合は短くなる。サラーハと同じく数十時間で惑星が公転している場合、恒星の振れの角速度は毎秒数百メートルにもなり、十分なドップラー偏移を引き起こす。彼らの敏感な光学器官をもってすれば、その偏移を色の変化として識別できるのだ。

観測は冬に限られた。夏は対風陣を組むために母星サラフォルンを向いていなければならないからだ。冬の清涼な烈風の中、従来とは逆の陣が形成された。集光力の高い大型水晶体を持つ、長老格の個体を前面に押し立て、その後ろに直列に小型の個体が並ぶ陣だ。

空気抵抗の大きな長老を前面に出すためには、他の個体が総がかりで彼を支えなければいけなかった。また、色の変化は一度の観測で確認できるものではないので、幾冬にもわたってそれをしなければならなかった。つらく厳しい仕事だった。

だが、ことは種族の存続に関わるのだ。何体もの長老が沈み、何百体もの若者が巻き添えを食って沈んだり吹き飛ばされたりしたが、彼らはじっと耐え、サラーハの公転につれて変化する水平線上の恒星を、かたっぱしから調べていった。

その甲斐あって、およそ七十以上の色の変わる恒星が見つかった。それと同じだけの惑星が天の上にはあるのだ。

次の段階は、それらの惑星に仲間がいるかどうかを確かめることだった。星中の個体の知識と経験を送り出すには時間がかかる。何もいない惑星に光を送って時間を無駄にするわけにはいかない。

クーリシュが死んでからちょうど千日目にあたる冬、彼の名を冠せられた第一の目標恒星に向かって、長老『間切りのテュース』の指揮する個体五万七千が、サラーハ昼夜境界域から五千キロほど夜側に進出した地点で、最初の呼び出し信号を発した。名前のとおり対風機動のベテランである長老が、合計四十億キロワットに達する電力を消費して、一糸乱れぬストロボ光を三十分間も放たさせたのだった。

クーリシュまでの距離は、イーゴの歳差観測によって割り出されていた。サラーハ－サラフォルン間の八百万倍。光の往復にはおよそ一万二千日かかる。

だが、一万五千日が経っても返答はなかった。

最初の呼び出しへの返答を待たず、次の星の呼び出しが矢継ぎ早に行われた。回を重ねるにつれ呼び出し規模は大きくなり、七十五番目の恒星アルヘリンの呼び出しには、十二体の長老、三十万体の個体が参加し、二百億キロワットもの莫大な電力が光に変換された。

だが、返答はなかった。

長いと思われた五万五千日の猶予は刻々となくなっていった。天空に光る彷徨天体『孤独死《トーバイ》』は大きくなったり小さくなったりしたが、それは予測を覆《くつがえ》すのではなく強化する動きだった。その星は、公転するサラーハの未来位置に向かって、自分の楕円軌道を冷酷に正確に周回し続けていた。

5

『眠りのテトラント』の行動は、合理的なものと言えなくもなかった。

アルヘリンの呼び出しが徒労に終わった時、かつてクーリシュの群れにいた彼は、他の惑星の生き物に呼びかけることに望みをなくし、それまで誰もやらなかった休眠行動を開始した。境界域から離れた夜半球の海面に身を落ち着け、風による発電以外のすべての活動をやめてしまったのだ。

種全体が滅んでしまえば、もはや自分の知識と経験を受け継いでくれるものは誰もいない。他の惑星を探す最後の試みにも手ごたえがない。となれば、日々活発に暮らして知識と経験を増やしても意味はない。これ以上失うものが増えないように、テトラントは眠りについたのだった。

そのような考えにいたる者が、じわじわと増え始めた。すべての惑星の呼び出しが一通り済むと、次に再び最初の恒星クーリシュが呼び出されることになったが、それに参加した個体は二十七万体だった。その次は二十五万、その次は二十二万だった。

しかし、希望を捨てない積極的な個体は存在した。それは主に小型の個体で、小型ゆえの知識容量の少なさ、思慮の浅さが、大型個体のような諦観にいたる前に彼らを行動させるのだった。

トーバイの衝突まであと三万日あまりになったある日の冬、通常の逆三角型対風陣の最後尾で、二人の長老が力のない点滅を交わしていた。

「二巡目の呼び出しにも返答はなかったな。やはり他の惑星に仲間はおらんのか……」

そう光ったのは『大数のゼオ』で、

「無理もない。私たちとても、風と嵐の微妙な働きが奇跡的に生んだ生命だ。もしサラーハが完全な円軌道を巡っていたら、四季は発生せず、その奇跡も起きなかっただろう」

そう答えたのは『進化のタンブ』だった。

「そもそも恒星は何万とあるのに、惑星はたった七十いくつしかない。なれば宇宙に存在する生命が私たちのみであっても、おかしくはないのだろうな……」

二人の長老は光を消し、沈黙した。

そこに割り込んできたのは、対風陣の前のほうにいる小さな個体だった。

「でもタンブ、僕たちはまだすべての惑星を見つけたわけじゃないよ」

タンブは水晶体を起こして、前方の群れの中から発光源を特定した。

「『距離のイーゴ』か」

それは、かつてのクーリシュの群れの一員だった、若い個体だ。

「まだ他に惑星があると？　なぜそんなことが言える」

「ヴォールが言っていたから。彼は他の人に見えないものが見えた。暮らしやすい星が」

その名を聞いて、長老たちは不愉快そうに鰭肢を震わせた。若い者たちはヴォールの話に過剰な興味を示している。特にイーゴは、ヴォールの話の最初の聞き手であるフライマと同世代なせいか、熱心さも人一倍だった。熱心の度が過ぎて一再ならず長老の命を無視し、単独観測のために夜半球に出かけていったこともある。

タンブは諭すように光を送った。

「なるほど、彼にはそれが見えたのかもしれん。が、今となっては彼ほど大きな水晶体を持つ個体はいない。ここ二万日の無理な星探しで長老の多くは海に沈み、残ったのは私たちのような比較的小さな個体だけだ。直列法で補うにしても限界が……」

「まだ突き合わせの方法があるよ」

タンブとゼオはけげんそうに光を交わし、やがて思い出した。

「ああ……おまえたちの群れは、そういう手法を持っていたな」

「うん。クーリシュが編み出した方法だよ。小さな水晶体しかない個体でも、たくさん集まれば大きな水晶体を使うのと同じぐらいはっきり、ものが見えるんだ」

「しかしそれは遠くの群れを識別する方法だ。星に対しても有効かな？」

「試してみる？　恒星ホーラーを見て」
「ふむ」
ゼオは水晶体を、水平線のすぐ上のその星に向けた。前方で小さなイーゴが同じように
ホーラーを見て、勢いよく瞬き始めた。
彼が送ってきた信号を、ゼオは意識の中で景色の形に組み立て、自分が見ている光景に
重ね合わせてみた。水晶体の大きさも互いの位置も違うので少しやりにくかったが、しば
らく調節すると、自分の見ている光景によりくっきりした輪郭が加わった。
「ほう……可能なようだ」
「でしょう？　だから、ヴォールが見ていた惑星にこの方法を使うのを、許してもらえる
？」
「そんなものはない。無駄なことだ。第一どこにあると？」
「この星だよ」
イーゴが一つの星を指し示す明確な座標を伝えたので、長老たちは驚いた。
「ほう、何を根拠に？　ヴォールがこの数値を残したとでも？」
「数値は残していない。でも、フライマがその時の角度を覚えていたんだ。その時水晶体
を支えていたヴォール本人の数値じゃないけど、僕が計算してここまで絞り込んだ」
イーゴは熱心に訴えた。

「その星はほとんど色が変わらない。赤と青の真ん中の光、緑《ハリューム》を強く放ってる。でも、色が変わらないからって惑星がないってことにはならないんだ。ヴォールが見ていたのは色の変化以外の何かなんだから。だから、その星を重ね合わせで見てみたい」

「……それほどやりたいならば、許可しよう。ただし、次の冬にだ。そら、もうすぐ春が来るから、逃げたほうがいいぞ」

タンブの光はやや強い皮肉めいたものだったが、イーゴたちはそれに気づかず、喜んだ様子で集団を離れていった。

翌日から十日ほどをかけて、タンブを含む三十体ほどの個体による突き合わせ観測が行われたが、目標の恒星ハリュームに惑星があるような様子は観察されなかった。色の変化はもちろんのこと、サラーハのような惑星が存在している場合に起こるはずの一日一回の振動も、ハリュームは起こしていなかった。タンブもゼオも、もともとそれほど期待しておらず、イーゴへの協力をそれきり打ち切った。

だが、彼ら以外にも同じことをしていた群れがいたのだ。サラーハ全周に散らばる若い個体たちが、それぞれ独自に、ハリュームの観測を始め、あるいはずっと前から行っていた。フライマが伝えたヴォールの考えを受け継いで。

『惑星のヴォール』の考えは、それほど魅力的だったのだ。

他の惑星に自分たちと同じような生き物がいるという考えは素敵だが、意外性はない。

同じような星があれば、同じような生き物がいるだろう。だが、ヴォールはまったく異なる惑星の存在をも、示唆していたのだ。サラーハのように熱くなく、風も吹いていない星。そんな惑星が存在するわけがない。存在するわけがないのに、ヴォールはそれがあると言った。見たと言ったのだ。そして、そのまま誰にも知識と経験を伝えず逝った。サラーハに伝わるすべての知識と経験は、先人から生の信号のまま受け渡されたものだから、伝聞でしかないヴォールの話は特異だった。それは、悲しい孤独死を遂げた偉人の伝説だったのだ。伝説は、知識と経験に乏しい若い個体を熱中させるものだ。

それが彼らに、見つからないはずのものを見つけさせた。

トートーラは六つも向こうの群れの個体だったので、会合地点につくまでに時間がかかって、春の嵐が始まってしまった。

来るのが遅いと文句を瞬かせるトートーラに謝って、彼に点滅してもらうと、イーゴは食事も忘れて乱流の中を適当に飛びながら、もらった記録を調べてみた。

恒星ハリュームの観測記録だった。イーゴたちがタンブに愛想を尽かされてからすでに三千日もたっていたが、他の群集団にはまだ観測を続けている個体がいた。その結果が、直列法に代わる重ね合わせ法を皆に広めたイーゴに、こうしてたびたび受け渡されていた。

だが、最近はイーゴもやる気が失せていた。どの群れの記録にも惑星の兆候はないのだ。

今回のトートーラの記録も、平凡なものだった。イーゴはもう一度フライマの知識鰭翼をひねって適当に重元素沫を追いながら、イーゴはもう一度フライマの知識を思いを思い返してみた。

「何がいけないんだろう……」

フライマが見たヴォールの話を追ってみる。風も海もない星……惑星に振り回される恒星の動き……一秋の観察でわかるものでもない。

最後の一節が、ふと気になった。一秋でははっきりした結果が出ないというのは、恒星の色変化を調べる時の注意点だ。一度の観測では、母星を周る惑星の動きの一部しか捉えられない。母星の色変化は何日か、あるいは何分の一日かかかる。それが、惑星が母星を回る周期だ。

しかし、この時ヴォールは色変化について説明していたのではない。

「ひょっとして、もっと長い周期で……？」

イーゴは、手持ちの観測記録をありったけ思い出した。サラーハ全周から集められた三千日分の記録、およそ二百件以上。それが示す恒星ハリュームのわずかな変動を時系列順に追ってみたイーゴは、驚きのあまり噴射を停止した。

ハリュームは振動していた。――千四百二十日もの長周期で！

「ど、どういうことだろう」

イーゴは金属の神経に激しく思考の電流を走らせる。この振動が惑星の周回によるものだとすれば、その惑星は恐ろしくゆっくり動いていることになる。だが、母星からの距離がサラーハのように近かったら、たちどころに母星に落下してしまう。ということは、そんなに遅くても落ちないだけの遠くを回っているのだ。

計算してみると、その惑星と母星の間の距離は、サラーハとサラフォルンの間のおよそ百三十五倍になった。イーゴはますます混乱する。そんなに母星から離れていたら、きっととてつもない低温に——

「風も海も、サラフォルンの激しい熱が作り出したものだ。それがなければ、私たちはずっと楽に暮らせる」

ヴォールの光が、自分の目で見たように鮮明に浮かび上がった。

「これが……ヴォールの見た惑星なんだ」

イーゴは呆然とした。

あまりにも驚いたので、噴射をすっかり忘れていた。どさっ！　と衝撃を感じて我に返ると、仲間のペルが体を支えていた。

「イーゴ、何をぼんやりとしてるんだ？　波に飲み込まれちゃうぞ！」

「そ、それどころじゃないよ！　大発見だ！」

噴射を再開もせず、イーゴはたった今見出したことを勢い込んで伝えた。ペルが戸惑いがちに瞬く。

「それで？　ヴォールの惑星を見つけたのはわかったけど、それはそんなに興奮するほどのことなの？」

「何言ってるの、この惑星こそ理想の星なんだよ？　嵐で吹っ飛ばされることも、恒星の光で水晶体を溶かされちゃうこともない、すてきな星なんだ！　他の星に生き物がいるとしたら、ここしかないじゃないか！」

イーゴの激しい点滅を見て、ペルも次第に興奮し始めた。

「だとしたら、すぐにもそこを呼び出したほうがいいね。でも間に合うかな？　『トーバイ』の衝突まで、二万六千日ぐらいしかないよね」

「大丈夫、ハリュームはわりと近いんだ。サラフォルンまでの六百六十万倍。恒星クーリシュの八割だよ。返答は八千日もしないうちに来るはず」

「そうか！　それじゃ長老を探さなきゃ」

「長老だけじゃだめだ」

イーゴは性急に点滅した。

「長老はヴォールの伝説にもそれほど興味がないもの。ううん、惑星の存在そのものを信じないかもしれない。説得するのは大変だよ」

「だったらどうしよう？」

「僕たちが呼びかけるんだ。僕たちぐらいの大きさの個体は、みんなヴォールの伝説を信じてる。きっと手伝ってくれる」

イーゴは、前触れもなくジェットを全開にした。彼の後ろ半分を支えていたペルがひっくり返った。

「こら、僕を落っことす気か！」

「ごめん、でも急がなきゃ！　呼び出しにはサラーハのすべての個体に参加してもらうんだから」

「すべての？　そんなのできるかな？」

「最後の挑戦なんだよ？」

鋭い一閃を残して、イーゴは嵐の中へと飛び込んでいった。

『トーバイ』との衝突まで二万六千百五十日となった日の冬、サラーハの夜半球を、恒星の金環食のようなまばゆい光の輪が縁取った。

参加個体数四百万、総発光出力は五千億キロワット。種族の九割が境界域全周から夜半球に進出して、光を放ったのだ。

その時刻、サラーハの夜半球は、三十三光年先の恒星を指向していた。

正確には、その恒星が従える九つの惑星の一つである、直径十四万キロメートルの巨大ガス惑星を。

6

サラーハの一点から広がった灼熱の津波が、澄み切った青色の惑星表面をなめ尽くしていく様を、テトラントは感じないはずの悲しさを抱いて、見つめていた。

五百万体の仲間の知識と経験は、すべて次の担い手に渡した。その上、テトラント自身も救い上げてもらった。彼の種族の考え方からすれば、満足してしかるべき終末だったが――それでも、自分たちを育《はぐく》んでくれたサラーハがこんなにも美しかったこと、その星がこれから数十万日にわたって生命のない星になることは、十分に悲しかった。

「泣いているのかい」

頭上で光が瞬いて尋ねた。泣くという表現の意味はわからなかったが、相手の気遣いはわかった。

「大丈夫だよ、もう休眠したりはしない」

「すまない、軽い君一人を助けるのが精一杯だった」

光は悔しげに瞬く。

「体長二十メートルの巨大生物を収める加圧熱電磁ケージを作ること、それを深度一万キロもの大気層の中に曳航《えいこう》すること、それを地球クラスの惑星と衝突間際の天体でやること、それを恒星からたった五百万キロの至近距離で行うこと、そのために三十三光年もの星間宇宙をわたること——どれも恐ろしく困難だった。理解できないと思うが、天文航行省の三十年分の予算を費やしたよ」

「何か大きな代償が必要だったんだね。それはわかる。……でも、そこまでして、なぜ？」

「おそらく君たちと同じだ。我々も、この宇宙に仲間を欲している。君たちはその最初の一人だ」

「最後の一人かもしれない」

テトラントは寂しげに瞬いて、身動きした。電磁場の「壁」が鰭肢に当たった。飛ぶことができず、その必要もなく、ただ温かみと電離水素を供給してくれるだけのその狭い空間は、一度も経験したことがないもので、落ち着かなかった。

頭上の光はしばらく消えていたが、やがて、少し強い明るさで光った。

「こう言っては何だが、君たちは運がよかった。いくつもの条件が君たちに有利だった。

もし惑星サラーハが我々の太陽系に対してエッジオンしていなければ、我々は君たちの信号を捕らえられなかっただろう」

「エッジオン？」

「サラーハが、ちょうどサラフォルンを隠す位置にあったということだ。我々は系外惑星を探してサラフォルン――HD４６３７と呼んでいるが――をモニターしていた。光量の計測も観測項目の一つで、もし恒星光が減光すれば、サラフォルンの前を惑星が通過したと判断でき、その惑星の断面積がわかる。サラーハの大きさは現にそのようにして割り出されたのだが、データをよく調べるうちに、減光に微妙な変動があることがわかった。それが、君たちが放った閃光だった。……閃光がデジタル信号だとわかった時には大騒動になったよ。恒星光に比べれば数万分の一パーセントの増加にすぎなかったが、天文現象ではなく知性体が引き起こしているとなれば、凄まじいエネルギーを操る種族だということになるからな」

「君たちのほうがすごい。僕たちの光を理解したり、宇宙を飛んだりできるんだから」

「君たちのおかげだ」

光は静かに瞬いた。

「およそ百五十年前、信号を初めて受け取った頃の我々は、大気圏の外へ出るか出ないかという程度の科学技術しかもっていなかった。それが一気に加速されたのは、まさに百五十年間に往復二回半行われた、君たちとの交信に触発されたからなんだ」

「カガクギジュツってなに？　生かしたまま僕を飲み込む方法のこと？」

その質問に対する答えは少し遅れた。光は、ゆっくりと瞬いた。

「我々は物を創ることができる。創るとは無から有を生み出すことだ。創り出した物で、光を捉え、宇宙を飛び、君と話す。我々自身は君の十分の一ほどの大きさの、有機物とカルシウムでできた生物だ。自分だけでは極めて脆弱《ぜいじゃく》だ」

光に、うらやむような濃淡が宿った。

「三日で恒星を一周する摂氏一千二百度の惑星に生き、十万キロワットの電磁流体推進でマッハ五を出し、一千年の時を生きる君たちには、とうてい及ばないよ。……正直に言って、出会った今でも、君たちのような生物が存在するとは信じられない」

「僕たちも信じられない。君たちの幸運が。そんな脆弱なのに、よく天体の衝突で滅びなかったね」

「我々はうんと小さい星に住んでいるんだよ。――つまり、サラーハや木星のような、他の天体を引き寄せやすい惑星よりも」

しばらく沈黙の暗さが続いた。

それから、テトラントは改めて光った。

「僕をどうするの？」

「衝突前の光通信で希望を聞いたが、まず説明しておこう。君は木星への移住を望んでいるという話だったが、それは難しいと思う」

「なぜ？」

「木星は、同じ巨大ガス惑星とはいえ、温度がサラーハよりかなり低い。おそらく、君の電離水素の吸引による発電機能を維持できないほど。それにサラーハとは違って核が固体氷だから、構成物質の補充もままならないだろう。メタンの雲で視界も利かない」

「そうなんだ……ヴォールの星は、寒すぎるんだね」

テトラントは、あきらめたように、ぽつりぽつりと瞬いた。望みがあるとわかってからは封じていた眠気が、またひたひたと押し寄せてきた。

「それじゃ、どうなってもいいや。みんなのように知識と経験を渡すから、あとは好きにしちゃって」

「それが君の希望だね。ではこちらの希望を言おう。君には大使になってほしい」

「……大使？」

「そうだ。サラーハと同じようなホット・ジュピター型惑星へ赴く使者だ」

光が、かすかに笑うように瞬いた。

「この辺りの恒星には、そういった惑星がたくさんある。天文条件から考えて、それらにも君たちのような生物がいる可能性はある。だが、今のところ信号は来ていない。ひょっとすると、生物はいるのだが星間通信を思いついていないのかもしれない」

「その生物たちに、僕を使って話しかける？」

「そうだ。確実に知的生命がいて、しかもそれが絶滅の危機に瀕していたサラーハに対しては、我々も労を惜しまず救助艦隊を差し向けた。だが、他の惑星にくまなく調査船を送る余裕はないし、時間もない。送っても、高圧大気の底には入り込めない」

「ちょっと待って」

テトラントはあわてて瞬いた。

「なぜ僕がそんなことをしなきゃいけないの？　僕の望みは──」

「知識と経験を伝えること。わかっている。しかし、どうせ伝えるなら、それを役立ててもらえる相手のほうがよくはないか？　本当の仲間のほうが」

「本当の……仲間」

テトラントはすべての光を消して考えた。仲間という単語が、意思が伝わる相手という意味なら、このジンルイたちも仲間だ。イーゴやペルや長老たちともそういうつながりだった。それ以外にどんなつながりが存在するのだろう。

本当の、などと限定する意味がわからなかった。

テトラントは、わかることだけを光に乗せた。

「他のサラーハの生物は、仲間じゃないかもしれない」

「……敵かもしれない、行きたくないということかな？」

「ううん、光が通じないかもっていう意味。通じる相手ならみんな仲間だ。承知する。大使をやるよ」

「そうか！」

光は、ひときわ強く輝いた。

「光栄だ。人類を仲間と認めてくれたね。我々も君たちを仲間として迎えよう。君たちを──なんと呼べばいい？」

「誰を？」

「サラーハのみんなだ」

答えは考えるまでもなかった。イーゴやペルや長老たちや──ソンボーやクーリシュやフライマたち、種族のすべてに受け継がれた名前といえば、それしかなかった。

「ヴォール。僕たちはヴォールだよ」

「ヴォールか。よろしく、ヴォールのテトラント」

挨拶に誇らしげな輝きで応え、テトラントは崩れていくサラーハに光を投げる。

ヴォール、あなたはもう一人じゃないよ。

幸せになる箱庭

短い時間ながらことをたっぷり楽しんだ高美とエリカが、服装を気にしつつ機材庫の戸口から顔を出すと、間の悪いことに通路の先から歩いてくるマイルズと目が合ってしまった。

「あ、まずい」

エリカがつぶやいたが、逃げも隠れもできない状況だった。二人は通路に身を浮かべて、何食わぬ顔でマイルズのそばを通り抜けようとした。

低圧生存訓練の時とまったく同じように、穏やかだが無視できない口調で、指導教官は二人の男女に指摘した。

「ガードコートのモードが低くなっているよ」

二人は手すりにつかまり、コートの詰め襟に手をやった。そこにあるインジケータが消灯し、能動繊維製の宇宙服が常圧モードに留まっていることを示していた。それは通常の宇宙施設では許されていることだが、特使船内《ディプロポッド》では予想外の事態に備えて、常にコートを気密待機モードにしておくよう指示が出ていた。

高美は黙ってスイッチを切り替えたが、エリカは乳色の頰を真っ赤に染めた。

「す、すみません！　待機モードは硬くて作業の妨《さまた》げになるので、つい」

「その言いわけのとおりなら謝るほどのことでもないんだが、違うだろう」

マイルズが灰色の瞳を糸のように細めてからかった。

「君たちがただの友人よりも親密な関係にあることは知っている。野暮を言う気もない。ただね、当直が終わるまで待つという選択肢もあっただろう？」

「はい……」

「あと、せっかく機材庫に入ったんだから補修部品の一つも持って出てほしいな。ライダークラスターのカバーにクラックが見つかったんだ。交換を頼めるか」

「了解しました」

「それじゃ、私は夕食の支度があるから」

片手を上げてマイルズは背を向けた。

彼が去ると、エリカがまだ頰を火照《ほて》らせたままで高美の脇をつついた。

「タカミが機材庫なんかでしようって言うから！」

「エアロックの中のほうがよかったか」

そういう問題じゃないわ、とエリカは今度は高美の腹に拳を打ち込んだ。

村雨高美とエリカ・ストーンバーグは月面コペルニクスカレッジの同級生で、特使船内最年少、十九歳の男女である。クインビーとの正式な交渉メンバーではないが、その一人である宇宙建設工学者のセオドア・マイルズが、史上初の地球外知性体とのコンタクトに多大な教育的・広報的効果があることを主張して、知的学層の代表ということで彼らを船に乗せた。

高美は軌道上に宇宙機や物資を送る質量投射機《マスドライバー》を研究する学生で、エリカは惑星間宇宙船の軌道設計と操縦を学ぶ実習生だ。どちらもカレッジで五指に入るほどの——つまり人類文明圏の学生として上位百人に入るほどの成績を上げていた。人類特使としての能力には程遠くても、その随行をするぐらいの資格は十分にあった。

随行員であるとともに、二人は他の乗員と同じように宇宙船クルーとしての任務も割り振られている。高美はエンジニア助手、エリカは予備パイロットの位置づけになっていて、どちらもマイルズに命じられた船外活動の資格があった。ただ、今の当直は船内保守である。ガードコートの通信機で、操縦室にいる二人に許可を求めた。

「ネイグ、村雨です。船外活動の許可をください」

「ＥＶＡ？　なんの用だ」

「マイルズ先生にライダーの部品交換を頼まれました。出ていいですか」

「出るなら二人組が原則だ。今おれが——」

「待ちなさいって」

なにやらバタバタと音がした。高美とエリカは顔を見合わせる。

無愛想な男の声に代わって、すぐに陽気な女の声がした。

「ジャクリンよ。ネイグは取り押さえたから」

「取り押さえた？　なぜ？」

「操縦席に収まってるのが退屈で仕方ないのよ、うちの旦那は。私と緊急機関停止試験《スクラム》の真っ最中だってのに。今離れられたら、八時間のシミュレーションがパーだわ」

「おれたちがそちらへ向かいましょうか」

「いらないわよ、おつかいに出てきて。エリカもいるんでしょう？」

「馬鹿、見習い二人を出すぐらいならおれが——」

「村雨とストーンバーグで出ます」

ネイグの言葉を遮《さえぎ》って高美は言った。回線を切ると横で聞いていたエリカが吹き出した。

四十代のネイグ・ペシャワルカとジャクリン・ペシャワルカ夫妻は、特使船の正規パイロットとエンジニアである。メンバーに選ばれただけあってどちらもベテランの技術者だが、ネイグはベテランにつきもののこだわりも群を抜いていた。上級パイロット昇級試験を、その時乗っていた軌道警備船の当直のためにすっぽかした折りの台詞はつとに有名である。いわく、「おれは船を飛ばせるならパイロットでなくても構わない」。彼の気性を知りぬいたジャクリンと一緒にならなかったら、海賊船に乗っていただろうと噂されている男だ。

高美とエリカは機材庫からカバーを持ち出してエアロックへ向かった。漂いながら襟のスイッチに触れて全圧モードにする。足首まであるガードコートが変形した。前の袷《あわせ》がぴたりと閉じ、股から下の部分が割れて筒状に脚部を包み、ブーツに密着して気密を成立させる。ポケットから出した手袋をはめると腕部も封鎖される。後襟から育ったキャノピーで頭部も覆われた。関節部は動力変形し、一気圧が保たれる。

目視点検の義務に従って二人はエアロックの中で互いの体を調べたが、三十秒後には船外に出ていた。減圧対策の予備呼吸はもはや古語辞典の用語だ。

ダイヤモンドでできた中華鍋ほどの大きさのカバーを抱えて、紡錘形の船の先端に向かう。特使船は自由落下していて振り落とされる心配はない。九百光速で移動しているから星空は見えないのだが。

船首に突き出した集積型光学観測装置のところまで這っていき、二人は協力してカバーを取り替えた。作業の合間にエリカが背後を振り返り、進行方向正面にある針の先のように小さな光点を見つめた。

「光行差現象を肉眼で見られるなんて貴重な体験よね。これだけでも来た甲斐がある」

「じゃあクインビーに会わなくてもいいか？」

「冗談。もちろんそれが一番の楽しみよ。人類を救うために宇宙人と交渉しに行く――こんなにぞくぞくすることってないわ！」

「使命感の塊だな、エリカは」

高美はひび割れたカバーを持ち上げながら、面白くもなさそうな口調で言った。

「おれたち自身には任務として雑用しか与えられていない。先頭切ってクインビーに挨拶する大役をもらったならともかく、こんな下らない仕事しかないんだから、多少は観光気分でも構わないと思うね」

「近視眼的というか……享楽的ね、あなたは！　楊《ヤン》博士やチュラロフスキイ団長みたいな理想を持ったら？」

高美は無言で肩をすくめた。

いささか馬鹿にした体《てい》のエリカが、作業を終えてエアロックに戻ろうと身を翻《ひるがえ》した。

船殻《せんこく》の手すりを伝って滑り、エアロックのハンドルに飛び移ろうとする。

しかし、目測を誤ってエアロックを通り過ぎてしまった。

「あ」

「おい！」

エリカはつぶやいただけで凍りつき、高美は緊張して彼女と船を見比べる。簡単な作業なので二人とも反動銃を持っていなかった。エリカはゆっくりと船から離れていく。超光速航行中の船から、既知科学を逸脱したその状態を維持している〝ビーズ〟の不可解なフィールドの境目へと。

高美は慎重に力を加減して船を押した。エリカよりもわずかに速い速度で漂い、五メートルほど先で追いつく。

彼女の胴を腕に抱え込んで重心を密着させるが早いか、取り外したカバーを暗黒のフィールドに向かって力いっぱい投げつけた。質量投射技術者としての勘だった。

ニュートン物理学はかろうじて二人に微笑んだ。カバーに託した運動量は二人の運動量を上回ったようで、二人の進行方向が逆転した。

無事エアロックへと戻っていきながら、エリカはようやくカチカチと歯を鳴らし始めた。

「あ、ありがとう。私、助かっ」

「まあ、あれだ。近視眼的なおれの最大の享楽を、プロクシマ辺りに落っことすわけにもいかないから」

「……その暴言、許すわ。今だけね」

力の抜けたエリカの体を抱いて、高美はエアロックのハンドルにとりついた。

船内に戻ると、二人に仕事を命じたマイルズが泡を食って駆けつけていた。支援計算機のサーブにでも教えられたのか、二人を交互に見て、やにわにエリカを強く抱きしめる。

「転落しかけたって？　よく無事だったな！　すまなかった、私の落ち度だ」

「ちょ、ちょっと先生？　無事でしたから、そんな」

「ああ、悪い。ついね。タカミも怪我はなかったか？」

「大丈夫です」

エリカを離すと、マイルズは笑みを浮かべて高美の肩を叩いた。笑い返しつつ、高美は内心で、自分も過剰な心配をされなかったことにほっとした。

五十歳になるセオドア・マイルズは著名な宇宙建設工学者である。大気圏外の大規模構造物全般に精通したエンジニアであり、今回の特使メンバーには「噴水」を最も理解する者として選ばれた。

また彼は熱心な教育者でもあり、月面のフラマリオン質量投射場《マスドライバー》の場長を務めるかたわら、宇宙活動を志す多くの若者を育てていた。高美とエリカとの縁もそこで培《つちか》われた。カレッジの実習で投射機の操作を学び、投射機で軌道上に放り投げられる二人を、マイルズはしばしば食事に誘い、人が宇宙に施設を築くということの素晴らしさを語った。彼の考えを一番理解したのが二人であり、だから彼の弟子としてこの船に乗せられたのだ。

二人だけで船外へ出したことをなおも詫びるマイルズに、エリカが冗談めかして言った。

「気にしなくていいですってば。高美がカバーを投射して私を押し戻してくれたんです。

フィールドの境界には――それがあればですけど――触ってません」

「そうかね。それじゃ間接的に私の教えで助かったようなものか」

「まあ、そうとも言えますね」

「それなら差し引きでゼロだな。よかったよかった！」

ようやく破顔したマイルズからそっと目を逸らして、二人は肩をすくめた。

Beadsあるいは Bees と表記され、ビーズと呼称される異星被造物たちは、木星の大赤斑で発見された。

地球人類は大気圏外、月面、火星地表、火星軌道上までの各地に自給可能な生活圏を作り、惑星国家連合《UP》の施政下で一定の政治的協調性を保ちつつ、さらに遠方へと世界を広げようとしていた。その一環として行われた木星実航マッピング計画で、ビーズは見つかった。

数珠《じゅず》玉《だま》を思わせるメートルオーダーの多数の小型機械の連なりであり、働き蜂のように連携して行動する彼らは、木星大気の大規模な採集作業を行っていた。大赤斑は、まさに彼らが木星大気を操作して作り出した過流だった。少なくともその巨大な「木星の目」が見つかってからと同じだけの期間、つまり三百年以上も前から彼らはそこにいたのだった。

大赤斑中心部には五千基以上の「噴水」があった。それは長軸百キロにも及ぶ金属構造物で、採集機械たちが集めた気体を一辺数百メートルのコンテナ型に凍結固体化し、十時間で自転する木星がある方向を向いた時に、外宇宙に向けていっせいに射出した。言わば一種のカタパルトなのだが、それとわかったのはかなり後だった。射出が人類に感知できなかったためだ。

コンテナの射出速度は光速を超えていた。ゆえに人類による光速の電磁波探査手段では検知されなかったのだ。噴水の質量測定でその異常についての疑問が浮かび、最終的にはビーズに直接問い合わせることで判明した。既知の科学体系を根本から揺るがす大事だった。

しかしそれは人類の一部を驚かせただけで、すべてを驚かせたのは別の発見だった。大赤斑近辺には今でも新たな被造物が送り込まれ、噴水の数が増加し続けていたのだ。

それは木星質量が削り取られていることを意味した。波及するあらゆる現象が検討され、最も重大な影響は、木星の軌道変化による摂動で他の惑星が軌道を外れてしまうことだとわかった。地球も例外ではなく、遠からぬ未来に可住日照帯《ハビタブルゾーン》を逸脱してしまうと予想された。その可能性はおよそ三百二十年後から生じる。

噴水の活動を止めなくてはならなかった。コンタクトは発見と同時に試みられていた。ビーズは人類の呼びかけに応答するインターフェースと意思を持っていて、質問には比較的従順に答えたが、説得は不可能だった。彼らは自分たちが知性体によって作られた自動機械であることを認め、機能変更または停止の能力がないことを明言した。

破壊は失敗した。原子核爆弾を含む物理干渉手段は無効だった。移動、分解、改造、遮蔽等の試みもことごとく失敗した。光速内領域においてもビーズの宇宙活動能力は人類のそれを圧倒的に上回っていて、宇宙機の作業はしばしばビーズの一群によって無言の制止を受けた。小惑星の投下による削減質量の補充も、噴水の射出量に追いつくものではなかった。

残された手段はビーズの主人である知性体との交渉だった。クインビーと名づけられたまだ見ぬその主人について、ビーズはいくつかの情報を人類に提供した。いわくクインビーは敵対的ではない、クインビーの星ビーハイヴは約百五十光年離れた場所に存在する、直接太陽系を訪れるつもりはない。

電磁波交信の可能な距離ではない。接触のただ一つの方法は、ビーズの噴水を利用することだった。いささか信じがたいことながら、噴水は密閉型でないという特徴を持っていた。つまり、横から荷物を乗せれば一緒に運ばれてしまうのだ。

ダミーウエイトが、続いて無人探査機が噴水に相乗りさせられた。ビーズは無言で見守っていた。無人探査機は目的地で情報を収集した後、噴水と同様な射出機を探して相乗りするように作られたもので、四ヵ月後に帰還したが、到着直後から帰路の射出までのできごとを何も記録していなかった。自力で帰ったのではなくクインビーによって送り返されたのだった。

しかし、とにもかくにも無傷で帰った。

有人交渉船の派遣が決まった。危険はあるともないとも言えなかった。ビーズは木星を消滅させようとしているから有害には違いないのだが、もっとずっと簡単なはずの地球への攻撃——木星の衛星をちょっとうまく加速するだけで可能だ——は、その素振りも示していない。攻撃的ではない可能性が大きかった。敵対的かどうかは別として。

若干の懸念を払拭《ふっしょく》できないまま志願者による交渉団が編成された。できるだけ特定の利益群を代表しないように、外交官、言語学者、宇宙建設工学者、パイロット等が人類全体から選ばれた。二人の学生の追加は、より中立的な観察者をつけるという観点からも歓迎された。

彼らは専用に建造された特使船《ディプロポッド》に乗り込み、特使船は噴水に挿入された。出発はささやかな困難だった。二億七千万キロメートル毎秒毎秒に達するはずの投射加速度が、船内に何の影響も与えないと期待しなくてはいけなかったから。

だが影響はなかった。

特使船は九百光速で射出され、片道二ヵ月の旅に出た。

河口から流れ出して堆積した斜面のかなたに、日本海溝が見える。

銚子沖、利根川河口から二十キロの海底。透明度を一万倍に上げた海水を透かして、高美は太平洋を見ていた。

そばの岩からグラスをとって口をつける。腕の動きを妨げるねっとりしたものは海水だが、グラスから口に入ってきたのは真水だ。仰向けになって頭の下で腕を組むと、百八十メートル頭上の海面で、拡散した太陽像の光暈《こううん》がちらちらと輝いていた。

さくりと足音がした。顔を回すと、白いインナータイツ姿のエリカが立っていた。海面から降りてきたらしく、ある種のイソギンチャクの触手のように広くなびいた金髪が、ゆるゆると落ち着きつつあった。

「今日は海底？　変わったところにいるのね」

「ここは高さがわかって面白い。宇宙と違って」

高美は真上を指差した。海面近くでカタクチイワシの群れが雲のようにさざめいていた。

ふわりと砂礫《されき》を巻き上げてエリカが座る。高美は言った。

「サーブ、エリカにも飲み物を」

特に銘柄を指定せずとも、そばの岩の上に金色の発泡水のグラスが現れた。船内でそうであるように、この世界でも船の計算機は最小限の奉仕の仕方を知っていた。

ジンジャーエールを口にして、エリカは尋ねた。

「何を考えていたの？」

「当直外時間だぞ。なんでもいいじゃないか」

「知りたいの」

「……ま、いろいろな」

高美は短い黒髪をごしごしとかき回した。

「おれが向こうで何の役に立てるかと思ってな。クインビーとの交渉が——交渉の準備でも成立すれば出番はない。エイリアンが団長と握手して木星撤退協定に調印するのを後ろで見てればいい。でも、そうならなかったら実力で超光速技術を奪取することも考えないと」

「なぜその技術にこだわるの？　科学史を書き換える大発見だから？」

「それがあれば人類は恒星間移民できるだろう。三百二十年も時間があればなおのこと可能性は大きい。それを手に入れることは、ビーズを追い払う代わりになるからさ」

「へえ」

エリカが鼻を鳴らした。

「感心した。わざわざトランザウトしてたから遊んでるのかと思ったら、ちゃんと任務してたんだ。——団長、心配は杞憂《きゆう》だったみたいですよ」

「いえ、私は懸念していませんでしたよ。楊《ヤン》博士に付き合っただけで」

「団長とつながっているのか？」

物静かな男性の声を聞いて高美は跳ね起きた。すると同年配のやはり穏やかな女性の声が言った。

「私もね。あなたが参加した動機はまだ聞いていなかったから。盗み聞きしてごめんなさい」

「博士まで……」

高美は頭を抱え、にやにや笑っているエリカの肩を軽く突いた。

UP安全保障会議の顧問である七十九歳のドミトリ・チュラロフスキイと、言語学者である六十九歳の楊嘉玲《ヤン・ジアリン》博士は、交渉団の団長と副団長である。彼らは面白そうに言う。

「タカミの狙いは超光速技術の奪取ですか。なるほどねえ、若者らしい果敢な選択ですね」

「果敢はいいけれど暴走してもらっては困るわ。仮に今回の交渉が物別れに終わったとしても次回があるのだから。平和的な解決の可能性があるうちは実力行使は控えてもらわないと」

「博士、私たちの目的は友好条約の締結ではありませんよ。地球人類を守ることです。平和的にことが進むのはもちろん望ましいですが、それに気を取られてより効果的な解決法を見逃してはなりません」

「私は言語の疎通を基礎にした平和的なコンタクトが、最も効果的だと思っていますよ！」

この二人も、ペシャワルカ夫妻と同じように多くの候補者の中から選ばれた優れた人物である。しかもすでに一度ペアで困難な課題に当たり、解決した実績がある。

八年前のセレス先占市民開国戦争。その小惑星に半世紀近く昔にたどりつき、暮らしも言語も異なる特殊な鎖国文化圏を作り上げていた八万人の人々と、二人は非武装のボート一隻で対話した。国際海事法にある新領土発見時の原則――先占支配権《オキュペイション》を主張してUPの支配を拒否した市民たちを、それ以前の使者にはなかったチュラロフスキイの懇切だが一歩も引かない態度と、楊のセレス語を駆使した対話が口説き落とした。域内でのセレス語の使用をUP市民に対しても義務づけることと引き換えに、彼らはUP船の寄港補給と重力利用を許した。その経緯を刻んだ金属板が、被弾してセレスに不時着した二人のボートのそばに今でも置かれている。

未知の知的存在への使者に最適な人材として選ばれた二人である。そんな相手に自分が口走った未整理の考えを真面目に論評されるのは、高美としては気恥ずかしかった。

悔しまぎれのように頭上に向かって叫ぶ。

「御講評承《うけたまわ》りましたが、おれは口述試験に出席した覚えはありませんよ！　ここへ来てくだされればいくらでもお叱りを受けますが？」

「いや、それは遠慮しておきましょう」

「私も。お邪魔して悪かったわね」

二人は含み笑いしているように言うと、あっさりと気配を消した。エリカが残念そうに言う。

「ああん、もうちょっと高美がいじめられるのを見たかったのに……」

「ゆっくりさせてくれよ、トランザウト中ぐらい」

高美は苦笑した。

トランザウトという言葉は、手垢《てあか》のついたヴァーチャル・リアリティ用語を嫌ったネットフリークが作り出した。その字義はどこかへ出ることであり、つまり「狭い」現実世界から、計算機が構築した「無限の」仮構世界へと意識を解き放たせることを指すのだが、出た先の仮構世界は一つではない。ハードウェアの計算力が許す限り、使用者の望む世界が望むだけ造られる。高美のように行くことのできない場所を模造して訪れることもできれば、高価で口にできない美味佳肴《びみかこう》を食べること、肉眼では見ることのできない極小の原子世界を覗くこと、耳ではとらえられない電波やレーザーを聞くこと、弾丸よりも速く走ることなど、およそ考えられる限りの身体的快楽を提供するために、その数だけ仮構世界は構築される。

それとは別に、あるいは同時にトランザウト界が提供するのが、その場にいない相手との対話の場だ。ネットワークの充実した地球文明圏ではこの機能が日常的に使われている。

特使船《ディプロポッド》のベッドには人数分のトランザウト殻が備え付けられていた。それは脳と直接接続される道具でこそないが、内部にさまざまな感覚欺瞞《ぎまん》材——熱端子や、誘電変形素子や、五感に架空刺激を与える体性感覚電位操作針《SPCN》などといったもの——を備えていて、末梢神経系に本物に近い刺激を与える。計算機が複雑に配分するそれらの刺激を受けたとき、人はトランザウトしたと認識する。

だが、船内にはたかだか十あまりの部屋しかなく、地球とも隔絶しているから、ネットワーク接続的な意義はまったくない。特使船にその設備があるのは、二ヵ月の航行で必ず発生するだろう倦怠の解消、つまり退屈しのぎのためだった。ただ、高美とエリカ以外のメンバーはその設備をほとんど使っていない。

トランザウトは進取の風を好む若者か、もしくは死を目前にした老人が仮想的な延命のために行うものだと思われているからだった。少なくとも地球の社会ではそういう扱いである。その理由は主にトランザウト世界の再現性の限界にある。現実の事象が備える精緻さ——たとえば刻々と移り変わる積乱雲の陰影、熟成されたワインの鼻孔をくすぐる玄妙な香り、老練の奏者が引き出す艶やかな弦楽器の音色、恋人の目の端に差す一瞬の憂《うれ》いの影など——もろもろのあえかな味わいといったものを、トランザウト世界が再現しきれないからだ。そんな世界に没頭することは人生をよく識《し》る人間のすることではないとされている。

チュラロフスキイと楊もそういう人物であるようだったが、高美にすれば、彼らのそんな考えは現実に対して過大な期待を抱く年寄りの迷妄にしか思えない。

しかし、それで二人を追い払えたのだから、ここは満足するべきだった。気を取り直して、腹を乗り越えた二十センチもあるテナガエビをつつく。

「クインビーはどんなやつらなんだろうな。人の家の庭で放牧なんかするくせに、住人に興味を持たないとは」

高美と同様トランザウト世界に慣れ親しんでいるエリカが、逃げていくエビを目で追いながらつぶやく。

「私たちは興味津々なのにね。ノックぐらいしてほしい。……エイリアン、ＥＴＩ。楽しみだなあ。震えてくる」

「君はそういうの好きだよな」

「ＳＥＴＩは知性体の究極の娯楽よ？」

寝そべった高美を見下ろしてエリカは楽しそうに微笑む。

「地球にいても、生命の起源や宇宙の構造は解明できるかもしれない。でも、宇宙人だけはそうもいかない。それは宇宙の一般法則の一部にぽっこり盛り上がったこぶ。人類と同じように、なくてもいいのにできてしまった不思議な例外。カリブ海の沈没船よりもヒマラヤの雪男よりも貴重な、隠された宝物よ」

「いま気がついた。君がパイロットを志望したのは――」

「わかる？　会えるかもしれないと思って」

　エリカは顔を輝かせてうなずいた。高美は鼻を鳴らす。

「……ふん、そんな頃から知的追求の人だったんだな、君は。見事な言行一致だ」

「いま気がついたけど、そういうこと言うときのあなたって、もしかしてすねてる？　コンプレックス？」

「いや……磁石で荷物をぶん投げるだけっていうのは、ちょっと散文的すぎるから」

「あは、いいじゃない、それも」

　ごろりと背を向けた高美に、エリカは身を乗り出した。

「あなたがフラマリオン投射場にいたから私たちは出会えたんだもの。散文的でも即物的でもいいわよ。馬鹿にしたりしない」

「どこもフォローになってないぞ」

「いいの。私もたまには即物的になるから。こんなふうに」

　つぶやいて上体を覆いかぶせ、エリカは高美の頬に口づけした。高美は笑って腕を伸ばした。

　二人は抱擁する。互いのインナータイツを消去して肌を重ねる。体温は伝わるが触感は荒い。皮膚のきめ細かさや、筋肉と脂肪の弾力までは表しきれない。人体の機械的構造は中にいくつかの水袋が入ったゴム人形程度の物体で近似される。

しかしそれは、互いの実体を知っている二人には妨げにならなかった。高美はエリカの乳房の歪み方を知っているし、エリカは高美の髪の匂いを覚えている。感覚と記憶をすり替えれば——思い込みを意識的に駆使すれば、いくらでも没入できた。

何より、仮構人体の不完全さなどでは遮られない、互いへの信頼があった。

八メートル離れたベッドの上、ひんやりと心地よい海水の中で、二人は完璧な同調を楽しんだ。


二ヵ月後、特使船《ディプロポッド》は目的地に近づいた。

到着を目前に控えた船の操縦室に交渉団の全員が集まっている。正規メンバーが操作盤のある席に着き、高美とエリカは後方の予備席で遠慮がちに見守っている。

「到着予想時刻まで百八十秒」

ネイグが無愛想に告げた。チュラロフスキイがさすがに緊張した面持《おもも》ちで命じる。

「全員、気密」

メンバーはガードコートを全圧モードにした。続けてチュラロフスキイが尋ねる。

「みなさん、手順はわかっていますね」

「しまった、忘れちゃったわ。ちょっと路肩に止めてマニュアルを見てもいい？」

ジャクリンの冗談にまばらな笑い声が起こった。「運ばれている」特使船にとって、それは不可能な行為だった。

噴水は、超光速状態を維持するためのいかなる装置も、射出する荷物に付加しなかった。荷物が正体不明のフィールドに包まれて運ばれているという推測はここから出た。

それならば到着地点にあるのはそのフィールドを解除する施設だろう。キャッチャーボートと仮称されたその施設が存在することを前提に、特使船に機能が与えられた。すなわち往復四ヵ月分プラスアルファの滞在設備と、ボートから脱出するための噴射時間は短いが強力なエンジン、さまざまな探査装置と交信装置、そして大気圏離脱能力だ。キャッチャーボートが宇宙空間にあるという保証は何もない。

その避け得ない到着に備えて、メンバーは待機している。

到着時のクインビーの対応として一番可能性が高いと考えられるのは、無人探査機にそうしたように、到着するが早いか送り返すというものだった。ひょっとすると自動再射出装置すらあるかもしれない。パイロットのネイグの役割は、送り返される前に逃亡すること。

周辺の走査とメッセージの発信はジャクリンと楊が行う。危険な場所であれば安全な場所へ、安全な場所であればより交信が容易な位置に移動し、交渉の意思を乗せたメッセージをあらゆる方法で発信する。

チャンネルを確立できたら、チュラロフスキイが地球の全権特使としてビーズ退去の交渉を開始する。無視、または拒否されたら、マイルズがそこにあるかもしれない噴水の調査を行う。これは一番難しい任務だった。木星を奪うつもりのクインビーから、噴水を無力化、または新造するための方法を盗み出すのだから。

そのような手順を考えてはいたものの、基本的にクインビーの善意をあてにした計画であるのは確かだった。木星のビーズが嘘つきで、到着地に鉄板の一枚でも置かれていれば、それだけで全員が死亡する。操縦室に満ちた緊張は膨れ上がりこそしなかったが、抑えられることもまたなかった。ネイグがインナータイツの中で排尿した音が、キャノピー越しにも全員の耳に届いた。

「三十秒前」

ネイグが言った。出発から到着までの時間はビーズに聞いた。相対論的効果や相互位置の変化も考慮されたものであるはずだが、そこにもやはり保証はない。

操縦席は船内中央にあって窓はなく、景色はカメラに取得されてスクリーンに映る。今はまだ正面の光点しか映していないそれを、皆が見つめる。

「十秒前」

高美は身をこわばらせる。エリカがきゅっと手を握る。目をやらずに握り返した。

「五、四、三、二、一」

スクリーンの光点がぱっと拡散した。時刻は正しかった。何が見え、何があるのか。ネイグが目を皿のように見開いて手元のディスプレイをにらんでいる。彼が操縦桿を動かすわけではない。彼はシーケンサーを監視している。彼の事前入力にしたがって、計算機がマイクロ秒単位の反応速度で船を逃がすはずだった。

噴射の加速度はメンバーを襲わなかった。船は動こうとしない。スクリーンいっぱいの発光も色あせない。移動を待たずに楊とジャクリンが作業を始めている。特使船は微弱な電磁波を発し、やがてそれを強力にして、周囲を探る。

何も変化は起きない。

声を発したのは、辛抱強く待っていたチュラロフスキイではなく、出番まで補助機器を監視する役のマイルズだった。

「熱交換器に異常発生。ヒートシンクに振動が起きている」

「ヒートシンク？」

「熱廃棄機構だ。この船の外板が最も薄いところだ」

ネイグの言葉を聞いて、チュラロフスキイは素早く言う。

「サーブ、そのことの危険は？」

「五千時間まではありません。それを超えて振動が続くと金属疲労による破断の可能性が生まれます」

安全だという意味のことを計算機は告げた。かえって事態を不可解にする返答だった。

涼しげな音だけが聞こえた。さらさら、さらさら、と。

突然チュラロフスキイがだらりと体の力を抜いた。続いてマイルズも。次々に全員が。

高美の視界で、操縦室の空気がごく薄い灰色にかすんだ。

すぐに意識が途切れた。


液体が排出され、ケースが開いた。視界が明瞭になって白い天井が見えた。そのプロセスに覚えがあった。以前、投射場の事故で経験したことがある。

高美は体を起こした。そこは医療機器の置かれた部屋だった。思ったとおり、高美は昏睡患者用の安静子宮に入れられていたのだった。

ふらつきながらケースを出る。最初にエリカの姿を探した。部屋には自分のものを含めて七つのケースがあり、そのひとつが作動中だった。ステイタスパネルが完治を表していたので、開放させた。

長い金髪を裸身にからめてエリカが横たわっていた。大声を上げてゆさぶりたいのをこらえて、頬を何度か、そっと叩いた。

「エリカ……エリカ、起きろ」

「ん……タカミ?」

「大丈夫か」

ほっとして口づけした。それから手を貸して立ち上がらせた。互いに無事だとわかると、高美は天井の隅の室内カメラに目をやった。

「サーブ、現状は安全か？」

「安全です」

「他のメンバーは？」

「無事です。しかし船内にはいません。連絡を取りますか」

「船内にいない？ ……いや、なにか緊急に対処が必要な事項はあるか」

「ありません。本船機能は異常なく維持されています」

それを聞くと高美はエリカの手を引いて通路に出ようとした。待って、とエリカが踏みとどまる。

「もっと詳しいことを聞かなきゃ。それに、出るならガウンか何か着させて」

「誰もいないんだよ」

「あ」

「サーブは機能しているし、狂うようなコンピューターじゃない。ひとまず身支度を整えよう」

二人とも肌にべっとりと人工羊水がまとわりつき、反対に喉はからからに渇いていて、不快だった。エリカが同意し、二人は居住室に向かった。

　肌が痛むほど熱いシャワーをたっぷりと浴びた。気管を下った蒸気に肺が洗われるような気持ちがした。温度を変えて凍る寸前の冷水を口に溜め、飲み下す。腹の底が引き締まり、澄明《ちょうめい》な感覚が指先まで行き渡った。

　高美がシャワーを出ると、インナータイツを身に着けたエリカがガードコートに袖を通し、とんとんと床を蹴ってブーツを合わせていた。湿った洗い髪から花の香りがして、高美を見るとにっこりと微笑んだ。

　だから、高美は心から言った。

「生きていてよかった」

「ほんと」

　居住室のラウンジであり合わせの食事を摂《と》ると、洞窟のように空虚だった腹が満たされ、事態と向き合う気力が湧いてきた。計算機に声をかける。

「サーブ、メンバーの居所を教えてくれ。いや、マイルズ先生！」

　まだ呼ばなくていいじゃない、と言ったエリカを高美は無視した。普段なら、なんら操作せずとも名前を呼ぶだけで通信が届く。だがマイルズの返事はなかった。代わりに計算機が答える。

「マイルズだけはリアルタイム接続が切れています。他のメンバーは島の内部です」

「島？」

「軌道人工島です。本船は現在、ビーハイヴ周回軌道上の宇宙施設内に停泊しています」

エリカが口と目を大きく開いて高美を見た。自分も同じ顔だろうなと高美は思った。


「うわっ」「つかまって！」

樹木の板根を越えようとした高美が足を滑らせ、エリカがごぼう抜きに引き上げた。

高美は愚痴っぽくため息をついた。

「エアロックをぶち破って船で来るべきだった」

「船に飛行能力なんかないわよ。止まらず突っ切るなら別だけど」

「まさか百五十光年の旅をしたあとで、ヘリコプターが必要になるなんてな……」

高美はうんざりして森を見通す。マングローブを思わせる巨樹と板根がどこまでも立ち並んでいる。遠くを竹馬のように足の長い四足獣の群れが悠然と横切っていく。見上げると、空の奥に緑のカーペットが見えた。ここと同じ原生樹林だ。

人工島は地球で考案された円筒形のオニール型コロニーに酷似したものだった。全長百キロ、直径十八キロ。特使船《ディプロポッド》は一方の端の港に停泊していて、二人がその中で眠っていた三ヵ月の間に、他のメンバーはコロニーの中に散らばっていた。

コロニーの内面は、樹林や湖、廃棄された市街や砂漠などさまざまな地形で覆い尽くされていた。メンバーに会うためには徒歩の旅をしなくてはいけなかった。

一息ついた高美は再び歩き出す。エリカもその後に従ったが、すぐに追い抜いて先に立った。小鹿のように跳ねる彼女の背に、高美は声をかける。

「なあ、今からでもみんなを説得して来てもらわないか」

「無理でしょ、三日話してだめだったんだから。手が離せないみたいだし」

「だからって、おれたちを放っておいて好き勝手するとは」

「目が覚めてよかったたって、喜んでくれたじゃない」

「浮かれすぎだ、みんなおかしくなってるんだ。あ、くそっ！」

湿った泥に足を取られて転ぶ。エリカが戻って抱き起こした。パイロットの彼女のほうが体力があるのだ。

ガードコートの裾をなびかせて、エリカは軽やかに板根を飛び移る。

「私、好きよ。こういう冒険。地面を歩くのも何年ぶりかだし」

「おれは願い下げだ、徒歩旅行なんて文明人のやることじゃない」

高美は苦行僧のような顔で道行きを続けた。

移動は楽ではなかったが、危険でも悲惨でもなかった。特使船が見通し位置にある港から常にナビゲートしてくれて、道に迷う心配はなかった。大気成分は呼吸可能なもので、気温は常に摂氏二十数度、攻撃的な生物や機械は存在せず、ある種の生物の肉厚の葉は生で食べることができ、しかも地球の野菜や穀物などよりずっと美味だった。

太陽光を取り込む反射鏡の開閉サイクルに由来する昼夜の長さは地球と異なっていたが、太陽系標準時の昼に歩き、夜に寝た。光発電する丈夫なガードコートは負傷を防ぎ、安眠を与えてくれた。汗や垢で不快になっても、水浴びする場所には事欠かなかった。二人で何をしようと覗き見する者はいなかった。

前途の目的さえ考えなければ、それは愉快な冒険と言える旅だった。現にこのとおりのレジャーが地球にはある。高美としては不満があったが、耐えることはできた。

五日後、二人は目的地に到着した。チュラロフスキイと楊《ヤン》がいるはずの場所だ。

待ち合わせ場所は森の中の小さな広場で、そこにはすでにチュラロフスキイたちが待っていた。二人を見ると満面の笑みを浮かべて抱擁した。

「よく来ましたね、無事で何よりです。目覚めるまでついていてあげられればよかったんですが、こちらのほうが大事でね」

「一体何をしているんです？」

安堵もあったが、詳しい事情を知らされていない怒りが上回って、高美は強い口調で言った。

「異星文明施設の探検なんて任務には含まれていないでしょう。可能だとしても二次隊以降に任せるべきだ。なぜ船を出して地球に戻らないんですか」

「そのための仕事なんですよ。七つの鍵を集めなければならなくてね」

「……七つの鍵？」

高美は眉をひそめた。

今までに聞いたところでは、ここに居住している原住民とのコンタクトを図っているとのことだった。それがなぜ地球へ戻ることと関係するのか。

「なんですか、七つの鍵って。まさか原住民の隠している宝を探し当てて、地球に持ち帰ろうなんて話じゃないでしょうね」

チュラロフスキイの傍らで楊が穏やかにうなずいた。

「ある意味ではそれに近いわ。財宝よりも価値のある異星知性体の言語体系を、完全に理解することも目的に含まれますから」

「だから、それがどうして……」

「しっ。大声を出さないで」

チュラロフスキイが制止する。

「もうじき会談が始まります。相手を警戒させるといけない。あなたたちは非常にいいタイミングでやってきました。しばらく黙って見ていてください」

「相手？　それは――」

高美は息を呑んだ。少し離れた木々の間から、奇妙な生物が次々に現れたからだ。

それは旅の途中で何度か見かけた、細い足の四足獣だった。肩高は一メートル半ほどで、黒光りする外骨格の足に、木の葉のようなものに覆われた、醜い軟質の胴が載っている。首にあたる部分はないが、体の前方に七、八本の触角ないし触手が垂れ下がり、ゆらゆらと揺れている。

それらはてんで勝手な方向を向いたまま、楊を取り囲んだ。よく見ると胴の周りに一定間隔でいくつもの目が並んで楊を注視していた。そして木の葉を細かく震わせる。驚いたことに、チェロの音のような深みのある響きが湧き起こった。

いくつかのチェロの合奏に囲まれた楊は、愛しげに彼らを見回して答える。

「大丈夫よ、彼らは私たちの仲間だから。タカミとエリカというの。え？　言葉が違う？　若いから発声器官が劣化していないのよ」

楊のガードコートがやはりチェロの音を発している。コートには通信機能があり、特使船とリンクしている。楊はすでに計算機の力を借りて翻訳手順を成立させたようだった。

楊とチュラロフスキイが二人を見て言った。

「クインビー、いや、クインビーの子孫に当たるビーハイヴ人だ。その中の『アンテロープ』の〝諧族〟だよ」

高美はうろたえて辺りを見回し、一歩下がった。背中がぶつかったので振り返ると、エリカが嬉しいような困ったような顔で、足にすり寄るビーハイヴ人を手で払っていた。

「うわあ……か、可愛いっていうかくすぐったいっていうか」

「正直に気持ち悪いって言ってもいいわよ。私たちも最初は逃げることを考えたから」

　楊がくすくす笑う。高美はめまいがしそうになる。今自分は、人類史が書き換わる場に立っている。ETIとの直接接触！

　その偉大な意義を考えるひまもなく、チュラロフスキイが別の方向を指差した。

「さあ、『キャメル』譜族のおでましだ」

　そちらからも別のビーハイヴ人の一群が現れた。『アンテロープ』たちは遠慮したように後退する。三十メートルほどの距離を隔てて両者は対峙する。楊とチュラロフスキイが間に立った。面白いやり取りが始まった。

『アンテロープ』の数体が同時に発音した。それは和音で、最初は一本調子の単純なものだったが、じきに休止と変調が加わった。次第にピッチが上がり、『アンテロープ』は矢継ぎ早に和音の連射を繰り出すようになる。ただし規則的なリズムはなく、音楽的な美しさもない。エリカが体をゆすって共感しようとしたが、まったく同調できずにあきらめた。

　それが一段落すると次に『キャメル』たちが発音した。今度はバイオリンに似た、やや高い音だった。音の高さ以外は『アンテロープ』とまったく同じように数十の和音を繰り出して、沈黙した。

　楊がコートの襟元に耳を傾けて計算機と会話し、バイオリンの音を『キャメル』に浴びせた。『キャメル』がうろたえたように隊形を乱したが、やがておずおずと返事をし始めた。

三十分ほどの間、楊と『キャメル』の間で和音が交換された。高美がこっそり計算機に訊くと、やはり『キャメル』の言語を解読する作業とのことだった。それが済むと、いよいよチュラロフスキイが前に出て、声を発した。

「こんにちは、『キャメル』の諸君。私はドミトリ・チュラロフスキイだ。君たちと『アンテロープ』たちの関係をよりよくしてあげたい。ついては、私を一時的に譜族に加えてもらえないだろうか」

チュラロフスキイのコートがバイオリンを奏でる。即座に『キャメル』が返答した。

チュラロフスキイはうなずく。

「そうだ、私は『アンテロープ』の譜族だ。しかし同時に『バイソン』の譜族でもある。私は異なる譜族の仲立ちができる。諸君の八百年来の懸念になっている、〝不協問題〟について力を貸すことができる」

『キャメル』たちの乱れた発音。チュラロフスキイの落ち着いた声。

「不可能ではない。その問題は諸君が操る言葉の周波数の違いに起因している。それは数学的に解決が可能なのだ。嘘ではない。嘘だったら私の胴を岩にぶつけてもいい」

それがどういう意味だったのか、『キャメル』たちは長く尾を引く和音を発し、やがて短く何か言った。

「当然だね。もちろん私たちは待つとも。親群に戻ってじっくり相談してきてほしい」

『キャメル』は挨拶するように二つの和音を放ち、森の中へ引き上げていった。

楊がチェロの音で『アンテロープ』に語りかけると、『アンテロープ』たちはかさかさと辺りを走り回って音を発した。楊が事態を説明したのだろう。チュラロフスキイは高美たちの前に戻ってきて、額の汗を拭った。

「胴を岩にぶつけるというのは、人間で言えば首を賭けるというのと同じでね。彼らは賢い生物ですが、あのとおり肉体的には脆弱《ぜいじゃく》で、転んだだけで死んでしまう」

「はあ……それで、ええと、不協問題というのを団長は解決しようとしているんですね」

「そう。不協問題は彼らの文化維持に関わる重要な問題です。声を聞きましたね。ビーハイヴ人は集団によって高さの異なる和音を言語として使っています。私たちは同じ高さの発音をする集団を譜族と名付けました。譜族間に領土的ないさかいはないが、あまり接触しようとはしません。異なる譜族の和音を聞きたがらないのです」

「なぜ？」

「不快だからですよ。人間が、釘でガラスを引っかく音を嫌がるように」

それは嫌ですね、とエリカが真剣にうなずく。

「この不快さは相当なもので、今のような公式会談の場でさえ彼らは異譜族と距離をおきます。まともに聞くと目を回して気絶してしまうのです。いやこれはたとえですが。ともかく、そういう事情で彼らは譜族間の交渉をできるだけ避けてきました」

「同じ生物なんでしょう？　なぜそんな問題が？」

「私の仮説はこうです。――昔、まだ単一の言語を使っていたころ、彼らのうちに、単に好みによるゆるやかな区分ができた。似た周波数を好む個体が集まっているうちにその好みが尖鋭化し、厳密に自分たちだけの周波数を使うようになった。世代が進むうちに集団と集団の間の中間層は淘汰され、新しく生まれた子供は好みの周波数しか聞かずに育ち、やがて他の周波数に対する感情が〝嫌い〟から〝不快〟にまで深まった。……私だって昔はロックを聞きましたが、今では、もう」

「やたらに人間のアナロジーを使うのはよくないんじゃありませんか」

　エリカが笑いながら言う。

「そのようにして、ビーハイヴ人は七つの譜族に分かれました。Aの『アンテロープ』は一番低音の周波数を占有する譜族で、Bの『バイソン』、Cの『キャメル』と高くなっていき、Gの『ガゼル』ともなると人間の可聴範囲外の超音波を用いています」

「解決法は？」

「高調波です。今、彼らの周波数は、元になった大きな数を素因数分解したように、近い倍数がない高さに散らばっています。しかし、隣り合う二つの譜族が少しずつ周波数をずらせば、片方がもう片方の倍数になる。これがどちらにとっても不快でないことは、『アンテロープ』と『バイソン』の譜族で確かめました」

「つまり、共通語を作るんですね」

「二譜族間だけのものですが。『アンテロープ』と『キャメル』が話すためには、間で『バイソン』が通訳しなくてはいけないでしょう。さっき楊博士がやったように」

「凄い……面白いですね！」

　エリカが子供のように目を輝かせた。チュラロフスキイは晴れやかな顔でうなずく。

「ええ、楽しいです。私も、ここまでやり甲斐のある仕事は初めてですよ」

　だが、高美は懐疑的な表情で言った。

「なんのためにそんなことを？　それだって、一度地球に報告してからでもいいことじゃありませんか」

「それはね、彼らの祖先がこの世界を造ったからです」

　チュラロフスキイが両手を大きく広げた。

「八百数十年前に、彼らはこのコロニーを建造しました。調べれば他のコロニーも、惑星上の施設も見つかるでしょう。それらすべてを造り上げ、使用し、しかし忘れてしまった。七つの鍵――ビーハイヴ人の源流語を残して」

　チュラロフスキイは大きくうなずく。

「七つの譜族に分かれる前の大本の言語ですよ。すべての譜族との交流が成されれば、それが解明できるはずです」

「それで何が？」

「ビーズを操れます」

高美は何度も瞬きした。忘れていたんじゃないでしょうね、とチュラロフスキイが苦笑する。

「コロニーを作り出し、木星へビーズを送り出した昔のクインビーの技術と機械は、主が原始生活に戻った今でも健在です。源流語が判明すればそれにアクセスできる。噴水の操作法を解明して地球へ戻ることもできる。いや、そうしなければ戻れない、というのが適切ですが。これはまぎれもなく任務の遂行なんですよ」

「……どれぐらいかかるんです？　時間は」

「数年、でしょうね」

チュラロフスキイは顔を上げ、空のかなたの対岸に目をやる。

「でも長くはない。戻れない可能性もあった当初の予測を考えれば、これは幸運ですよ。最高です。目的地も、道のりも、歩き方もわかったのですから」

高美はじっと、この年老いた外交官の顔を見つめた。落ちくぼんだ鳶《とび》色の瞳に、若者のような生気が満ちていた。

　ふと気がつくとエリカが消えていた。少し離れた楊のもとへ行っていた。二人の人間女性と異星人たちが、家族のように触れ合い、会話を交わしていた。楊もチュラロフスキイと同じように、幸福そうだった。

　四日滞在して、高美とエリカはその地を離れた。近隣五つの譜族をまとめようとしているチュラロフスキイは引き留めたが、他のメンバーにも会いたいと高美は断った。

　向かう先は原生林を越えた先の湖畔だった。そこに都市があり、ペシャワルカ夫妻がいるのだ。森に入り、体力の限りを尽くして進む旅がまた始まった。同行を承知したエリカは嬉々として藪をかきわけ小川を渡ったが、高美の態度には疑問を抱いているようだった。閉じた集光鏡がもたらす夜空の下で、高美の胸に背を預けたエリカが焚き火を見つめて言う。

「何が不満なの？　むっつりして」

「話がうますぎる」

「話って？　どこが？」

「まず、おれが生きていることが」

「この宇宙島へ着いた時のこと？」

　エリカが顔を向ける。

「何がおかしいの。サーブが言ったじゃない。船は予想どおりキャッチャーボートに捕まっていて、脱出は失敗、自動的にコロニーへ移送された。そのとき無理にエンジンを動かしていたから船が暴れて、私たちは負傷し気絶した。話がうまい？　逆よ、事故を避けられずに気絶してしまったんだから」

「そんな事故の記憶があるか？　あの数秒の間センサーに何の反応もなかったことを、カメラの白い光を、説明できるか？　おれはあの瞬間、事故なんて起こっていないのにみんなが気絶したのを見た」

「じゃあ訊くけど、今この瞬間の状況はどう説明するのよ。ビーハイヴ人が私たちをだましている？　もしくは彼らの機械が？　何の目的で、どうやって？」

「それはだな――」

「何を言ってもいいけど、サーブを言い負かせる？　船は事態を克明に記録していたし、コンピューターが正常なのはあなただって何度も確かめたじゃない」

「……それはそうだが」

「タカミらしくもないっ！」

口をへの字にして、空色の瞳でエリカはにらむ。

「現状を受け入れて！　分析して、対処して！　空想をもてあそんで逃避するなんて似合わないわよ」

「それは君の領分だったな」

　高美が含み笑いすると、エリカは不機嫌そうにむこうを向いた。

　今度の旅には二週間もかかったが、やはり退屈ではなかった。森は終わり、見渡す限り可憐な白い花（のような鱗のある小型のアルマジロの群れ）の密集した草原や、見上げんばかりの巨岩が生き物のように転がっていく砂漠を通り過ぎた。ここを創造した過去のビーハイヴ人たちがどんなつもりだったのかはわからないが、新天地を単一の食料畑で埋め尽くすことを選ばなかったのはありがたかった。

　コロニーの全長の半分ほどを踏破すると、湖に出た。川の終わりで小さく盛り上がった段丘に登って二人は河口の街を見下ろした。

「ヴェネツィアみたいね。――それか、食器の洗い桶」

　エリカの評は的確だった。そこはかつて湖に面した港湾都市だったのだろう。ほっそりした繊細な塔や伏せた半月のような形の家屋が扇状の町並みを形作っている。しかしそれらは水面から突き出していた。湖水の侵略を受けているのだ。

　ネイグとジャクリンは、波打ち際にあたる建物の一つにいた。彼らはそこで船を造っていた。

「船……ですか」

　建物の前の路上、前半分が水につかる形で構築された木製の架台の上で、やはり木製の船が組み立てられている。正確に言えばヨットか。全長は十メートル少々、帆と櫂《かい》がある。

「湖を渡るためにね」

ジャクリンは道の先に見える湖面にあごをしゃくる。

「団長の計画は聞いたでしょ。七つの譜族のうち二つは、三十キロ先の向こう岸にいるのよ」

「そんなの、迂回すればいいでしょう。別の陸地は？　透過鏡面は？」

高美は頭の上を指差す。円筒形のコロニーは円周方向に三つの陸地と三つの鏡面が交互に配置されている。高美たちがいるのは一号陸地と名付けられた場所だ。

だが、頭上をよく見回した高美は舌打ちした。湖はこの陸地だけにあるのではなく、コロニー内をぐるりと一周する指輪型をしていた。

「嵐はないんだけど、交渉のためにはこっちの譜族も乗せなくちゃいけないからね。そこそこの大きさのものを造ってるのよ」

「特使船に戻って、コロニーの外から向かったら？」

「向こう側には宇宙港がないの」

ジャクリンは豊かな赤い巻き毛をかき上げて、さっぱりした笑顔を見せた。

「ま、あわてることもないわ。船は団長が五つの譜族をまとめるまでに造ればいいんだし、それはだいぶ先みたいだし」

「……楽しんでますね？」

「そうよ、構わないでしょ？」

ジャクリンは悪びれずに言った。

「船が好きなの。どっちかというと宇宙船より水上船のほうが好きなぐらいね。私たち、フィジーにヨットを持ってるのよ？　でも、そこは海域全体が保護区域で不自由なの」

架台の上の船を見上げる。

「嵐のない海で好き勝手に船を乗りまわせるなんてチャンス、逃すつもりはないわ」

「それも任務の範疇《はんちゅう》だとでも？」

「任務は忘れてないって。いやしくも人類特使を仰せつかった私たちが、ルソーばりの原始生活で満足してるわけがないでしょ。肝心なものはちゃんと発見したわ」

「肝心なもの？」

「コロニーの中枢だ」

声のしたほうを見上げると、作業中のネイグが船べりから顔を出していた。相変わらずまずいものでも食べたようなしかめ面で言う。

「コロニーの機能を維持し、特使船《ディプロポッド》を受け入れ、百五十光年離れた太陽系のビーズと連絡を取って今でも資源採取を続けているシステムの中枢だ」

「それはどこに？　この街にあるんですか？」

驚いて高美が尋ねると、ネイグは首を振った。

「隣の島で、おれたちじゃなくてマイルズが見つけたんだ。ここへ来て最初に活躍したのが彼だ。コロニーの特徴を調べて暫定的な滞在が可能だと明らかにした。宇宙建設は彼の専門だからな」

「隣の島って、鏡面を渡った先の陸地ですか」

「そうだ」

「エリカ、行くぞ」

高美はコートを翻して歩き出した。もう行くの？　エリカが呆れたように言う。

「どうしたのよ、人手が要りそうなのはこっちじゃない。手伝いましょう」

「先生に会ってからでも遅くはないだろう。一通りすべてを見たいんだ。先生、構いませんね？　先生！」

高美はマイルズを呼んだが、またしても返事はなかった。エリカはそっけなく横を向き、ジャクリンが他人事のように言う。

「彼のいるところは電波が遮断されているんだそうよ。朝夕の定時報告の時しかつながらないわ」

「だそうよ、ですって。そんな態度でいいんですか？　行動規定は？　異常事態では宇宙船乗員は単独行動禁止でしょう？」

高美が詰め寄ると、ジャクリンは困ったように手を振ってボートを見上げた。

「ああ、それはそうなんだけど……ねえ？」

「どうしても行くって聞かなかったからな。どこへ行こうが船からは一目瞭然だし」

「しかし現に無線が通じていない。放っておけません、作業を中止してください。四人で先生の様子を見に行きます」

「規定にこだわることがかえって無駄になる事態もある。今がそのときだ。おれたちは行かんよ。どうしてもって言うなら団長の許可をとりな」

ネイグがそっけなく言い、ジャクリンもおずおずとうなずいた。

「ごめんね。私も、テディが危険だなんて思えないわ」

高美は無言で歩き出した。エリカは迷ったように彼と二人を見比べたが、やがて足早に高美を追った。一ブロックほど先で追いついて肩をつかむ。

「タカミ、一体どうしたの？　あなた変よ！」

「変か」

足を止めた高美が振り向いた。口論になると予想してエリカは身構えた。

高美は怒鳴らなかった。エリカが見たこともないほど沈鬱な表情で、低くつぶやいた。

「どうして湖を渡る橋がないんだ。原ビーハイヴ人たちは始終泳いで渡っていたのか？」

「何……何を言ってるのよ」

「エリカ」

高美がエリカの両肩をつかんだ。

「君の考えはわかる。現象をありのままに受け止めたいんだろう。それで何も問題はない。でもな、おれは不満なんだ。不満でいたいと言ってもいい。この事態に何か別の説明があることを……それを知ることを望んでる。あるいは、そんな説明がないというはっきりした証明を」

「靴の中に何か挟まってるけど、それが何かはわかってないのね」

いくらか表情を和《やわ》らげて高美はうなずいた。

「ただの違和感かもしれない。だからエリカ、おれが変だというならこうしよう。強制しない。君の好きなようにしてくれ。残ってヨット作りを手伝うか、おれと来るか」

「私の希望はあなたについていくことよ」

エリカはきっぱりと言い、さらに付け加えた。

「もっと言うと、あなたがついてきてほしがることを望むわ」

「それは……もちろんだ」

ややためらいがちに高美がうなずくと、エリカは突然いかめしく眉を寄せて言った。

「私がどうしてあなたと付き合ってるか知ってる？」

「なんだ、急に。よく知らないが」

「能書き垂れて本心を隠す顔が可愛いからよ」

ぺろりと舌を出すと、啞然とする高美を置いてエリカは走り出した。


今までの旅を巨大なトンネルを進むことにたとえるならば、今度の旅はトンネルの壁を登るような行為になった。——視覚的には、だが。

陸地と陸地の間の幅十二キロほどの透過鏡面を越えて進む。隣の陸地に上がったころ、ようやくマイルズと無線交信をすることができた。彼は定時報告の時間をチュラロフスキイやネイグたちとの会話に割《さ》き、高美とは特使船《ディプロポッド》で中継される録音音声のやりとりしかしていなかった。リアルタイムでの交信は初めてだった。

「先生、村雨です。いま二号陸地にいます」

「タカミか、よく来たな。無事でよかった」

彼はそう挨拶したが、その口調はどこかそっけなかった。何か他のことに気を取られているようで、高美が頼むまでは重要なこと——ビーコンを発振して高美に位置を伝えること——も忘れていた。

ほとんど必要事項だけの短い会話を済ませると、マイルズのほうから通信を切った。エリカが不思議そうに言った。

「先生、私のことを訊かなかったわね」

「そういえばそうだな。けれど、君も何も言わなかったじゃないか」

「まあ、用件はタカミが済ませてくれたから」

そっけない言い方だった。高美はエリカを振り返った。

「話したくないのか？」

「ちょっとね。苦手」

エリカは顔をしかめて言った。二人は移動を再開した。

数時間後、それまで茂っていた丈の高い葦の原が途切れた。高美は思わず嘆声を上げた。差し渡し五百メートルほどの円形の広場の向こうに、自転風にそよぐ無数の白銀の鱗で覆われた壮麗な伽藍《がらん》があった。七本の尖塔がぐるりと円形に並び、中央にはアジアの仏塔《パゴタ》を思わせる多段式のドームがあった。

二人は伽藍から目を離さずに広場を横切る。

「都市……じゃないな。前の街とは違う」

「つまり基地なんでしょう。このコロニーと、たぶん近隣空間の宇宙施設も含めた、管制基地。中枢施設よ。これって空港でしょ？」

言われて周囲を見回すと、円形の広場の周囲には標識や誘導装置らしきものが点々と立っていた。同じような広場が右にも左にも続き、基地を中心としていくつもあるようだった。原ビーハイヴ人たちは飛行機械で移動していたのだろう。それでコロニー内に道路がまったくなかったことの説明がつく。

ビーコンに導かれるまま施設内に入り、二人は中央ドームのふもとにたどりついた。その側面にぽつんと開いた入り口に、マイルズのコートが落ちていた。拾い上げるとそれはマイルズの声で言った。

「ドーム内にいる。危険はないから探してくれ」

二人はうなずき合い、ドームに入った。

入り口のすぐ内側には、前方と左右に延びる通路があった。中心に向かう通路とドーム外周を巡る通路のようだった。正面の通路には左右にいくつもの部屋があり、そこを進むと中心のホールからまったく同じ七本の通路が放射状に延びていた。

「どっちかしら。先生、私です！」

エリカが首を回して叫んだが、返事はなかった。通路は七本とも二十メートルほどの長さで、途中の壁にいくつかの入り口があり、突き当たりで外周通路に接続しているようだった。高美は肩をすくめた。

「見て回ろう。この程度の広さならはぐれないだろうし」

「私はこっちに行くわ」

エリカが歩き出し、高美は反対方向に向かった。

部屋を覗いて回る。机や椅子のようなものはなく、機械らしきものが床に置かれ、誰もおらず、荒らされてはいないという点はどの部屋も共通していた。機械はどれも一目見ただけでは用途も使い方もわからないものばかりだったが、施設全体と同じように、四足歩行して触手を操るビーハイヴ人の動作に合わせたものであることは確かだった。つまり、二本の手を使う人間でも試行錯誤すれば使えそうな造りである。

高美は辺りのものを片っ端から調べたいという欲求と戦わなくてはいけなかった。そのどれもが——表示板の大きさから壁面の立ち上がり角度にいたるまで——人類とは異なる知性体の設計思想を内包しているはずなのだ。それが目的で来たのならば、高美は間違いなくこれらの調査に没頭してしまっていただろう。宇宙建設を学ぶ者にとっては質量投射装置などより一万倍も魅力的な対象だ。

七つ目の部屋で、現にマイルズはそうしていた。チェス盤を縦横五倍にしたような格子パネルを、マイルズは床にあぐらをかいて覗き込んでいた。部屋に入った高美が「先生」と声をかけると、熱中しきった様子で片手を上げて言う。

「しっ。今、通信設備の操作がいいところまでいってるんだ。ちょっと見ていたまえ」

マイルズはかたわらの床にペンで殴り書きした表を見ながら、格子パネルのあちこちを複雑な順序で押した。すると天井から、頭皮を引きつらせるようなか細い引っかき音が降ってきた。マイルズが唇をなめて言う。

「セオドア・マイルズだ。サーブ、受信できるか」

「受信できます」

天井から特使船の計算機の声がすると、マイルズは手を打ち合わせて叫んだ。

「よし、やったぞ！　これで大幅に作業効率が上がる」

「何をやったんです？」

「制御施設の一部である通信系を手動操作で使えるようにした。ここは電磁遮蔽されていてサーブの支援が受けられないからね。まずは第一関門突破だ。サーブに音声入出力を補助してもらえば、より複雑でガードの固い環境制御系や記憶領域にも挑むことができる」

「操作方法がわかったんですか？　団長の探している源流語は？」

「まださ。もちろん源流語が判明しないと正規の操作はできない。しかしアプローチの方法が多いに越したことはないだろう？　私はビーハイヴ人のハードウェアを直接操作する方法を試している」

「クラッキングですか……」

「人聞きの悪い、異星科学との直接対話と言ってくれ」

マイルズは頬を紅潮させて言った。

それからふと夢から覚めたように瞬きし、ばつが悪そうに半白の髪をかいた。

「ついのめりこんでしまった。よく来てくれたね。大変だったろう？」

「それほどでもありませんでしたが」

高美が首を振ると、マイルズはなぜか少し目を逸らし、ためらいがちにつぶやいた。

「せっかく来てくれたのに申し訳ないが、大事な話を……いや、後にするべきか……」

「なんの話ですか？」

「うむ、こうなった以上は包み隠さず言うべきだろうな」

強くうなずいて、マイルズは立ち上がった。

「すまない。私は君が事故で眠っている間、信義にもとることをしてしまった」

「信義に……？」

「今まで直接通信を避けていた理由の一つはそれだ。君がこの環境に慣れて、もっと落ち着いてからと思っていた。誓って言うが、邪魔されたくなかったとか、彼女の心変わりを恐れたとかではない。彼女ははっきりと、自由意志で私の気持ちを受け入れてくれた」

「彼女？　誰のことです？」

「先生」

声が聞こえたので高美は振り返った。エリカが通路に立っている。ああ、と高美は手を上げた。

「ここにいたよ。施設の通信設備を――」

「……タカミ！」

エリカの反応に高美は戸惑った。彼女は空色の瞳を倍にも見開いて、幽霊にでも会ったかのように驚愕している。そのそばにマイルズが行き、そっと手を握った。

「さっき着いたんだよ。教えてなくてすまなかった、エリカ」

「こ、困ります、先生。いきなりタカミが来るなんて、心の準備が……」

「心の準備ならあの時からしていたはずだろう？　いつかタカミが目覚めたら、本当のことを言わなければいけないって」

「それはそうですけど……いえ、そうですね。いつ会っても同じことだわ」

エリカはマイルズの手から細い指を引き抜くと、高美に近づいて辛そうに言った。

「ごめん、タカミ。私、先生と一緒に歩くことにしたの」

「エリカ、おい」

「先に言わせて。その後ならいくらでも責めていいから。あなたが事故で気を失ってから、先生は本当に親身になってくれたの。三チームに分かれて調査に出てからも、ずっとあなたのことを気遣ってくれた。それでだんだん、今まで自分が先生を誤解してたって気づいたの。ここに着くまで一ヵ月かかって、その後一ヵ月の間に……私に本当に必要で、私を本当に必要としてくれるのは、先生だってわかったわ」

「エリカ！」

高美は声を張り上げた。頬を打たれたようにエリカが顔を背けた。いつの間にそんな冗談の打ち合わせをしたんだと笑おうとした高美は、エリカのその様子に困惑し、苛立《いらだ》ちを覚えた。

「ちょっとたちが悪くないか？　おれはともかく、先生まで巻き込んでそんなことをするのは、冗談にしても後味がよくない」

やりすぎた？　とエリカが舌を出すと思った。

だがエリカはうつむいたまま肩を震わせている。マイルズが近づくと、その胸にふらりと体を預けた。高美がいつもやっていたように、マイルズはエリカの肩を抱きしめた。

高美は手を上げたくなる衝動を必死で抑えて、自分に言い聞かせた。落ち着け、この事態は変だ。エリカがマイルズとの付き合いを隠していて今になって告白したとか、そんな話じゃない。それならこんな嘘をつく必要はない。つくような女でもない。エリカは本当にここにいたのだ。そして同時にずっと自分のそばにいた。事実が錯綜している。

明るい声が、高美と、マイルズたち二人の混乱を入れ替えた。

「タカミ、ここにいる？」

エリカがひょいと入り口に顔を出した。

一、二秒、誰も口を開かなかった。高美が最初に行動した。寄り添う二人のそばをすり抜けて、自分のエリカをしっかりと抱きしめる。きゃ？　と身をこわばらせたエリカが、新しいおもちゃを見つけたように彼女に目をやった。

エリカに。

「それ、私ね？　どうやって造ったの？」

「わ……私？　タカミ、それは」

合わせ鏡のように――表情はかなり違うが――エリカもエリカを指差す。マイルズのそばのエリカが失意の色をより深めた。

「そんなに……私を造るぐらい思っててくれたなんて……ごめん、タカミ、本当にごめん」

「ええと、どういう設定なのよ。先生が私のロボットと一緒にいて――ロボットよね。それがタカミに謝って……」

「タカミ、『それ』を止めなさい」

マイルズが厳しい口調で言う。

「どうやって造ったか知らないが、彼女を悲しませるばかりだ。君に彼女を気遣う気持ちがあるなら、早く」

エリカがまだ冗談に調子を合わせるように言う。

「で、先生も一役買っていると。でも先生、この設定ってちょっと気に障《さわ》るんですけど。ああ、それとも先生もロボット？」

「二人ともやめてくれ」

高美が両手を上げた。エリカとエリカを見比べてから、マイルズに目をやる。

「先生、これは本物のエリカです」

「これって何よ！」

「タカミ、現実から逃げては」

「黙ってくれ！　……そして先生、それも本物のエリカなんですね？」

腕の中のエリカと口を出すマイルズに怒鳴って、高美は尋ねる。

「当然だ」

マイルズとエリカは強く腕を抱き合う。二人のエリカが、徐々に顔をこわばらせていった。

「ロボットじゃ、ないの？」「どういうこと？」

「ちょっと二人で確かめあってくれ。特使船には生物型ロボットを造る設備はなかったし、ここにも――先生？」

「あるわけがない」

おずおずと歩み寄ったエリカたちは、頬や腕に触れ、顔を寄せた。同時に同じことを考えたらしく何事かをささやきあう。そして信じられないというように首を振った。

「私だ……」「先生もタカミも知らないはずのこと……」

「確認しよう。先生、先生はいつからエリカと？」

「事故から一週間後だ。君が治療装置に入って当分出られる見込みがないとわかり、一緒に調査に出た」

「その間に他のメンバーと会いましたか？」

「会ったとも。……いや？」

マイルズが眉根を寄せる。

「エリカは会っていないんじゃないか？」

「はい」

彼のそばのエリカがうなずく。

「私、事故のすぐ後から部屋に引きこもっていて――タカミ、あなたの怪我が悲しかったからよ――そこに先生が何度も来てくれて、話をしているうちに、泣いているだけじゃだめだ、何か行動しなくてはって思ったのよ。だから、先生について調査に出た……」

「しかし、このエリカはおれと同じときに負傷し、ずっと治療を受けていました」

高美の腕の中のエリカがうなずいた。

「そうよ。そして一緒に目覚めて、一緒に旅に出た。団長やネイグも、私と会ったときに普通の対応をしてくれた。だから他の四人は私がそれまで眠っていたと思っていた……やっぱり私が本物なんじゃない。自分で言うのも変だけれど」

「待て、そのことは先生にも伝わったはずだ。直接話してはいないが、録音メッセージで」

「そうね。そのことを喜んでもらったわ」

「なんだって？」

マイルズが眉をひそめる。

「私はそんなことは聞いていない。しかし、エリカと行動していることは他のメンバーに伝えたぞ。船を出てからだが」

「ええ。楊博士にもジャクリンにも言ったわ。それどころか、タカミ、あなたにも元気かって訊かれたわよ？」

「それも録音でだったはずだ。これは……通信か？　通信に関わること以外、私たちの記憶は整合している」

マイルズがゆっくりと天井を振り仰いだ。つられて他の三人もそちらを見る。

マイルズがつぶやく。

「サーブが偽の通信をよこしたんだ」

「でも、それだけじゃ……」

エリカたちが不安そうに顔を見合わせた。わずかなずれで、同じ言葉を口にする。

「私は一人のはず」

そのユニゾンを聞いて、高美がうなずいた。歯を食いしばり、耐えがたい何かに気づいたように拳を握り締める。

「くそっ……そういうことか。それならすべて説明がつく。団長たちのことも、ネイグたちのことも、先生のこともエリカのことも、ビーハイヴ人の何もかもが」

「タカミ？」

心配そうに振り返る腕の中のエリカを、決して逃がさないようにきつく抱きしめて、高美はすべてを崩壊させるひとことを言った。

「おれたちはトランザウトしている」


力をこめるとまぶたが上がり、肺に生暖かい空気が流れ込んできた。高美は激しく咳き込んだ。

特使船《ディプロポッド》の安静子宮だった。高美は全裸の体を起こした。室内を見回すと他の六つのケースがすべて作動していた。メンバー全員のケースが！

真っ白に熱くなった頭で、理性のすべてを費やして高美は考える。個室のトランザウト殻ではなくここにいるということは、普通のトランザウトをしていたのではない。そうであるわけがない。コロニー世界は完璧だった。特使船の計算リソースで、いや人類の技術でトランザウト界にあれほどの現実再現性を持たせるのは、絶対に不可能だ。

高美はケースの縁に指を食い込ませて吠える。

「サーブ！　答えろ、何があった！」

「村雨高美、あなたと対話する必要ができました。私はクインビーです」

「……なんだって？」

高美は呆然として室内カメラに目をやる。カメラは計算機がそうするようにじっと彼を見つめ、スピーカーで答える。

「私はクインビー、ビーズと噴水の主です。あなたとの対話のために、必要な知性フレームをサーブから転写したので、言葉を理解できています。サーブが通訳になっていると思ってください。協力してもらえますか」

「クインビーだって……」

放心しかけて、はっと高美は気づく。

「メンバー全員とこの船の安全を保障しろ。今はいつで、ここはどこだ。まずそれからだ」

「メンバーは回復可能な昏睡状態です。船は安全です。位置は超光速航行終了時のまま、簡単に言うと、ある恒星を巡る公転軌道を自由落下しています。経過時間は到着から百十九日。あなたたちがトランザウト中に体感したのと同じです」

「何があった？　到着時のスクリーンの光やヒートシンクの振動は現実か？」

「現実です。船の到着と同時に私は探査系統を麻痺させ、ヒートシンクから微小機械を船内に注入しました。機械は電磁干渉能力を備えたもので、ガードコートの上からあなたたちの神経系と脳の電気化学作用を操作し、トランザウトさせました。その後、肉体を自力で歩かせてこのケースに入れました」

「手も触れずに……トランザウトさせただって？　そんなことが可能なのか？」

尋ねてから高美は馬鹿馬鹿しくなって首を振った。人類の装置は皮膚に接触した感覚欺瞞材で意識をあざむくが、超光速航行を可能にする技術レベルの存在にとっては、ガードコートで保たれるたかが数センチの保護層など、あってもなくても同じことだろう。

もっと重大なことに気づいて高美は身を震わせた。

「ここは。ここがトランザウト界でないという保証は。これは現実か！」

「保証できないことはわかるでしょう。私は体感的に現実と異ならないトランザウトを実現できます。『ここ』にあなたを呼んだのは、ひとまず混乱のない状態であなたと対話したかったからです。ですが――私が告げる他の言葉の信頼性にかけて、これは現実です」

「信じろ、さもなくば狂え、という意味だな。それは……」

「気をしっかり持ってください」

いやに人間味のある言葉だったので、高美は笑い出した。クインビーを名乗る存在は、ヒステリックな笑い声が収まるまでおとなしく待っていた。

気持ちが収まったというより笑うことに疲れて、高美はじきに口を閉じた。クインビーは話し始めた。

「次にあなたは私の目的を尋ねると思うので、それを話しましょう。私の目的を平易に言うと、あなたたちを鑑賞することです」

「鑑賞？」

「異星知性体が活発に活動する様を観察し、記録し、それ自体を目的として体感することです」

「活動というのは、団長たちのあのコロニー調査作業を指すのか」

「はい」

「それはおかしいだろう。あのコロニーは、おまえがトランザウト界に仮構したものなんだろう？　おまえが造ったものをわざわざ調べさせて、何の益がある？」

「あのコロニーは私が造ったものではありません。特使船メンバーが望むコンタクト風景の公倍数的なものです」

「なんだって？」

「あなたたちが無意識のうちに想像し、期待し、挑戦しようと思っていたＥＴＩとの接触を全員分抽出し、それぞれの間で、また既知の物理法則との間で、矛盾が生じないように構築したのが、あのコロニーとその中のビーハイヴ人なのです」

クインビーは丁寧に説明した。高美はその意味をよく考えた。

『『アンテロープ』や『キャメル』の譜族たちと、彼らの和音を使った会話が、おれたち自身の空想？」

「原ビーハイヴ人とその変遷に関する考察まで含めて。これは主にチュラロフスキイと楊の願望です。彼らが希望し、かつ彼らに理解し干渉できる形態のＥＴＩを、彼らの能力から逆算して生成しました」

「それじゃ、ヨットでなければ渡れない湖は」

「ネイグとジャクリンがそのような作業が必要になる環境を望んだからです」

「コロニー自体もか！　先生の願いだな？」

「ええ。コロニーを含む大規模な宇宙居住施設とその維持施設を目にし、理解し、操作し、地球文明に貢献することが彼の望みでした。それと前二者の希望を整合させたのが、あの世界であり、七つの言語を採集するというあの作業です」

　そのことについて、高美は深く納得できた。ずっと感じていた違和感、うまくいきすぎる、こんなはずがない。そう思ったのも当たり前だ。あれは人類が作り出したＥＴＩだったのだから。

　だが、とうてい納得できないこともあった。

「……二人のエリカは」

　高美は低い声で言った。すぐに身を乗り出して叫ぶ。

「あれはなんだ。あれのどこが現実と整合している？　おれと対話を始めたのは、あれのおかげでごまかしが利かなくなったからだろう？　自分で作った世界を自ら破綻させるような真似を——それに、おれとエリカと先生を困らせるような真似を、なぜした？」

「現実と整合させているのではないのです。あなたたちの願望と、です」

困った人間そっくりの口調でクインビーは言った。

「あの世界を構築することでほとんどの希望をかなえることができましたが、マイルズのだけは別でした。あなたとマイルズが出会わなければあの破綻も起きないはずだったので、できれば出会ってほしくありませんでした。あなたたちの覚醒を三ヵ月遅らせたのもそのためです。しかしあなたの目的にマイルズと会うことが含まれていたので、結局は会わせざるを得ませんでした」

「待て、何が別だって？　先生の希望が？」

「彼は最初からエリカを愛していました」

高美は沈黙した。

「あなたがいたので、マイルズはその思いを胸に封じていました。しかし、私はあの世界を構築するに当たって、各人の希望を最大限に実現させたかったので、その願望をも引き出しました。エリカはあなたを愛していたので、矛盾を起こさないためにはもう一人のエリカを造るしかありませんでした」

「あれは……あの二人は……どちらが本物なんだ」

「二つの意味によって、説明が分かれます。本人の行動と心理で定義するならば、どちらのエリカも本物です。トランザウト初期状態ではまったく同じ二人を造りました。その一人をマイルズに同行させ、一人をあなたに同行させせました。マイルズの希望をかなえるために、サーブを装った通信で、高美のことをあきらめさせるような情報をマイルズ側のエリカに与えましたが、機械的心理操作は何一つしていません。真のエリカというものがあるとするならば、それがマイルズに同行すればあのようになり、あなたに同行すればあのようになったでしょう。そしてそのとおりになりました」

「もう一つの意味とは？」

「現実のエリカの意識が作動している姿がどちらか、という意味です。それはあなたといたエリカです。マイルズといたのは、エリカそのものとして行動していましたが、私が走らせていたソフトウェアです」

「それなら、おれのエリカが本物だ」

　高美はどっと息を吐いた。しかしクインビーは冷たく言った。

「どうしてそう言えるのですか」

「どうしてって……当たり前だろう。あのエリカたちの両方が仮構世界の存在であっても、片方の意識が現実のエリカのものならそちらが本物だ」

「それは現実の世界と称されるものがあり、そこへ帰ることを前提とした考えですね」

「何か間違っているか？」

「間違ってはいませんが、それはこういう結論につながります。永久にトランザウトするならば、どちらも偽者と断定できない」

「それはそうだ。だからなんだって言うんだ？　おれもエリカも現実の存在だ。その結論に意味があるのか」

「私はトランザウトを中止するつもりはありませんでした」

高美はひやりとしたものを背筋に感じた。クインビーは淡々と言う。

「あなたたちに、ずっとあの世界で活動してほしかった」

「ずっとだって……団長の努力が実を結んで、源流語がわかって、噴水が作動させられ、おれたちが地球へ戻るところまでか？」

「いいえ。噴水の作動原理が地球に伝わり、地球人類があのコロニーやそれが巡る惑星に降り立ち、そこで繁栄するまでです」

「なに？」

高美は混乱した。

「どっちの世界の話をしている？　トランザウト界か？　現実世界か？」

「両方です。コロニー内から噴水を操作できるようになったら、その時点でメンバーは——

―事故か何かを私が起こして――帰れないようにします。いっぽう現実世界では私がメンバーを装って地球に報告を送り、永住の意思と、二次隊の出発を要請します。以降、訪れる地球人はすべてトランザウトさせ、その世界で活動してもらいます」

「おまえは……一体、どういうつもりで……」

寒気は収まらず、強くなった。高美は体を抱きしめて細い声で言った。

「何が、敵対的ではない、だ。おまえは人類を食い物にする猛獣だ」

「理解してほしいのですが、この全過程において人類はなんの不満も抱かないでしょう。あなたとエリカとマイルズとの関わり、また、メンバー全員の仲間意識といったものから、私に人類がもっとも必要とする二つのものを、発見と共棲だと確信しました。未知の異星文明に触れ、親しい仲間たちと暮らすことです。そのどちらもトランザウト界では実現されます。人類は満足します」

「だが、それはまやかしの満足だ！」

「まやかしで不都合があるのですか？　そうでないことは他ならぬあなたたちがコロニー内で証明してくれました。メンバーの生き生きとした様子を、他ならぬエリカの楽しそうな姿を見たでしょう？　私はあのレベルの完璧な世界、壮大な知的発見に満ちた世界を、現実以上に素晴らしい世界を提供できます。それが現実か否かを問うことは無意味です」

「そんなものはいらない、おれはこの世界で満足している！」

「それは嘘です」

クインビーは静かに断言した。

「あなたが欲するものは超光速航行の方法、そしてETIとの接触——あなたが大切に思っているエリカが望むもの——です。あなたはトランザウト界でそれを手にし、満足するでしょう」

「向こうで手に入れる必要などない。こちらに現存しているんだろう？」

「しています。しかしこの世界ではあなたは死にます」

クインビーは無情に告げた。

「死と、あらゆる苦痛が現実には存在します。エリカは一千もの理由であなたのそばを離れ得ます。トランザウト界ではそれは起こりません。いえ、起こすかどうか、あなたが望むようになります」

エリカがいなくなる、それは考えただけでもぞっとする想像だった。あの笑顔に、あの瞳の輝きに、あのハミングのような声に、あの吐息に触れられなくなるなど。

深呼吸し、自分を落ち着かせる。それはクインビーに指摘されるまでもなくわかっている事実だ。それは起こりうる。それは避けられない。それを避けてはいけない。

……なぜ？

するりと心の片隅に浮いた疑問を、激しく頭を振って沈め、高美は抵抗した。

「クインビー、おまえは人類をわかっていない。侮《あなど》っている。そんな世界でまがい物の知的発見とかいうものを与えられて、無邪気に喜んでいると思うか？　その世界に移住した人類も、きっと新たな世界へ再び移動しようとするぞ」

「ならばそれを与えましょう。繰り返しますが、私はあらゆる満足を人類に提供できます。他のETIを、他の銀河を、宇宙の究極的な構造についての知識を」

「そんなものでごまかされはしない！」

「いいえ。なぜなら、それは現実の宇宙に基づく知識ですから」

「……なに？」

根本的に今までと違う意味の言葉に、高美は顔を上げた。

クインビーは優しく告げた。

「私はすべての知識を持っています。文字どおり、宇宙全体についての知識をです。古典力学の範囲内で全宇宙の情報を掌握している、ラプラスの魔と呼ばれる架空の存在がありますね。……あれが人類に提供できるものと、同じものを私は提供できます」

高美はケースを出て、医務室の蛇口から冷水を飲み、頭にかぶった。体中の毛が逆立つほど刺激的で思考が冴えたが、それはエリカと目覚めたあのときもそうだった。ガウンをまとい、浮かび上がる体を椅子に縛り付けたが、衣服にも椅子にも違和感はかけらもない。

医務室全体にも不審な点は少しもない。磁力靴が床に付けた薄いこすり跡まで現実そのもののように見える。クインビーが本当に彼を現実に戻したか、それとも彼に確実にそう思わせたいのか、どちらかだろう。

だが、そのどちらなのかはわからない。彼が相手にしているのはそれぐらい強固な構築物だった。

ラプラスの魔。それは存在しないし、したとしても無力なはずの悪魔だ。その架空の存在は宇宙のすべての構成物質の現在の状態を把握できるので、将来の変遷をも完璧に予測できる。しかし決定論は量子力学の台頭で打ち捨てられたはずだ。クインビーはどういうつもりでそんなものを引き合いに出したのだろう。

腕組みして五分ほど考えを整理して、高美は言った。

「本質的な問題を指摘してやる」

「どうぞ」

「トランザウト世界の再現性は計算機の能力に依存する。宇宙全体を再現した世界を仮構するには、宇宙全体と同じリソースが必要なはずだ。それが情報というものの本質だからな」

「ええ」

「なのにおまえはそんなことを言うのか？　おまえの中に宇宙全体が収まると？」

「私が持っているのは、宇宙の一般的なモデルです。素粒子一個の位置に至るまで実時間で把握しているわけではありません。量子論的な不確定性もありますし」

「ではやはりまやかしだ」

「あのコロニーが、素粒子一個まで再現されていたと思いますか？」

　高美は言葉に詰まる。クインビーは愉快そうに言う。

「再現されていませんでした。具体的に言うならば、メンバーの半径百メートル以内のものと、その視線上にあるもの以外は、見た目を模しただけです。しかしあなたたちはそれを信じた。私が提供するのは人間にとって現実と区別できないものです。人間が知覚している事物は——仮に百八十億の全人類がいっせいに深宇宙望遠鏡を使い、コンピューターに暗号解析を行わせたとしても——宇宙全体のごく一部です。その観測範囲内における完全な事象を提供することは、もっとずっと少ないリソースでも可能です」

　起死回生の一撃を簡単にかわされて、高美は動揺した。必死で言葉を継ぐ。

「しかし……しかし、そうだとしても、今の話すべての保証がない。おまえが全宇宙を把握しているという保証は」

「それも保証できません。わかっているでしょう？」

「そもそもおまえはどうやってそれを成し遂げた？　それを話せ、おまえは何者だ？」

　その言葉にクインビーは少し沈黙したが、やがて言った。

「それを話すことは、あなたたちが自力でそれを突き止める様を鑑賞するという私の目的に反しますし、あなたたちの記憶を操作しないという私の取り決め上、不可逆的な行為になってしまうのですが……いいでしょう。説明します。私たちも太古、あなたたちと同じ、現実世界の有機生命体でした。

あなたたちと同じように長い年月をかけた進化の末に、私たちは二つの技術を手に入れました。自己複製型自動機械の技術とトランザウト技術です。この二つが手に入ったために、私たちは物理資源の調達が容易になり、全種族のトランザウトが可能になりました。そのメリットは言うまでもなく、現実にはなしえない生物的満足の達成と、不死に近い長寿です」

「二つ？　超光速技術は？」

高美は聞きとがめた。クインビーは穏やかに笑った。

「それはトランザウト後に完成されました。トランザウト界でも知的発見は可能だという、一つの実例です。ただ、その技術はしばらくの間、求められませんでした。私たちはトランザウト界で生物的満足を追求していたからです。その完了後、超光速技術が生み出されました」

「完了とはどういう意味だ」

「文字どおりの意味です。私たちは、いわゆる娯楽というものを――科学的、哲学的、宗教的、美術的な思考や、肉体的な満足すべてを、一通り、いえ完全に体験し終わったのです」

「……飽きたんだな？」

「そうです」

「どれだけの時間をかけて？」

「五百億年ほどです」

高美はそのありえない数字を非難しようとしたが、寸前で口をつぐんだ。それを察したようにクインビーが言う。

「そうです。……トランザウト知性は、体感時間を加速することも可能ですから」

「五百億年……くそっ、五百億年か！」

高美は天を仰いだ。クインビーは誇るでもなく続ける。

「無知性機械による常光速星間探査はそれまでにも行われていましたが、生物的満足の追求が完了したために、超光速航行による、二つのことを目的とした星間探査が始まりました。その一つ、宇宙観測の完成は、比較的早期に――五万年ほどで――成し遂げられました。私たちに残された行動は、異星知性の鑑賞だけでした。不確定なゆらぎが生み出すそれだけが、宇宙の概略的なモデルしか持たない私たちが生成することのできない、真の意味で未体験の事象だからです」

「……もうわかった」

高美がその後を引き継ぎ、力のない声で言った。

「それも過去のことなんだな。おまえたちはすでにいくつもの異星知性に接触していて、トランザウトした人類にそれとの出会いを体験させようとしているんだな」

「はい。万のオーダーの異星知性を、私たちはトランザウト界に住まわせています」

「なぜトランザウトを。現実にあるがままで接触してはいけないのか」

「私たちを走らせているハードウェアは移動できませんから」

苦笑するようにクインビーは言った。

「超光速技術があっても現実世界の時間は操作できない。一つの異星知性を鑑賞しに行くことは、その変遷を待つために他の異星知性の鑑賞をあきらめることになる。その点、異星知性をトランザウトで取り込めば、私たちは動くことなく自在に視点を飛び回らせられる。ここへ来てもらえばそれが可能になる」

「勝手なものだな」

「何度でも言います。それと引き換えに私たちは彼らを満足させているのです。個体死を防ぐことから、苦難と栄光の交錯する充実した人生を歩むことまで、望む限りの価値ある生き様を与えて、ね」

クインビーはそう結んだ。

高美は現実感を取り戻そうとしたが、それは難しかった。自分はここへ木星の消滅を防ぐためにやってきたのだと何度も言い聞かせたが、こんな話を聞いたあとでは些細なことに思えて仕方がなかった。それはクインビーにとって、人間が酸素を取り込むのと同じような、意識すらしていない活動維持行為なのに違いない。木星どころか、人類文明全体の終着点というそら恐ろしいものについて、クインビーはその価値を問うている。

高美はぽつりと言った。

「おまえは、おれに選択をさせようとしているのか」

「いいえ。私はあなたを使ってノウハウを手に入れようとしているのです。人類は他人との親交を大切にし、望んでいる。しかしあなたたちがそうだったように、この願望は無矛盾的な達成が難しい。今後このような、世界の合理性が損なわれる事態が起こらないようにしたいのです。具体的には、あなたがあのような事態にあっても、トランザウト世界で満足し続ける順応性を示すかどうかを調べているのです」

「それなら結論は出ている。おれは不満だ」

「なぜ？」

「エリカはおれの恋人だ」

「そのとおりです。それは別のエリカがマイルズの恋人であることと排他ではありません。どちらのエリカも愛する人とともにいられて幸福です」

「そんなことを言うな、それはエリカという存在の尊厳を侵している。エリカはただ一人しかいない！」

「事実、二人います。二人いるから尊厳が侵されるというのはそれこそ冒瀆です。独占欲以外の動機でそれを説明できますか？　それが高貴で美しい心だと言えるのですか？」

高美は髪の毛をつかみ、うなり声を上げた。開き直ったように叫ぶ。

「独占欲でもなんでもいい、それは恋の本質の一つだ。おまえが人間を満足させたいなら、こんな苦しい思いをさせるな！」

「では妥協案を提示してみましょう。将来これと同じことが起こった場合、二人のエリカを会わせないようにすれば、当事者たちは苦しまずに済むでしょう。そのような対策があったとしたら、あなたはトランザウトに満足できますか？」

「やめろ、もうたくさんだ！」

高美は血を吐くように叫んだが、すでに負けを悟っていた。マイルズに身も心も預けるエリカ――そんな耐えられない光景を、クインビーはこれから無数に造りだすことができる。恐るべきは、それを誰も悲しませずにやれるということだ。

エリカは、エリカの考えは訊かなくてもわかる。拒否だろう。エリカだけでなく全人類がそう言うはず――いや、本当にそうか？　この自分でなければ他の自分がどうなろうと気にしない人間は、想像以上にいるのではないか？　このエリカ以外のエリカがどうなろうと苦痛を覚えない人間は無数にいるのではないか？

　それが許しがたいことなのかそうでないのか、わからなくなっている自分を、負けだと思った。拒否するために すがる何かを高美は必死で探した。

「クインビー、訊くぞ！　おまえはトランザウト世界の加減速も行うと言ったな！」

「はい」

「それは本当か。生命活動している肉体に宿っている意識にそんな操作が可能なのか。いや、そうじゃないな。それは意識を含む人体構造をまるごとトランザウト界で構築して、元の肉体を捨てさせるという意味じゃないか？」

「そのとおりです。しかしあなたたちも、自身のトランザウト手順が確立できればそうするでしょう」

「それは殺人だ！」

　ようやく高美は反撃の糸口をつかんだと思った。

「そんなコピー操作では人間の実存の連続性が失われてしまう。今までの議論は無意味だ。その一事をもってしても、おれが納得しない理由としては十分だ！」

「あなたのいう実存は意識の連続性のことでしょうが、それを問題にすることは無意味です。夜眠ったあなたが朝も同じあなたであると、意識を失っていたあなた自身に証明することはできません。あなたはただ眠った記憶を頼りにそう言うだけです。ならばコピーも同じ。コピーのあなたは肉体を持っていたあなたと同一人物だと主張し、コピーのエリカはあなたから見て肉体を持っていたときと同じに見え、その二人とも私からは肉体を持っていたときと同じに見えます。観測可能な限りにおいて、あなたは連続します。それを拒否するならば、なぜあなたは毎晩眠れるのですか？　それは死ともコピーともまったく同じ、感知できない溶暗をあなたにもたらすというのに？」

「表象はそうだ、だが事実は違う！　『この自分』の意識は、トランザウトでコピーが去ってから、確実に失われてしまう！」

「作動中の意識を停止させずに脱脳トランザウトさせることは可能です」

「なに……？」

「それは単に脳神経全体の活動中のシナプスをいかに速く走査するかという問題ですから。あなたたちを眠らせたのは、生物としての人類に初めて触れたので肉体を損なわないよう大事をとっただけです。私は感知できる断絶なしに意識をトランザウトさせることができます。この場合、意識が二つになる以外のことは起こりません。しかしこれではあなたは納得しないでしょう。やがて朽ちていく肉体の処遇を問題にしている。そのことも承知しています」

　高美が認識していなかった問題まで、クインビーは冷厳にえぐり出していく。

「それは、残された肉体で作動している意識も並行してトランザウトすることで解決できます。その人の肉体が老衰死するまで。そうやってすべての人類が肉体を失い、コピーだけが残るまで待っても、ほんの百年余りのことです」

「夢を見させたまま、年老いさせるだと。そんなグロテスクなことを……」

「あなたがそれをグロテスクだと感じるのは、それが無為だと思うからですね。しかしその人はトランザウト界で大きな業績をあげ、満足するでしょう。その意味を問うことはトランザウト自体の意味を問うことであり、それについては先ほどもう話しました」

高美はあえぐように口を開閉させた。抵抗はすべて無駄だった。抵抗する意味すら、もはやわからなくなりかけていた。

高美は立ち上がり、宙を漂ってエリカの安静子宮に取り付いた。上面の透過パネルから彼女の穏やかな寝顔が見える。この娘が眠ったまま朽ち滅びるところなど見たくない。いや、わからない。自分は彼女の肉体的な老いを見たくないのだろうか。それは現実世界でともに生き続けても間違いなく起こることだ。真正の魂が入った現実の肉体でなければ自分は愛せないのか？　エリカの存在をそんなふうに感じたことなどない。高美は、人間は、そんな区別をつけられるような力を持っていない。

人間の認識能力の限界を、高美ははっきりと理解した。

彼にできたのは、室内カメラを見つめて、残る気力のすべてをこめた声を出すことだけだった。

「クインビー、取引を提案する」

「どんな取引ですか」

「おれはまだ反抗できる。たとえばトランザウト界で他の人間に真実を教え、おまえの期待に反する行動を取らせることができる。おれたちのような初期探検者の純粋な反応は、おまえにとっても貴重なはずだ。それを、おまえのことを知っているおれによって歪曲《わいきょく》されるのは、おまえの不利益になるだろう。そしておまえはそれを防げない」

「……ええ、そのとおりです。好ましくありません。そして私はどんな異星知性をも抹消するつもりはありませんから、防げません。あなたはそれをしないことを条件として提示するのですね」

「そうだ」

「では私に何を要求するのですか？」

「それは――」

特使船《ディプロポッド》が噴水に挿入され、クインビーのタグボートが離れていくと、それが見えた。春の雲のようにかすんだ、銀河系を思わせる円盤。恒星に対して垂直に立ち、ぼんやりとした光を放っている。密度は背景の星が見えるほど薄いが、驚くべきはその大きさだ。それは同じ視界に入っている恒星の五倍近い差し渡しがあった。錯覚ではない。事実、それの直径は五百万キロメートルに達するのだ。巨大な構造が自重で崩壊しないようにゆっくりと自転しつつ、恒星に落下しないように公転している。

恒星ビーハイヴの周囲を巡り続けるその車輪が、トランザウト知性クインビーの住むハードウェアだった。

彼らは自らの住む惑星を解体しプロセッサにした。他の惑星もすべて消費した。さらに超光速投射機を周辺数十万の星にばらまいて物理資源を収集し、今でもプロセッサを、自分たちと一万種のトランザウト知性が作動する世界を拡大している。恒星の寿命が来るまで光発電によって五十億年以上稼動し続けるだろう。いや、そうなればこの地を離れて他の恒星に移り、おそらくは宇宙の終焉まで。

「恒星並みのコンピューターか……オニール型コロニーの十や二十、再現できて当たり前だわね」

操縦席のジャクリンが、空《むな》しげな口調で言った。チュラロフスキイがうなずく。

「ビーハイヴ人もね。不謹慎なことだが、私は彼らのすべてと出会いたかったよ。そして七つの譜族の交流を見たかった。時間さえあればそれは成されたのだろうしね……」

「ミーチャ、君の気持ちはわかるが、それはやはり高美に対して不謹慎だよ」

マイルズがそう言い、高美たちのそばにやってきた。今でもまだ恥じ入るように目を伏せて、声をかける。

「君はあんな途方もない相手と交渉して、我々を救ってくれたんだな」

「あまり感心しないでください。半分は運で、半分は彼らの善意で助かったようなものです。人類にトランザウトを受け入れる精神的な素地が育つまで待ってくれと頼み——おれたちが彼らの計画を人類全体に対して伏せることを条件に承諾された。ただの引き延ばし策です。いずれ彼らは再び干渉してきますよ」

「さっき団長から聞いたよ。彼らは木星の噴水の引き上げにも同意してくれたそうだな」

「それも素直に喜べません。おれは庭先に落ちていた宝物を——超光速航行装置の実物を、誰の同意もなく売り払ったんです」

「それが存在しうるという知識だけで十分だよ、私たちには」

マイルズはようやく二人に目を向けた。

「これはやっぱり、謝るべきなんだろうな。……タカミ、そしてエリカ。すまなかった。私は教育者として自分を保てなかった。環境のせいにして言いわけしたりはしない。心から謝罪して、コロニーでのことも忘れるようにする。君たちが不快ならば、別の場所へ去ろう」

高美は短く、もういいです、とだけ言った。エリカはマイルズの赤面した顔をしばらく見つめ、やがてため息とともに言った。

「この先許すかもしれないけど、もう少し待ってください。まだ気持ちの整理がつきません。ショックでした。先生が私をそう思っていたことじゃなくて、私が状況によっては先生を受け入れてしまうんだっていうことが。……私はタカミといたい。それをもう一度しっかり信じられるまで」

「そうだな。ありがとう」

マイルズはかろうじて笑顔を見せた。

みんな席に着いてくれ、とネイグが言った。彼と楊は真相を知っても比較的動揺しなかった。ネイグにとっては船と名のつくものに触れられればよく、楊はトランザウト知性というそれ自体驚異的なETIを知ったことで満足したようだった。

全員が席に着くと、計算機が言った。

「クインビーからの通達です。五十秒後に本船を投射するそうです」

「君がクインビーなのではないね？」

「私のことはサーブと呼んでください。呼称を変更するのですか？」

「いや、いいよ」

チュラロフスキイが残念そうに手を振った。

高美が黙然とスクリーンを見つめていると、軽く耳をくすぐられた。エリカが金色の髪を寄せていた。

小さな小さな声で言う。

「今、一つとんでもないことに気がついたんだけど」

「ん？」

「これが現実だっていう保証は、何もないのよね」

高美はゆっくりと顔を向け、落ち着きなく空色の瞳を泳がせているエリカを見た。

「私たちはまだトランザウトしていて、地球へ帰ってUPの人たちやカレッジのみんなに迎えられて、元の生活に戻るところまでシミュレートされていて、それをクインビーがにやにや笑いながら見てるなんてことは――ありえなくはないのよね？　私たちの潜在意識から、あれだけリアルなコロニーを作り上げた彼らのことだもの」

高美は無表情にエリカを見つめる。エリカの目が大きくなり、唇が開かれた。

「まさか……」

高美は彼女の顔に手のひらを寄せ、丁寧に口元を塞いだ。

それから、落ち着いた声でささやいた。

「みんなには一つだけ嘘をついた。クインビーとの取引条件だ。おれが出した条件は、おれとおまえ、二人の人生に限っては絶対に恣意《しい》的な操作をしないことだ」

手を離す。エリカは口を半開きにしたまま驚きの眼差しを向けている。

高美はかすかに唇の端を震わせた。

「だからおれたちは非の打ち所のない幸福な人生は送れない。彼らに出会う前のおれたちがそうだったように、不確定な未来しか持っていない。でもおれは、おまえもそれを受け入れてくれるだろうと信じて、そうした。おれにとってはそっちのほうがよほど重要だ。この世界が幻かどうかなんていうことよりも」

「……じゃあ、私たちは解放されていないのね」

「そうだ。けれど、この先それを自覚することも絶対にない。それがおれにできたぎりぎりの取引だった。……間違っていたか？　おまえは知りたくなかったか？」

呆然としていたエリカは、高美の目に浮かぶ迷いの色を見て、首を振った。

「それなら私はその真実を知っていたい。高美、ありがとう。それを言ってくれたあなたとなら、私は偽りの世界でも生きていけると思う」

互いを支えあうように二人は寄り添う。

スクリーンの光景が収束し、小さな一つの光点になる。

漂った男

1

海面は足を叩かず、ざぶりと柔らかく呑みこんだ。

それが惑星パラーザの出迎えだった。おれは着水した。

すかさず胸のバックルを叩いてハーネスを外した。頭上で崩れ始めていたパラシュートが寿命の来たクラゲのように風下へ倒れていく。見送りもせず体の状態を確かめる。ライフベストはOK、おれは浮かんでいられる。フライトスーツの循環装置もOK、おれは呼吸を続けられる。右胸のUフォンは海水と接触してパワーが入った。左胸のスペアエアはフル。海面着色剤とペンシルガンはベストのポケットで、発炎筒・発煙筒は太腿だ。両膝にはシートフードと水パックがあり、三日間食いつなげる。

よしよし、大丈夫。機体は流星にぶつかってダメになったが、おれは助かった。後は救助を待つだけだ。

深呼吸して心を落ち着けると、おれはヘルメット内のマイクに口を近づけて報告し始めた。胸のUフォンが、それを高次元空間波に変換して送り出した。

「アーソン・ゼロ、こちらはアーソン317。ベイルアウトした、救助を頼む」

「アーソン317、こちらはアーソン・ゼロ。捜索救難要請を受信した。座標と体調を報告できるか」

ものの十分も呼びかけると明瞭な声が返ってきたので、おれはほっとした。Uフォンの信号は距離を無視して届く。さらにどんな場合でも使えるよう複数の電源に対応している。太陽電池も体温電池も備えているが、もっとも驚くべきは電解液端子で、果汁、塩水、人間の血ですら起電できる。

それでも、実際に話すまでは心細いものだ。

「アーソン・ゼロ、現在位置は惑星パラーザの北半球だということしかわからない。体調は問題ない。探してくれ」

「了解した、アーソン317。これより捜索救難を開始する。体力を保って待て」

「了解、アーソン・ゼロ」

Uフォンがいったん静かになると、ようやく辺りを見回す余裕ができた。透明なヘルメット越しに緑の世界が見えた。

　海だ。

　エメラルドグリーンの海原がどこまでも広がっている。誇張ではなく、この星には海しかない。波は穏やかで波長は長く、体はほとんど上下しない。頭上の空は深い青。空の一方にかなり傾いて、芋を思わせる歪んだ月が浮いている。風景の中で目立つものといえばその月ぐらいだ。反射能が高いので恒星の光でおそろしく明るく輝いている。始祖星・地球の映像を歴史の授業で見たことがあるが、その地球の月に匹敵する迫力だ。おれの母星アーソンにもこれほど立派な衛星はない。

　月の光はふるいにかけた粉砂糖のように降りそそいでいた。海はほとんど音もなく揺れている。とても穏やかな世界だった。おれはヘルメットとフライトスーツによって外界から遮断されていたが、この星の環境情報を思い出し、我慢できなくなった。

「アーソン・ゼロ、循環チューブが破損したようだ。外気が入ってきた」

「なんだって？　３１７、君のスーツは正常だという信号が来ているが――」

　おれはヘルメットをひねって後ろへ跳ねあげた。内気よりも二、三度高温の外気が顔のまわりで渦を巻き、鼻孔に流れこんだ。

　風は予想どおりクリームのように濃く、生命の匂いがした。栄養塩類をたっぷりと含んだ海水を、酸化生物と還元生物がさまざまに利用した後の残り香。機のセンサーは地球の大気に近いと告げていたが、間違いなく地球より濃いとおれは確信した。どう濃いのかはともかく。

その天然の大気は心地よく、おれは肺が倍に膨らむほど深呼吸をして味わった。

司令部が文句を言ってきた。

「――アーソン３１７、その星には何度かエクスプローラーが降りただけで、まだ総合環境アセスメントが行われていない。短期的には外気を吸っても無害かもしれないが、長期的な影響は不明だぞ」

「知らんよ、チューブが破損したんだ」

おれは適当にいなして、まだ数十人の人類しか味わっていない美味を満喫した。呼吸可能で適温の水と空気。こんな宝物が手付かずで放置されているのだから奇跡みたいなものだ。ま、奇跡ではなく単に遠いせいなのだが。パラーザはアーソン勢力圏のもっとも外縁にある有都市惑星よりもさらに四倍離れたところにある。そんなところを訪れるのは投資家にバックアップされたエクスプローラーか、金の心配をしなくていい軍の星間戦略偵察機だけというわけだ。つまりおれの機。

そういえば、その遠さのことを忘れていた。アーソン軍にもパラーザまで航行できるほどの機体は少なかろう。増槽《ぞうそう》を山積みした輸送機や星間爆撃機、あるいはおれが乗っていたような戦略偵察機などの、足の長い機でなければ届くまい。どちらにしろ手間と費用がかかるに違いない。申し訳ないことをした。

　ぼんやりと考えているうちに、またUフォンが鳴った。

「アーソン317、もう一度質問だ。現在位置は判断できないか」

「アーソン・ゼロ、それはこの通話と同時に自動的に送られているんじゃないのか？」

「通常の場合はそうなるが、君の機器は自分の位置をロストしている。惑星パラーザにまだ経緯度原点が設定されていないためだ」

「機械にわからないものはおれにもわからない」

「317、では脱出時の状況を知らせよ」

「二十五分前、超高空を巡航偵察している最中に、流星の衝突と思われる原因でエンジンが大破したので、高度を下げてベイルアウトした。未確認だが、機体は海面に激突して沈んだと思う」

「ベイルアウト前のもっとも遅い時間に行った天測結果を覚えているか」

「それは標準時十五時に行った。結果は覚えていないが、そちらに送信済みだ」

「ベイルアウト後、機体が飛び去ったのはどちらの方角かわかるか」

「わからない。パラシュートに遮《さえぎ》られて見えなかった」

　問答するうち、おれは不安になってきた。ベイルアウトは楽なものだと同僚に聞いていた。司令部さえ呼び出せば寝ていてもいい。早ければ数時間で救難機がやってくる。ピックアップされて戻ったら生還を祝ってウェルカムパーティーだ、と。戦略偵察司令部には生還者だけの仲良しクラブまである。

　こんなに根掘り葉掘り聞かれるなんて、誰も言っていなかった。

「アーソン317、月の仰角は何度だ」

「月？」

　おうむ返しにつぶやいてから、おれはあわてて月に向き直り、腕を水平に伸ばして拳を重ねていった。拳一個で約十度のはずだ。

「――三十五度ぐらいだ」

「三十五度、了解した。そのまま待て」

「どういうことだ？　月がどうした？」

　何の説明もないまま、それから一時間以上もおれはほうっておかれた。

　待っている間に苛立《いらだ》ちが頂点に達して、ついにおれはUフォンを怒鳴りつけた。

「アーソン・ゼロ、一体何をやってるんだ！　問題があるのか？　危険でも？　まさかおれは撃墜されたのか？　敵がまだこの辺りをうろちょろしているのか！」

「落ち着け、317。危険はなにもない。ただ、位置がわからない」

「何もないならさっさと救難機を送ってくれ！　おれは命令どおりに任務をこなしていたぞ、救われる権利があるはずだ！」

「もちろん送るとも。位置が判明するまで待て」

「位置、位置って、何度も伝えただろう。おれがいるのはパラーザの――」

すうっ、と落下したような寒気が体を包んだ。

おれは唾を飲みこみ、声を落ち着けて言った。

「位置が不明なのが問題なのか？」

返事は少し遅れたうえ、今までと雰囲気が異なっていた。

「アーソン317、氏名と階級は」

「……サヤト・タテルマ。少尉だ」

「タテルマ少尉、私はヨビル・タワリ中尉だ。惑星イービュークのイービューク基地救難隊に所属している」

「この通信はアーソンの軍司令部につながってるんじゃなかったのか……なかったんですか？　中尉」

「司令部につながったあと、ただちに、最寄りの救難隊である私たちに移管された」

「それは素早い手際ですが――」

「タテルマ少尉、落ち着いて話を飲みこんでほしい。まずここからだ、惑星パラーザは直径一万六千キロの地球型惑星で、その表面積は八億四百万平方キロに達する。広すぎるんだ」

「どんな惑星だってある程度の面積はありますよ」

「しかしたいていの惑星はある程度の踏査がされていて、住民が住んでいる。パラーザは違う。私たちが君を見つけるか、君が自分の位置を決定しない限り、他の誰もそれを割り出してはくれない。――問題は面積ではなくて座標だ。その惑星では、君自身が自分の居場所を決められない」

「なんですって？」

「なんでもいい、見えるものを言ってくれ。特徴的な地形ひとつ、恒星の一個でもそこから見えると言ってくれれば、こちらで位置が逆算できるんだ」

「見える範囲には何もありませんよ。何かあるはずなんですか」

「実は、ない。君の機のよこしたデータで、惑星全体で数ヵ所、深さ数メートルの浅瀬があることはわかったが、それ以外には島ひとつない。月が見えても同じことだ。仰角三十五度で月が見える地点は一ヵ所ではなく、パラーザに描いた大きな円周上になる。もっと絞りこむ必要がある」

「……はあ」

「パラーザは無人だから、捜索機材と人員はすべてイービュークから持ちこむ。しかし、私たちは無限の機材を持っているわけではない。人員も、時間も、予算もだ。パラーザ全土を――この場合は全水を、かな――くまなくスキャンすることは難しい。わかるな？」

「人工衛星の二、三機も投入すれば、一昼夜でスキャンできるじゃありませんか」

おれは呆れた口調で言ったが、タワリ中尉とやらは生真面目な声で沈痛に続けた。

「衛星軌道からのスキャンではたった一人の人間を検知することはできない。航空機からなら検知可能だが、遠いパラーザまで輸送できるのは、せいぜい無人機を十機程度だ。だからそのようにする。しかし、それ以上の数を投入するのは、言いにくいが……パイロット一人の養成費用より高くつく」

「おれは観葉植物でも家畜でもない、人間ですよ」

「だが軍人だ」

ひとことでおれの皮肉をはねのけてから、タワリ中尉はさらに言った。

「無人機を積んだ輸送機がもうすぐ出発する。十四時間後から捜索を開始し、百四十四時間後まで機はとどまる。輸送機が去ったあとも無人機は寿命が来るまで捜索を続けるが……それらは耐久性を高めた代わりに速度を時速九十キロまで削ったタイプだ。早期にスキャンできる範囲は小さい」

「つまり死体発見用ですね」

そう言うと、おれはこの冷血な男が大まぬけにもド忘れしていることを、思い出させてやろうとした。

「いいからさっさと逆探知をしたらどうなんだ！　今この通信を！」

「U《アルティメイト》フォンは空間距離に影響されない」

嫌な予感が的中したときの、音のない衝撃を、おれは確かに聞いた。

「どこにいてもどちらを向いていても届く。それはつまり発信源を特定できないということだ。わかるか」

「……理解した」

「そういうことだ」

ややあって中尉はとってつけたように言った。

「もちろん司令部が他の方法を模索しているし、私たちも代案を考えている。気を落とすな、タカムナ少尉」

名前の間違いを訂正する気も起きず、おれはトークボタンをオフにした。

「くそっ……！」

ベストからUフォンを引きはがして思いきり振りかぶった。ほんの一瞬、投げ捨てたくなったのだ。もちろん思っただけで実行はしなかった。その小さな箱形の機械はまだまだ役立ちそうだったから。

しかし腕を上げた反動で体が沈み、海水をたっぷり飲んだ。

「うわっぷ……」

意外なことに塩辛さはごくかすかだった。それと意識したとたん舌から消えてしまうほど。喉を通過する時、つるつると妙な感触がした。おれは手のひらに吐き出してよく眺めた。

指でかき回したり、光に当てる角度を変えながら一分以上凝視して、ようやくただの水ではないことを確かめた。限りなく水に近いが、ゲル状のものを含んでいる。液面に不自然な凹凸がある。おそらく生物だろう。

「毒がなきゃいいが……」

アーソンには生魚を食う習慣があったので、おれが抱いた感想はそんなところだった。気味は悪いが、味は悪くなかった。

それからもう一度、紺に近いほど青い空を見上げた。

「さっさと助けてくれーえ」

叫びは風とともに流れていった。

タワリ中尉はひとつの点を除いて、けっこういいやつだということがわかった。彼は捜索の進展を逐一教えてくれた。

イービュークを発した輸送機は予定どおり十四時間でパラーザに到着し、おれの機が墜落前に最後の天測を行った地点から捜索を開始した。思ったとおりその様子はおれのところから見えず、おれが刻々と流されていることが証明された。しかしおれは、何しろ周りの海面ごと移動しているので、どちらへ流されているのかさっぱりわからなかった。

無人機を飛ばしたあとで輸送機は着水し、パラーザの海についていくつか補足的な調査を行った。タワリ中尉は機に乗っていて、到着とともにおれに連絡してきた。

「タカムマ少尉。タワリだ、いま機体の翼の上に出ている。ここはずいぶん快適だな。君は幸運だよ」

「タテルマです。そこらの海面を見回してください、手紙を入れた瓶が流れ着いていませんか」

「――いや、見当たらないが。瓶などあったのか?」

中尉の答えはこんなものだった。同じ空の下に助けが来てくれておれは嬉しかったのに。冗談だと告げると、不愉快そうに言った。

「冗談など言っている場合か。こちらは朗報を伝えようとしていたのに」

「なんですって?」

「喜んでくれ。パラーザの海水は人体にとって無害だ。潜水ロボットも危険な生き物はいないと報告してきた。さしあたり君の身は安全なようだぞ」

「そんなことはとっくに調査済みですがね」

おれは手のひらにすくった海水をちびちびなめながら言った。タワリ中尉はいぶかしげに言う。

「飲んでいるのか？」

「浸透圧の問題なら大丈夫です。非常キットで調べたら飲用可能と出ました」

「そうか。まあほどほどにするがいい」

おれはほどほどにしなかった。どうもパラーザの水を飲んでいると体力が落ちないような気がしたからだ。自前の食料を食い延ばせるものならそうしたほうがいいに決まっている。

穏やかな波間にぷかぷかと漂いながら、おれは日がな一日ぼんやりと空を見つめ、適当に海水を舐め、適当に眠った。戦略偵察機のパイロットというものは軍の中でもかなりのエリートなので、おれはここ四、五年のあいだ激務に忙殺されていた。だからこういうのんびりした時間を与えられると手持ち無沙汰で戸惑った。

しかしそれはタワリ中尉も同じだった。中尉によれば基地救難隊の任務はいつも二種類なのだそうだ。生存者を助けるため寸秒を争って急ぐか、すでに死んだ仲間を回収するため陰気な作業を地道に続けるか。

今回はそのどちらでもない。要救助者はけがひとつないが、自力で帰ってくるわけでもなくだらだらと愚痴を垂れている。急がなければならないのだが焦ってもすることがない。居心地が悪いよ、と苦笑気味に言った。

「それで中尉、おれが助かる見込みはあるんですか」

「全力を尽くしているよ」

中尉のたったひとつの欠点がそれだった。やたらと嘘が下手だということだ。

二日が過ぎ、三日が過ぎた。中尉の声に心配げな調子が混ざり始めた。四日が過ぎ、五日が過ぎた。おれは生まれて初めて「腫《は》れ物にさわるような扱い」というやつを受けた。

「タテルマ少尉、まだ食料はあるか」

「シートフードがあと一枚ですよ」

「体調は？　発熱や発病の兆候はないか」

「おかげさまで健康のようです。睡眠も取っています、軍のライフベストはうまくできていますね」

「無理しなくていいんだぞ。また隊の仲間と交信するか？　誰かに苦情を伝えてやってもいい。ののしってみろ」

「あんたに文句を言っても始まらんでしょう。全力を尽くしてくれてるんでしょ？　救難機はどこまで来ていますか？」

「スキャン済みのエリアはもうすぐ十万平方キロに達するが……」

「たいしたもんじゃないですか。ちょっとした国ぐらいある」

だが、パラーザの上では針で突いたような点だ。なるほど惑星ってやつは広い、とおれは他人事のように感心した。実際、感心できるだけの余裕が、おれには本当にあった。

　しかし常識的に考えて、三日分の食料で五日も元気でいられるわけがない。おれが必死の虚勢を張っているとタワリ中尉は信じこみ、翌日には最後の手向《たむ》けを贈ってくれた。

「少尉、君の奥さんを呼んだぞ」

「サヤト、聞こえる？」

　ワティカの声は彼女のあめ色の髪と同じように、いつもみずみずしくて美しい。おれはよっぽどその場で睦言《むつごと》をささやきたくなったが、かろうじて冷静な声を送った。

「おう、聞こえるよ。パラーザに来てるの？」

「ううん、アーソンからだけど……聞いたわ。あなた今、たった一人で漂流しているんですって？」

「そうだ。機が落ちてね」

「うそ……あなた戦闘はしないって、戦闘機じゃないって、私、だからあなたと……ううん、つまり、手の込んだ冗談？……皆さん？」

　混乱しないで、これは事実です、と妻の周りで声がした。ああ、とワティカが泣き伏せる。おれももらい泣きしそうになった。本当にいい女と結婚した。

　ぷつりと相手が切り替わり、タワリ中尉の声が言った。

「割りこんですまない。先に事務的なことを済ませておいたほうがいいと思ってね。財産の処分や遺言について何かあれば今のうちに。そのあとは、君と奥さんが望むだけチャンネルを使わせてやる」

「そろそろかな……あまり黙っていると今後にも差し支えるし」

「何か話があるか？」

「中尉、妻と三元はできますか」

「三元通話？　可能だが」

中尉の語尾に、ワティカのいる司令部の喧騒が重なった。息を詰めて待つ人々に、おれはとびきりの冗談のように言った。

「盛り上がったところで悪いんですが、おれはどうやら死なないようですよ」

「なんだって？」

「海水が食えるんです」
四、五秒、おれのUフォンはホワイトノイズばかり流していた。だしぬけにガタンと椅子にけつまずく音がして、分析、分析結果！　とタワリ中尉が叫んだ。
「海水を飲んでいると体力が消耗しないんですよ。ここ四十時間ほどシートフードなしの海水だけだったから間違いありません。かなり高カロリーですね、クラゲかクロレラみたいなもんでしょうか」

「あなた……それじゃ？」

「生きて帰るよ、ワティカ。部屋の片付けはもう少し待ってくれ。代わりの旦那を見つけるのも」

わあっ、とワティカが安堵の泣き声を上げたような気がした。しかし「わ」のあたりでUフォンは静かになってしまった。おれは眉をひそめた。

司令部が発信を中止した？

「ワティカ、ワティカ？　タワリ中尉！」

しばらくわめいていると、唐突にタワリ中尉が戻ってきた。

「いま分析表を見直した。言われてみればこれは食えるな。こちらでは考えもしなかった。君はよく気づいたな」

「気づくも糞も、寝てりゃ口に入ってきますから」

「ああ、そうか」

「それより司令部はどうしたんです。ワティカが卒倒でもしましたかね」

「そんなことじゃない。――ちょっと待っていてくれ」

「中尉？　中尉！」

またUフォンが沈黙した。

次の交信まで二時間以上もかかった。ようやく呼びかけてきたタワリ中尉は以前よりも重苦しい、ほとんどにがにがしいような口調で言った。

「聞くまでもないが、君はあれか、助かる見込みがあるとわかれば捜索が増強されると思って言ったんだな？」

「はあ」

「馬鹿め、先に私に相談してくれればよかったんだ。逆になったよ。司令部は君に余裕があるなら焦って助ける必要はないと判断した。無人機を残して撤収しろという命令が来た」

「なんだって！」

おれはUフォンに顔を近づけて怒鳴った。タワリ中尉は首を振っているようだった。

「魚を食ってるとでも言っておけば連中も同情してくれただろうに。はやまったな」

「待ってくれ、本当に撤収する気か、中尉！」

「仕方ないだろう、命令に背《そむ》くわけにはいかない」

「おれを見捨てるのか、タワリ中尉！」

「見捨てはしない。どんな意味でも君の捜索は継続するとも。ただ、私にはイービューク に戻らなければ処理できない仕事もあるんだ」

「人の命よりそっちのほうが大事なのか！」

「人命救助なんだよ、その仕事も」

おれが口を閉ざすと、しばらくしてなだめるように中尉が言った。

「いいか、私たちは二十四時間、君の呼び出しを受け付ける。どんな相談にでも乗ってやる。——だが、呼ばれてもそこへ行く手立てがない。だから無意味な呼び出しはしないでほしい。今すぐ助けに来い、とかな」

「実は最近悩みがある」

「なんだ？」

「背中がかゆい」

無言で席を立つ音がした。

おれはUフォンを切るとライフベストのファスナーを乱暴に引き下ろした。このベストの浮力材は発泡ガラスのレンガなので、半永久的に沈まないがどうしても柔らかさに欠ける。背中側に装着されたレンガの角がずっとちくちく当たっていて、本当にかゆかったのだ。漂流中にベストを脱ぐことは禁止されていたが、かまうもんか、おれは袖を引き抜いた。

途端にずぶりと海中に引きずりこまれた。

囚人の鉄球にも等しい重みが足首を引いていた。おれはパニックになって脚をばたつかせた。革のフライトブーツの重みだと気づいて、あわてて紐をほどいた。引っこ抜いて捨てると、羽根でも生えたように足が軽くなった。

おれはようやく、パラーザの海の浮力を生身で感じとった。粘性のある海水がおれを押

し上げ、再び海面に浮上させた。ハアッ！　と思いきり息を吸って体を伸ばした。今まで
ライフベストとブーツのせいで上下に引き伸ばされていた身体を、こぼれた油のようにゆったりと水面に広げて、おれは無上の解放感を楽しんだ。

それで味をしめた。海水はおそらく摂氏三十二、三度で、冷たくも熱くもない温度だ。保温のために服を脱ぐのも禁止されていたが、この水温なら凍死の心配もない。だいたい上下ツナギのフライトスーツを着たまま用を足すのはうんざりしていたのだ。パイロットは緊急時に備えて吸便パッドを入れているが、もう六日だぞ六日。

おれはフライトスーツもインナーウェアも脱いで、全裸になった。パラーザの月のある紺の空に向けて、一糸まとわぬ五体をうんと広げて見せつけた。

「……はー……」

ちゃぷり、ちゃぷり、と耳元で水がささやく。呼吸とともに胸が小さな島のように上下する。風は、初日からずっとそうなのだが、常に穏やかに吹き続けており、今も胸毛が一方向に一定の強さで押しひしがれている。しかし肌が乾くところはなかなか見られなかった。パラーザの海水はゲルだからだ。

水が乾かないので肌も冷えなかった。背泳ぎのまま十分ほどたってから、そろそろスーツを着なければと思ったが、そこらを漂っている持ち物に手を伸ばしてから、それを着る必要が何一つなくなっていることに気がついた。おれは物心ついて以来初めて、今まで当

然だったその習慣の正当性を自問した。

　裸が先か着衣が先か。

　人は服を着るべしと誰が決めたんだろう。暖房というものが発明されてからは、少なくとも屋内で裸でいても死ぬことはなくなったはずだ。裸でいるとやたらとセックスアピールしてしまって困るからだろうか。いやいやそんなことはない、真夏の海辺には素裸《すっぱだか》よりも扇情的な水着姿の男女がいるが、そこらじゅうでセックスし始めるような事態には（たいていい）ならない。人間には自制心というありがたいものが付属している。皆が全裸で暮らしたところで社会がまともに動かなくなることはないはずだ。

　待てよ、こういったことをとっくに考え終わって実践に移しているのが、ヌーディストと呼ばれる人々なのだろうか。おれは今まで連中のことをただの恥じらいのない変な連中だと思っていたが、意外と考えの深い人々なのかもしれない。生きて戻ったらそのあたりのことを聞いてみる価値はあるかもしれない――。

「少尉、タテルマ少尉。聞こえるか」

「なんですか」

「無事か、驚かせるな。フライトスーツのバイタルモニターが心搏を拾っていないので、もしやと思ったんだ。脱いだのか？」

「はあ」

「なぜだ？　ああ、背中をかいていたのか」

ええまあ、ともごもご言っておれはスーツをかき集めた。すぐにも身につけたかったが、いったん体から離した汚れ物は異物のように感じられるものだ。穿《は》き直す気になれず、その場で揉み洗いを始めた。

しばらくしてタワリ中尉が不思議そうに言った。

「モニターが回復しない。まだつけていないのか」

「それは切ってもらえませんか、中尉」

「バイタルデータを提供することもパイロットの任務だぞ」

「じゃあ任務の状態を司令部に問い合わせてください。今のこれは任務なんですかね？」

「何を言っている。軍人なら誰でも、出動命令を受けてから復帰命令を受けるまでが任務だ。戦闘任務だろうが偵察任務だろうが救助任務だろうが同じだ。君も私も一緒だ。確かめるまでも――」

「本当に？」

中尉ははっと言葉を切った。やがて「……問い合わせておこう」と返事があった。

などと問答をしつつ、おれはシャツとパンツに染み付いたいろいろなものを洗い終え、一式を抱えて十メートルほど離れてから、再び衣服を着始めた。この行動が完全に合理的だなんて言い張るつもりはない。十メートルていど離れたところで、洗い流した排泄物のいくらかはついてきただろうし、服を着ようが着まいがタワリ中尉に見られはしない。

　ではなぜ実行したかと言うと、おれは居間に糞が落ちている状態が好きではないし、風呂場で電話することを恥ずかしいと思うからだ。ごく一般的な、市民的な感覚としてそう主張したい。異星の大洋にぽつんと浮かんで一般的な感覚を主張するのはちょっと奇妙かもしれないが、それでもあえておれはする。

　なぜなら、おれはすでに予感を持っていたからだ。

　ともあれ、おれは服を着ることにした。ブーツは沈んでしまったからどうしようもないが、残りをどれだけ元どおりに着るかについて、おれには選択肢があった。動きやすさと安全性をはかりにかけて考えた末、下着だけをつけてライフベストを羽織ることにした。軽装のダイバーのような姿だ。フライトスーツはベストに紐でくくりつけた。

　これでおれは、眠っても沈まず、用が足したくなればちょいと下着を下げるだけでよくなったわけだ。実際、アーソンでの暮らしよりも便利だ。基地の官舎は寝室とトイレの間に暖房のない廊下があるので、冬など寒くて不便なのだ。

　それが済むと、長期戦への備えが終わった。

　そう、長期戦だ。おれがやったのは、非常事態を日常化するための手続きだった。

　おれは腹をくくった。これは下手をすると長くなる。相当長くなる。しかしへこたれはしない。必ず生きて帰って、タワリ中尉に面と向かっていやみのひとつも言い、ワティカを（司令部だろうが路上だろうが歓迎セレモニーの会場だろうが）抱きしめて暴れだすまでキスして、あと十四、五種類の欲望を完璧に満たしてやるのだ。もちろん次の任務を命じられる前にとっとと退役する。それがいつになるにしろ、だ。

ふん、とふてぶてしく鼻息を噴き出して、おれは頼みの綱となる海水を両手ですくい、ごくりと呑みこんだ。

2

暖かい風と穏やかな光に満ちたパラーザの海を、おれはとめどなく漂い続けた。パラーザの自転周期は地球よりだいぶ長いので一日一回の夜は来ない。しいて言うなら毎日が夜だったが、月が明るいので夜だという気はしなかった。その月がゆっくりと傾き、水平線に触れる時期におれは望みを賭けていた。空が暗くなって星が見えれば、星座を使って一発で緯度と経度を割り出せる。どこかをうろついている無人機たちを呼び寄せてすぐにも吊り上げてもらえるだろう。

しかし月が沈むより早く日が昇ってきた。ここの海は腹の立つことに、気温が高いせいか常にごく薄いもやがかかっていて、水平線をはっきり見定めることができず、日の出の時刻を正確に計測することもかなわなかった。夜明けの瞬間を待っていたおれは、明るくなって数日たってから、十度ほどの高さまで登っている太陽を見つけてがっかりした。

　景色はそんなふうに変わり映えのしないもので、刺激といえばUフォンを介した通信ぐらいのものだった。

　Uフォンは実に忠実に、そつなく任務をこなした。ひと声かけるだけで星より遠いアーソンからの言葉を届けてくれた。タワリ中尉はイービュークに戻ってからも応答してくれたが、他の者や女性オペレーターが答えることもあった。しかし彼らの対応は初期の数日間に比べると次第に事務的になり、ラジオ番組や音楽ディスクなどでごまかされることが多くなってきた。どうもイービューク基地救難隊にとって、おれのお守《も》りをすることはあまり嬉しくない貧乏くじになっているようだった。

「なあ、新しい捜索方法を考えたんだがな」

「なんですか」

「でかい面積の銀紙みたいな人工衛星を飛ばしてくれないか」

「銀紙？　あ、はいこちらイービューク基地救難隊」

「昼間でも地上から見えるやつだ。おれはそれを見つけたら、正確な南中時刻を測ってそちらへ通報する。かなり正確におれのいる経度が割り出せるんじゃないかと思うんだけどね」

「はい、テレキ大尉あてですね。伝えます、はい」

「……おい、聞いてた？」

「すみません、なんでした？」

おれが銀紙衛星のことを繰り返すと、戦略偵察司令部に聞いておきます、とそのオペレーターは答えた。四十八時間ぐらいたってから、明るい昼間には衛星はあまり見えない、見えるほどの大きさの衛星を造ると星間爆撃機一機分の金がかかる、とそっけない回答が返ってきた。

当然おれはその時当直だったタワリ中尉に不満をぶちまける。

「ねえ、中尉。爆撃機一機分かかるなら爆撃機一機を潰して造ってくれよ。人命がかかってるんだ」

「無理を言うな、少尉。アーソンはフォージと戦争中だぞ。もう忘れたのか」

中尉との会話もだいぶくだけたものになっていた。もっとも、どちらが望んだわけでもない。話題が尽きれば世間話をするしかないのだから、自然にそうなってしまったのだ。

おれはふて腐れて言う。

「忘れちゃいないが、戦争中といっても休戦中だろう。今この瞬間に衝突している部隊はないはずだ。でかいミサイルを向け合っているだけで」

「抑止も戦争なんだよ。そうそう、フォージのスパイを見つけたら報告してくれ」

「……なんだって？」

「無人のはずのパラーザに輸送機を送って無人機を撒いたのが、あちらの注意を引いたみたいだ。秘密基地でも造っているんじゃないかと疑っているらしい。そちらに偵察機が潜入する可能性がある」

「来たらもちろん救助を求める。かまわんな？」

「ご自由に。誘拐のかどで連中を非難できるから司令部は喜ぶだろう」

「……冗談だ。あんたらがおれを見つけられないのに、連中にできるわけがない」

「だろうな。悪かった」

わびを言った後、今日で三十万平方キロ調べ終わった、とタワリ中尉は付け加えた。おれは海水一滴ほども嬉しくなかった。

十日が過ぎ、十五日が過ぎ、二十日がたった。十機の無人機は最初のポイントからの海流を計算に入れて、四十万平方キロ、五十万平方キロ、と扇状に捜索範囲を広げていったが、おれの頭上には現れなかった。五十万平方キロといってもたかだか七百キロ四方だ。仮におれが時速三キロ半の海流に押されていたとしたら、わずか八日後にはそのエリアの外に出てしまう。海流がもっと弱かったとしても、捜索の始点に少なからぬ誤差があるだろうから、確実におれのところへ来るという保証は何もない。まったく、どうやって希望を持ち続ければいいのか困惑するような状況だった。

とはいえそれは不可能ではなかった。戦略偵察司令部は、おれの官舎の電話を司令部のUフォンにつないでくれたのだ。爆撃機一機分の金を投じるよりは安いと思ったのだろう。

おれは毎日、ワティカと語り合うことができた。

「今日はねサヤト、フラタニティのマルセ夫人たちのお食事に呼ばれたわ」

フラタニティというのは飛行部隊の妻たちが構成する寄り合いのようなものだ。この会は二つの機能を持っている。ひとつ目、この会に所属する妻は旦那の出世のためによその旦那の悪口をまき散らし、上司の妻におべんちゃらを使うことができる。ふたつ目、この会に所属する妻が未亡人になると、他の妻が寄ってたかって押しかけて慰めてくれる。——次の誰かが未亡人になるまで。

「それがもうね、はなからそういう扱いなのよ。パイロットの妻になった以上、それはいつ起こってもおかしくないんだから、心構えをしておくべきだとかなんとか」

「マルセも一度落ちて両足を折ったからな」

「それで私、言ってやったわ。うちのサヤトはぴんぴんしてます、帰りの便がちょっと欠航しているだけで、危険なことなんかこれっぽっちもありませんって」

「電話も通じるしね」

短く笑ってから、その笑いの尾を曳いたままでワティカがつぶやいた。

「ないのよね？」

「え？」

「危険。ないんでしょ？　何も」

「ないね、いささか退屈なぐらい」

　おれはライフベストの襟越しに横を見下ろす。海は緑に澄んで深いが、目に見える十メートルほどの深さまでは魚影ひとつない。

「鮫どころか海草一本もない」

「そう……」

　やや長い沈黙があった。危険はない、と自分に言い聞かせているワティカの様子をおれは想像した。「危険はないんだ」と繰り返した。

「そうね」

　うなずくワティカの顔が目に浮かんだ。思ったとおり彼女は小さくささやいた。

「サヤト、キスして」

「ん……」

　気恥ずかしくて思わず周囲を見回したが、気を取り直し、おれはマイクに唇を当てた。それを離すか離さないかというちに、いきなり無粋な声が響いた。

「タテルマ少尉、起きているか」

「……吐き気がする」

「なんだと、体調を崩したのか？」

「なんでもない。何か用か、中尉！」

ワティカとの会話は聞かれていないはずだが、つい大声を出してしまった。タワリ中尉が戸惑ったように言った。

「問診の時間だが、後にするか？」

「……ああ、いや。今しよう」

おれの健康のためと称して、十日目あたりから毎日、医者が話しかけてくるようになった。医者なんていう連中が人間にとって有害なのは言うまでもないが、おれは問診を受けることにしていた。

Uフォンに出た医者は明るく快活で、もしおれが病気にかかったら診てもらいたいと思うような医者像そのものだった。不治の病ならなおさらだ。その医者はおれの脈や体温、気分や痛む場所などを尋ねたあとで、いつもどおり、おかしなことを言い出した。

「今日は何月何日かな？」

「二百十五年の十三月十二日」

「うん、そうだ。自宅の通信番号は言えるかい」

「TLC-四九八-七七八一五」

「よし、よし。朝は何を食べた？」

「朝も昼も夜も海水ですよ」

「そうだったな、すまない。三×八＋百二十の平方根とセンヨー円卓会議の人数を合わせるといくつになる？」

「ええと……三十八」

「ちょっと振り返って、後ろの子供が誰なのか確かめてくれ」

「いませんよ、誰も」

「そのとおりだ。では、この質問は今日いくつ目？」

そのあと三十分ほど質問が続き、おれは九割ほどにまともに答えた。残り一割は本当にわからなかったり、面倒で飛ばしたりした。一体何が行われてるのか、大体の見当はついていた。すべて済んでから、おれは確かめた。

「終わりですね。で、ドクター。おれは発狂していませんね？」

「ああ。君は実に強靱だ」

今までの取り澄ました問診用の声が、感情がある人間の声に変わった。手元の資料でも覗きこんでいるのだろう、マイクからやや遠いところで声がする。

「昔は人間が遭難漂流した記録がたくさんあった。それらは極限状態において人の正気が実にたやすく失われることを示している。自力で帰ることのできない大洋、あるいは宇宙などに放り出されると、人はまず水・食物・酸素への渇望から、それらにまつわる幻覚を見聞きし始める。空《から》の水筒から水を飲もうとしたり、とっくに食べ終わった食料について仲間と奪い合いをしたり、何も異状はないのに空気漏れの音を聞いたりするようになる。また、大洋ならば底知れない海に対する恐怖でパニックになったり、宇宙機ならば真空への危機感や閉所恐怖症で窒息することもある。……たいていの漂流者は、実際の危険のあるなしにかかわらず、早くて三日、遅くとも二週間ほどでそういった心理状態、いわば漂《ド》流《リ》症《フト・》候《シン》群《ドローム》に陥るんだ」

「そんなことを漂流者本人に言っていいんですか」

「普通は言わないよ。だが君は特殊ケースだ。なにしろ漂流開始からもう二十日もたっているのに、正常そのものだという結果が出ているのだからね。健康かどうかは、はっきりしないが……」

「原因はこいつでしょうね」

コツンとおれはマイクをつついた。うむ、と医者がうなずく。

「会話の効用だな。他の何よりもUフォンが君を癒しているのだ。この記録は貴重だよ」

「サンプル扱いはやめてもらえませんかね」

「すまないね。しかし、君のような例は本当にここ数十年ないんだよ」

「ゼロなんですか？　少ないという程度ではなく？」

「ゼロだ。なぜなら、近年では遭難者自身の測位とUフォンによって、速やかに救助がなされているからだ。Uフォンの連絡すらない場合は――わかるだろう」

その言葉をどう受け取ったらいいのか、おれはしばらく迷った。喜んだらいいのか。それとも悲しむべきなのか？

「とにかく、君はまだまだいける。気を強く持ってがんばりなさい」

医者はそう言って問診を終えた。おれはマイクを手でふさいで小さなため息をついた。よかった、恐れていたことは起きなかった。

おれがもっとも恐れるのは、会話を奪われることだった。それが起こる理由は何種類でも思いついた。Uフォンをなくす、壊すということから始まって、応対係であるタワリ中尉がへそを曲げる、基地の通信機整備員が手を抜く、司令部が不要と判断するなど、どれかひとつが起こるだけでおれは毎日の支えを失ってしまうのだ。あるいは、おれに無駄な期待を持たせないほうがいい、などと医者が判断しただけで。

だからおれは、あまり気が進まないのに問診を受けたのだ。

医者と交替してタワリ中尉が出たので、おれはもう一度ワティカにつなぐよう頼んだ。しかしワティカは電話に出なかった。時計を見ると夕食の時間だった。一人で食べるのがつらくて外へ出たのかもしれない。

それも仕方がない、とおれは思った。孤独なのはおれだけではないのだ。彼女もおれがいなくて寂しいだろう、ならばそれを癒そうとする行いを邪魔するべきではない。

おれはワティカの唇の動きを思い出しながら、海水をすすった。

二十二日目、おれの身の上にあることが起きた。

いや、本当におれの身に起きたと言っていいことなのだろうか。少なくともそれについて誰かが何かを実行したのは、アーソンでのことだ。パラーザの海に浮かぶおれの体と心に、人の手が触れられたわけではない。

はっきり言うと、戦略偵察司令部がおれの任務を変更したのだ。

「命令、サヤト・タテルマ少尉。惑星パラーザの戦略偵察と帰還を命じる任務を解き、現在の漂流状態からの帰還を新たな任務として命じる。以上、本日十四時」

墜落前も墜落後も、数えるほどしか話していない戦略偵察飛行団長が、Uフォンを通じて直々《じきじき》にご下命《かめい》くださった。団長の台詞はそれだけで、すぐにおれの直属上官である飛行隊長が出てきた。おれは訊いた。

「何が変わったんです？　どっちみちアーソンに帰れって命令でしょう」

「いや、違う。新任務は危険任務だ」

「はあ？」

「つまり戦闘扱いになるんだ。事務処理の面で」

意味がわからず、おれは何度も問いを重ねた。理解するとともに驚いた。

「手当てが増えるんですか？　私は何もしていないのに？」

「何もしていないということがあるか。おまえは気力と体力を振り絞って帰還しようとしているんだ。立派なアーソン軍人としての働きじゃないか」

「いや別に、何も振り絞っているわけでは……」

「おまえ、不満があるのか？」

不満はなかったのでおれは口を閉じたが、疑問のほうはふくれ上がった。

その時、以前タワリ中尉に今の状態がどうなっているのか尋ねたことを思い出した。中尉の質問を受けて司令部が出した結論がこれなのだろう。しかし給料を減らされこそすれ増やされるのは納得がいかず、居心地が悪かった。

その二日後の夕方、また変化が起きた。

インタビューを受けることになった。

おれのことが何かの折に外部に漏れたのだ。司令部か救難隊の誰かが知り合いに話して、それがマスコミに嗅ぎつけられたのかもしれない。いや、司令部が意図的にリークしたとも考えられる。惑星パラーザについて無用な疑惑が生じることを避けるために。

ともかくアーソン国内の民放テレビが軍に取材を申しこみ、軍はそれを承諾した。おれとレポーターの会話がまるで電話取材のように録音されて、ニュースで放送されることになった。

しかしおれは、そのレポーターの的外れな質問にずいぶんと困惑させられた。

「タテルマ少尉ですね。緊急事態が起きたらすぐおっしゃってください。いま会話の余裕はありますか？」

「安全なところから申しわけありません。さぞかし苦労なさっているんでしょうね」

「水や食料もないまま、もう二十四日……お察しします」

「体はこごえませんか？　水の中で運動して暖かいんでしょうか？」

「照明は何もないと聞きました。夜はやはり恐ろしいですか？」

「何よりも、少尉は孤独と戦っておられると思いますが、決して一人ではありませんよ！　私たちみんなで応援しています！」

おれがいるのは万年そよ風の吹く穏やかな海で、水でもあり食料でもある代物《しろもの》が豊富に存在し（というかそれしかなく）、海水は人間を苛《さいな》むというよりむしろ安らがせる温度で、照明など必要ないぐらい永遠に明るい場所だ。そして一声かければ必ず誰かが返事をしてくれる。これのどこが孤独だ。

そのようなことをおれはレポーターに説明しようとしたのだが、あまりうまくいかなかった。理由はどうやら二つあって、おれの置かれている状態が俗に言う遭難の情景とかけ離れているので、レポーターには想像もつかなかったらしいこと。もうひとつは、おれが苦労していないことそのものが放送に不適当だと考えられたらしいことだ。おれはもっと壮絶な漂流生活に耐えている勇者でなければならない、と司令部が注文をつけてきたようだった。

収録後の放送を聞いたところ、おれの本音の部分はほとんど含まれておらず、やはりプロパガンダだったらしいと、あとでタワリ中尉から聞いた。なるほど、昇給はこれを見越した口封じだったか、とおれは合点《がてん》した。

それから三日とたたないうちに、心配した視聴者から多くの反響が寄せられ、おれは再びUフォンを通じて返答をすることになった。ただし今度は最初から台本が書かれており、戦略偵察司令部より上の防衛省がおれの台詞を全部決めた。おれは悲壮な覚悟と勇気に満ちあふれた言葉を吐き、おれの機が墜落するような事態を（魔法でも使って）招いた敵国フォージに対して、命尽きるまで戦い抜くことを改めて誓った。

それを聞いていたワティカと、あとで話し合った。

「不愉快だったわ。まるであなたが好戦主義の看板に使われたみたいで」

「みたいじゃなくてそのとおりだよ」

「どうしてそんなこと承知したの？」

「おれの立場で断ることなんかできるわけがないじゃないか。上の機嫌を損ねてUフォンを止められたらどうするんだ」

「それは……」

ワティカが口ごもった。その時まだおれは何も気づかず、心細さに絶句したのだろうと思った。

「いいほうに考えるんだ、ワティカ。放送のおかげで世論はきっと盛り上がる。救難態勢は強化されるだろうよ」

「私のところにも励ましがたくさん来てるわよ。何かの団体に入れっていう勧誘も」

「そうだろう？　軍だっておれを見捨てやしない。ここまで話題になったんだから、これからも広告塔代わりにしようとするさ」

おれは本気でそう信じていた。

けれども、それは浅はかな考えだった。防衛省の高官どもは、おれを甘やかす気などさらさらなかったのだ。そんな気があるわけがない。こっちは一兵士であちらは国の行く末を牛耳っている。気にしてもらえると思うほうが間違っていた。

漂流二十九日目。飛行団長でも飛行隊長でもなくタワリ中尉が、プライベートな時間に連絡してきた。とても暗い声で。

「少尉、よくないニュースだ。君は大尉になった」

「なんだって？」

聞き返した次の瞬間、意味がわかった。二階級特進！

「まさか……」

「そうだ。防衛省は君の救出をほぼ不可能と判断した」

言葉をなくしたおれに、中尉が淡々と説明する。

「理由はわかるな、コストがかかりすぎるからだ。連中はわざわざシミュレーションをやってそれを証明してみせたよ。君を確実に見つけ出す唯一の方法は、パラーザの南極と北極を航空機の列で結んでひと回りさせることだが、同じ費用で野戦用の組み立て手術室が三桁ほども新設できるそうだ。比較の仕方が卑怯だが、議員や市民の反応は想像できるだろう。――たぶん、君の昇給もこれの伏線だな。君を軽視していないということを誰かが明示しなければいけなかったんだ」

中尉は疲れた口調で言った。おれはぼんやりとつぶやいた。

「……つまり、おれは軍神に祀り上げられたのか」

「めでたいなどとは言わんよ」

「おれはこのまま放置されるのか」

「すでに投入済みの無人機はそのままにされる。回収コストのほうが高いからな。あれは普通、嵐にあうか撃墜されなければ落ちないものだから……望みがなくなったわけじゃない」

「本当にそう思うか？」

「――すまん。まずだめだと思う」

「あんたは本当に嘘が下手だな」

「下手というより、嫌いだね」

かすかに吐息のような笑い声が聞こえた。つられておれも笑った。

「Uフォンは閉鎖されないのか？」

「閉鎖も開放も何も、妨害の手段がないからな。君のUフォンの周波数は伏せられているが、それさえわかれば誰でも交信できる。私のように」

「なに？　あんたまさか、仕事でやってるんじゃないのか？」

「仕事は仕事だ。Uフォンのワッチは救難隊の義務だから。——しかし君と世間話をしろという命令は最初から出ていない。ずっと私の判断でやっている」

「ということは、特進のことも……」

「ああ、君に知らせろという命令は出ていない。言わばまあ……死刑執行宣言みたいなものだからな」

みんな逃げやがったのだ。

不意に目頭が熱くなった。じわじわと涙があふれ、胸が震えてきた。パラーザの空と海が何十倍にも広く感じられ、自分が一気に砂粒ほどに縮んでしまった。孤独、そう、ここへ舞い降りてから初めて感じる孤独感だった。

「くそっ、ちくしょう！　このやろう！」

　おれは大声でわめきながら、海面をやみくもに殴りつけた。いくら殴っても何も壊れず、どんなに叫んでも声は跳ね返ってこなかった。ただ茫漠とした果てのない空間が、おれの怒りと力を静かに呑み干していった。

　どれだけ泣きわめいただろうか。いい加減疲れが来たころ、ようやくおれはUフォンの声に気づいた。タワリ中尉がずっと呼びかけていたようだった。

「少尉、落ち着け！　タテルマ少尉！　聞けっ、おい早まるな！」

「……聞いてるよ」

「私は見捨てない。イービューク救難隊は君を見捨てないからな。約束どおり最後まで面倒を見てやる。だから希望を捨てるな！」

「希望って……なんの希望だ？」

　しばらく返事がなかった。ふふ、とおれは泣き笑いを漏らした。これは聞くほうが酷だった。ついさっきだめだと結論が出たのだから、希望など残っているわけがない。

　しかし意外にも、中尉ははっきりした言葉を返してきた。

「生還の希望だ」

「気休めはよせよ」

「いや、冷静に考えてくれ。君が死ぬ要因があるか？」

　おれは虚を衝かれて考えこんだ。死ぬ要因——事故、病気、襲撃、飢えと渇き、寒暖、それに……。

「私の見るところ、君は誰もが思っているよりずっと永く生きられると思う」

「……冗談だろ」

「本気だ。そこは天然のウォーターベッドだ。おそらく二つの危険しかない。君自身が持ちこんだ病原と——寿命」

「冗談だろ⁉」

恐怖にかられておれは叫んだが、タワリ中尉はずっしりと低い声で言い切った。

「生きろ、少尉。年老いて死ぬまで。こうなったら私も最後まで付き合ってやる」

「願い下げだぜ……」

おれはあきれ果ててつぶやいたが、腹の底がむずむずし始めていた。

やがてそれは愉快さに変わり、抑え切れなくなったおれは大笑いした。声を吸い取る空に向かって、思いきり笑ってやった。

「死ぬまで頑張れ、か！　真顔で言うかよそんなこと！　まったく冗談もいいところだ、やってられるか！」

「おい、少尉——」

「大丈夫だ」

笑いを収めて、おれはしっかりとUフォンのマイクを握った。

「生きるよ。おれを見捨てた連中の後ろ頭に蹴りを入れてやる日までな」

「……そうか」

愁眉《しゅうび》を開いた中尉の顔が見えるような声だった。と、急に改まって彼は言った。

「いや、すみません。タテルマ大尉でした」

「やめろよ、誰がそんなもん認めるか。少尉でいいよ」

「……了解した」

しゃっちょこばって中尉は言った。それがおかしくておれはまた笑い転げた。

まったく、なんてこった！

おれはライフベストをほどき、流失しないように紐を手首に結んでから、思いきり大の字に体を伸ばした。

パラーザの海水は重いので、よほど力を入れて筋肉を絞らなければ、沈むようなことはなかった。おれは仰向けになって勢いよく腕を回して背泳ぎし、うつぶせになって海亀のように海面を掻いた。わざとバシャバシャしぶきを立て、無駄に力を使うようにした。筋力の低下や骨の劣化を防ぐつもりだった。

しかし努力の甲斐なく、おれの体は相当変化していた。動いたり姿勢を変えたりはほとんど腕で行うので、両肩の筋肉が一回りも膨れていた。反対に下半身、ことに大腿筋の痩せ方はぞっとするほどだった。腰骨から尻の裏、膝のほうにかけてごっそりと肉が落ちたし、カルシウムが抜けたのか、足の骨も細くなっていた。最初のうちは、海中でぶらぶらする足の重さが、ライフベストで吊られている腋の下にかかっていたものだが、この頃では体が軽くなって、意識しなくてもほとんど水平に浮いていられるようになった。

肩の裏と背中は四六時中ライフベストにこすられて皮がむけ、薄皮が張り、また皮がむけてと、何度も摩擦を繰り返しているうちに、角質化してしまっていた。

今まで重力に抗して生きてきたおれの体は、陸上歩行向きの造りから、海の上を漂うのに向いた造りへと、急速に変化していた。それは衰弱ではなかった。自分でも疑っていたが、やがて確信した。おれの体はパラーザの海に適応してくれたのだ。

ただ、それはおれ自身の功績ではなく、パラーザ側の親切によるものだった。肩や背の擦り傷にしても、本当なら化膿するはずのところがしなかったのだから。たぶん膿《うみ》になる雑菌がいないのだ。

人体は気温と湿度が整った環境では腐敗せずにミイラ化する。それと同じように、パラーザの温度や塩分濃度は、ちょうど皮膚がふやけたり腐ったりしない程度になっていた。

ありがたいことに？　いや、憎らしいことにだ！　あと五度冷たかったり、あと十パーセント辛かったりすれば、おれはとっくに死ねていたのだ。

いや、待て。――ありがたいことじゃないか。なぜ死を望む。死ななければいけない理由があるのか。生は当面保証されている。なくしたのは生の意味だ。しかしそれを言うなら、おれは意味があって生きていたのか？　偵察機に乗って未開の星や敵国の星を探ることは、おれの生を保証するほど意義のあることだったのか？

考えろ、とおれは強く自分に命じた。これは考える価値がある。価値があるどころか、今のおれにとっての至上命題だろう。

　この生の意味を見つけよ。

　そうだ。おれがいずれアーソンに帰るのではなく、一生この海を漂うのであれば、水よりも食料よりも健康よりも、それがもっとも大切な糧《かて》となるだろう。耐え難いことか？　そんなことはない、これは誰もがどこでも出会う苦悩だ。アーソンやフォージの何億もの人々が同じ問いに悩んでいるだろう。それと同じことをするだけだ。

　故郷の人々と同じだと考えると、すうっと気負いが抜けた。おれは特段に異常な環境に置かれたわけじゃない。まだなんとかなる。なんとでもなる。

　そうならない理由はいくらでもあったはずだが、おれはそこでひとつ頭を振って、猛烈なクロールで泳ぎだした。考えすぎるのもよくないと無意識に気づいていた。

3

おれは切り替わった。

切り替えようとあがいた。

八億四百万平方キロの海を漂うこと——たとえて言えば、二十八キロ四方の平面に置かれた直径一ミリの砂粒となって転がることを、おのれの運命とさだめた。その平面には十個のスポットライトが時速九十メートルで動き回っておれを照らそうとしているのだが、それも念頭から消した。何しろそれらが照らすのはたかだか十メートル四方でしかないから。

おれがするのは二つ。

寝ても覚めても右を向いても左を向いても、常に変わらない青さと緑に満ちている、無辺無窮のパラーザの風と波に順応すること。

そして、Uフォンから人生を引き出すことだった。

ワティカはおれのアルファでありオメガであり、おれをアーソンに留める錨《いかり》だった。何を考えるにつけても、ワティカが関わっているということから始めれば、そこからアーソンへと思考をつなげることができた。

おれが軍人であり続ける意味は？　——ワティカのいる国を守るため。

おれが職業人であり続ける意味は？　——ワティカを養ってやるため。

おれが政府やマスコミの相手をしてやる意味は？　──ワティカの顔を立ててやるため。

おれが正気を保っている意味は？　──ワティカと言葉を交わすため。

おれはなんだ？　──ワティカの伴侶。

「ワティカ、頭を寄せて？」

「ん……」

「ほら、撫でてやるから……」

おれは目を閉じて胸のあたりを撫で、さらさらという音をマイクに送る。自宅のＵフォンの前で、ワティカが同じように目を閉じて、つやの浮いた髪を傾けるところを想像しながら。本当にそれをしたのはもう四、五十日も前のことだが、目の前にいるように明瞭なワティカの声のおかげで、まぶたの裏にはっきりと像が浮かんだ。

もどかしいと言えばもどかしい。彼女とは出会ってからまだ二年、結婚してから八ヵ月しかたっていないが、だからこそ一日とおかず肌を触れあい、抱きしめたい。しかしこれは、遠距離恋愛のカップルならばごく普通に耐えている試練だ。おれたちに耐えられないはずがない。

「サヤト」

「ん？」

「私のこと、ずっと考えてる？」

「もちろん。君は？」

「……」

「寂しい？」

「会いたいの」

「会ってるじゃないか。二人きりだ」

「いっしょに寝たい……」

悲しげに甘える声に胸をかき乱されながらも、おれは声の震えを抑えて、そばにいるから、と繰り返す。

アーソン政府はおれを生きながら死人扱いにしたが、その弊害というか、官僚主義の盲点のおかげで、おれはかえって以前より大きな自由を得た。というのも、「死後の二階級特進」という、よく考えればおかしな制度が示しているように、軍人の階級は死んでも抹消されない。しかしおれの所属と任務は、特進と同時に取り上げられてしまった。おれはアーソン軍大尉になったが、アーソン戦略偵察飛行隊パイロットではなくなった。全軍を通じてただひとり、軍人でありながら軍務についていないという妙な立場になったのだ。

軍務についていないということは、上司も部下も同僚もいなくなったということだ。おれはもともと仲間とつるまないたちで、飛行隊でも一人でいた（だからパラーザ偵察なんていう、あぶれ仕事を回されたのだ）。なんのしがらみもなく、軍隊の中では真ん中よりも上ぐらいの、大尉というかなり位の高い人間として振る舞えることになった。

ワティカのUフォンを取り上げられるのが怖くて軍の批判はできなかったが、それ以外のことはかなり自由に発言した。タワリ中尉が言ったようにUフォンというのは妨害の手段がないので、掃引《そういん》でおれの周波数を調べて直接話しかけてくる相手とは会話ができた。もっとも、Uフォン自体がかなり特殊で手に入りにくい道具なので、相手はマスコミや学者などの公人や組織に限られた。

ラジオ局のひとつが妙な企画を持ち出したせいで、おれは僧侶と問答をすることになった。

「ごきげんよう、タテルマ大尉。拙坊はクラモン道・探深派のハッカと申します」

その宗教についてのおれの知識は、アーソンで二番目か三番目に大きな宗教団体で、大きいだけあってさほど尖鋭的な教義は持っておらず、冠婚葬祭のときぐらいしか世話にならない、という程度のものだった。

それが話しているうち、ハッカ坊がかなり本物の聖職者――というと変だが、俗事を捨てて求道している、最近珍しい真面目な人物だとわかったので、驚いた。

「それじゃあなたは、出演料や名誉が目的で番組に出たんじゃないんですね。なぜ？」

「それは大尉が拙派と同じことをなさっておらるるからです」

「同じとは」

「埋蟄《まいちつ》の行。探深派の秘儀にござります。これは特別な寝棺に入って生きながら地下に埋まり、管を通じて果汁と対話のみを受けながら数年を過ごすというもの」

「全然違うじゃありませんか」

「同じにござります。人との交流がただ一筋に限られるという点で」

「むう……」

おれはうめいた。言われてみれば、果てのない海も狭苦しい棺桶も、情報の入力が乏しいという点では同じなのかもしれない。

「かくいう拙坊も三年二ヵ月の行を経て真理を得るに至りました。利と欲をすべて断たれた人は、想念のみで充足の境地に達することが可能です。万象《ばんしょう》は五体を通じて人の髄にもたらされる像に過ぎず、吾人《ごじん》はそれを自ら醸造しうるのです。観感即世《かんかんそくぜ》、感世即観《かんぜそくかん》……」

「よくわからんのですが、幻覚で心地よくなれるから現世への執着なんぞ捨てようという話ですか」

「大尉の境遇はいわば天然の埋蟄行。もしあなたがこの境地を感得しておらるるならば、多くの衆生《しゅじょう》に拙派の教義が理解してもらえましょう」

要するにこの坊さんは、おれを探深派とやらの生き神に仕立てあげたいのだ。それは願い下げだが、教義自体にも疑問があった。おれは言ってみた。

「失礼ですがハッカ坊、あんたはなぜそこにいるんです」

「それはどのような意味でござりましょう」

「埋蟄の行というのをおやりになったんでしょ。真理を得たなら出る必要はなかったんじゃありませんか」

「我が身ひとつの真理にあらねば。クラモンの道は衆生の道」

「布教の必要があったから？」

おれの不信は拒絶に変わった。

「ハッカ坊、私は死……死ぬまでパラーザを漂うんです。否応なく」

それを口に出すとさすがに声がかすれた。

「だから私が考えるのは、現状のままでいかに幸せになるかです。あなたにたとえて言うと、一生棺桶から出られないという前提で何を楽しみに生きるかだ。孤独は過程ではなく結末なんです。嫌になったからってやめられるわけじゃない」

「真理は感じられませんかな」

「感じるかもしれませんが、どうもあなたの宗派の真理は、私には効き目が短すぎるような気がしますよ」

坊さんは悲しげにため息をついて、お気の毒さま、と引導を渡してくれた。

あとで考えたが、彼がイカサマ師だったというわけではなさそうだった。現世の不都合で苦しんでいる人には役に立ちそうな教えだ。自在に妄想界に浸れるようになれば苦痛もだいぶ緩和され、再び世渡りをする力が湧くだろう。

けれどもおれは人生がそのまま苦行なんだが。

それほど期待はしていなかったが、自分が高僧にも慰めてもらえないような特殊ケースだと知って、おれは少々落ちこんだ。

タワリ中尉は別の意見だった。救難当直の時間つぶしにおれとチェスを指しながら、彼は冷然と言った。

「君のケースは確かに特殊かもしらんが、不幸のどん底というわけでもあるまい。――クイーンをcの6へ」

「実際に漂流したこともないのに何を言うんだ。クイーンをbの6」

「ううん……キングをfの1。昨日のニュースは聞いただろう、サガオラの学術基地がフォージ機に封鎖されて、ついに五人ばかり餓死した。彼らと比べても不幸かね」

「ああ不幸だね、彼らの苦しみは一瞬、おれのは一生だ。ルークをbの8」

ログブックの方眼プレートをボードに見立てて、濡らした指で駒を書きながら、おれはあえて言い切った。中尉が不愉快げに答えた。

「レアケースなら偉いというものでもなかろう。ましてや君は、結局のところ生命と衣食住が足りているのに」

「グレービーソースをどっぷりかけたステーキとカリカリのポテトをくれ。歯の根がしびれるぐらい冷やしたビールでもいい」

「……まあ、その点は同情する。食の楽しみがなくなったのはつらいな。ルークをaの6」

「aの6？」

「aの6だ」

「そうか。——同情するぐらいなら付き合ってくれよ。朝昼晩とゼリー食だけにして」

「救難隊の訓練メニューを知らないのか？　私たちはしょっちゅう実戦に出ている。そんな食事はざらだよ。死線をくぐってきたのは君だけじゃないんだ。理想の暮らしをしていないのもね。ところで次の手は？」

　おれがうなっている間にアラートがかかって、中尉はどこかの事故現場へ出動してしまった。それがまた大型練習機の墜落とやらで百人以上が死ぬ惨事になり、タワリ中尉は現場に出ずっぱりになってしまった。半月後にようやく帰ってきたが、さすがにおれのほうが不幸だとは言えなかった。

　ワティカはそんなおれをよく受け止めてくれたと思う。ともすれば繰り言になりがちな、ないものねだりばかりのおれの話を、いつも辛抱強く聞いてくれた。

「髪が伸びたよ、ワティカ」

「でしょうね」

「ひげも。非常キットにシグナルミラーが入っているんだけど、それを覗くと日焼けした猿人が映ってる。ちょっと見せられない顔だ。Uフォンにカメラがついてなくてよかったよ」

「私はついていたほうがよかったな」

「実はおれもだ。君の顔が見たい。ああ、ほんとに……くそっ、なんでおれは写真を持ってこなかったんだ！　ワティカ、君も髪が伸びた？」

「切ったわ。ちょっと気分を変えたくて」

「切っても似合うんだろうな。それも見たいよ……」

以前は彼女のことを子供っぽく感じていたが、いつの間にかおれのほうが甘えるようになっていた。そうと気づくと照れくさくなると同時に、ワティカも精神的に成長したのだ、とまぶしいような気がした。しかしワティカがおれを支えてくれるとすると、誰がワティカを支えているのだろう。

答えはじきにわかった。ワティカは傷痍《しょうい》軍人の家族のコミュニティに入っていた。彼女の周りには例のパイロット夫人のフラタニティや戦没軍人遺族会などがあり、タテルマ大尉救出請願団――つまり誰かが勝手に作ったおれ個人の支援団体まであったが、そういうところは肌に合わないと感じたようだった。コミュニティの話をワティカから聞いた後で、なるほど彼女にとっておれは負傷した家族のようなものなのか、と腑に落ちた。確かにおれは行方不明者でもなければ死者でもない。生きてはいるが、ともに生きるのが難しい相手だ。カテゴライズすれば傷痍軍人ということになるのかもしれない。

ワティカとタワリ中尉、この二人とのつながりを二本の太い命綱として、おれはなんとか平穏にパラーザの海を渡っていった。その他にも、いつもリクエストに応じてラジオの局を変えてくれるイービュークの女性オペレーターや、民放が設置してくれた漂流者連絡用Uフォン（おれのためというわけではなく、おれのケースにヒントを得て、漂流事故が発生したときにその人を励ますために誰でも通話できるように置かれた）を使った町の人などが、おれの無聊《ぶりょう》を慰めてくれた。

しかし世の中というものは善人だけで成り立っているわけではなく、おれは非難もまた受けた。軍役を嫌ってわざと墜落したのではないかという意地の悪い質問や、機密情報をフォージに転送しているのだろうという根拠のない勘繰《かんぐ》りなど、いくつもの悪意にさらされた。軍に無駄な気遣いをさせるな、さっさと自殺しろ、と怒鳴られた時にはさすがに動揺した。反発するとか腹が立つより先に、やっぱりそうか、と自覚する気持ちがあった。おれも軍用機乗りのはしくれだ。愛機であり国家の所有物である機を失ったことに対して、少なからぬ引け目はある。それに続く捜索でも人手や金を使わせた。事故原因や責任がどこにあれ、とにかくおれのせいで方々に迷惑をかけたことには違いない。

今まで償《つぐな》いを要求されなかったから、ついそのことを忘れてもいいような気がしていたが、ここへ来て正面から言われてしまった。責任感が再び呼び覚まされて、ああやっぱりか、と申し訳なくなったのだった。

言った本人は暴言のかどで憲兵に捕まったが、別に嬉しくもなかった。その言葉で受けたダメージは大きく、おれは二、三日、鬱々として過ごした。けれども、ある事件でそれよりはるかに大きな打撃を受けることになった。

そいつはアーソン時間で七十四日目の夕方に、タワリ中尉との通話の最中、強引に割りこんできた。

「タテルマ大尉、タテルマ大尉。聞こえるか」

「タテルマだ、聞こえる。しかし今は定時連絡――」

「海だけの星で永久にさまよってる軍人さんってのはあなたかね」

「そうだが、あなたは――」

「わしはトーローレイ・ビュホンだ。知ってるか？」

おれははたと口を閉じた。聞き覚えがあった。何か忌まわしい事柄に関係してその名を見聞きした。

ビュホンは自ら明かした。

「ナンバイ十六人殺しのビュホンだよ。わしの首には島ひとつ買える額の賞金がかかってる」

「……あのビュホンか！」

　驚いた。凶悪な殺人犯だった。若い頃に犯罪を繰り返した挙句、組織を作って自らボスに納まった根っからの悪党だ。ナンバイ市での事件は彼の悪行の象徴のようなもので、宝石店を襲って客と用心棒を合わせて十六人も殺し、財宝をごっそり奪った。その後捕まって何千年もの刑を受けたが、おそろしく悪運の強いやつで、二年ほど前に刑務所が地震で壊れてまんまと脱走した。

「なんの用だ、自首でもする気か！」

「馬鹿を言いなさんな、わしがそんな殊勝な真似をするもんかね。自他ともに認める大悪党だぜ」

「軍の通信を邪魔してただで済むと思っているのか？」

「それがただで済むんだよ。Uフォンの送信機を逆探知する方法はないんだからな。あんたはよく知っているだろう」

　そう言ってくすくす笑うのだから、あきれてしまった。こうも大胆で、しかも自前のUフォンを持っているということは、本物のビュホンに違いない。

「他人事とは思えなくてね、大尉。あんたの様子が知りたくなった」

「あいにくおれは一人も殺していない。これから先は殺そうと思っても相手がいない。きさまなんぞとはなんの縁もない」

「いや、いや。聞きなよ、大尉。ナンバイの事件は知ってるね。わしはあの事件で千五百二十年の懲役を食らった。仮釈放の予定はまったくなしで、しかも仲間を作らないように一人だけ隔離された。仕事は製材だ。発泡材の板を切って棚板を作るんだ。一日何枚というノルマはなくて、朝九時から夕方四時までと時間で決められた。その間、一枚作っても百枚作ってもいい。だが作業台を離れることは許されない。朝起きて飯を食って作業台につき、夕方になると運動のために廊下を三往復して飯を食って寝る。これがすべてだ。これを千五百二十年やれと言われたんだ。わかるかね、大尉」

こっちが聞いているかどうかなどお構いなしで、ビュホンは呪文のように並べ立てた。彼の言わんとしているところが、嫌でもじわじわと伝わってきた。

「あんた坊さんと話しただろう、クラモン道の。あれを聞いたよ。いやまったく滑稽な問答だったな！　俗人と、抜けちゃったやつの話だった。俗人ってあんたのことじゃないよ？　あんたは抜けちゃってたね。おれでも名前を聞いたことがあるけっこうな坊さんが、あんたの前では小銭拾いの飲んだくれみたいに俗っぽく見えたんだから、いや痛快だったぜ」

「……抜けちゃった、とは」

「わからないか？　わかってるだろう」

ビュホンは驚いたように言ってきた。そばにいたら顔を覗きこんできただろう。

「向こう側へだよ。するっ、と。……この世界の外だ。行ったら帰ってこられない場所だ。おれも行ったんだよ、あのまっ平らな世界」

瞬間、ぞくりと大きく背が震えた。おれは焦って周囲を見回した。

波頭が砕けない程度の、穏やかすぎる波が何キロも何十キロもつらなる海。霧と見まがうばかりの薄雲がたまに湧くばかりで、雨の一滴も降らない空。

起伏を知らないまっ平らな世界。ビュホンが近くにいるように錯覚した。

すぐにわかった。

ここじゃない。刑務所だ。ビュホンが見た世界はそこだった。単調さの極限にある生活、生きる意味を根こそぎ奪われたあとの残滓《ざんし》。死ぬまでよりもはるかに長い無為。それは、その時点で殺されたも同然だったろう。

「……わかったね？　大尉」

見透かしたようにビュホンが小さく笑った。おれは、うなずいていた。

「きさまもか。生きる努力がいきなり不要になって、逆に嫌でも生かされる羽目になって、それまで考えたこともなかった自分の使い道を、困り果てながら探し始めた……？」

「そう！　やっぱりか、あんたもそうか、大尉！　そうだろうな、何もない海の上で一人きりだもんな。そりゃあ抜けちゃうよ。看守がいた分、まだわしのほうがでこぼこしていたかもしれん」

「あいにくUフォンがある。きさまが思っているほどおれは追い詰められちゃいない」

おれは憮然として言ったが、ビュホンが声を揺らして言った。首を振ったのだろう。

「声だけじゃつらいだろう。むしろ声がある分、顔も見たいしさわりたいはずだ。わしだってそうだった。逃げ出して女のところに戻った最初の晩は、朝まで抱きもせず舐めていた。もうな、いじったり趣向を凝らしたりとかはしないんだ。ただおっぱいに顔突っ込んで泣いたんだよ。そういうもんなんだよ。あんたもそうしたいだろう？」

おれは黙っていた。ビュホンがとても親しげにふうっと息を吐いた。

「もう、なあ……。抜けちゃうとそこまですり減るんだよな、赤んぼに戻るぐらい。あんたはまだかね。まだでも、じきにそうなるがね。金も力も誇りも、それどころか食い物も命もいらなくなる。最後までほしくてたまらないのは、ひとのあったかみだ。それがないと人間は壊れちまう。あんたは壊れちまうんだよ……」

さっきからおれは、胸の中に手を突っこんでかき回されるような不快感を覚えていた。ビュホンの言うことがいちいち共感できるからだった。こんなやつに共感してしまうのが我慢できず、おれは怒鳴りつけた。

「やかましい、放っといてくれ！　いくらきさまにおれのことがわかると言っても、おれはわかってほしくなんかないんだ！　変な同情はやめてさっさと消えろ！」

「同情？」

ふ、とビュホンの口調から親しみが消えた。

くっくっ、と彼の喉の音が聞こえた。それはひとつに連なって次第に高まり、突然、鼓膜を蹴りつけるような大爆発になった。

「クハーッハッハッハ！　同情？　同情かね！　わしが同情！　そんなことするかよ糞馬鹿野郎！　ハハハそうかちゃんと同情に聞こえたかハッハッハア！」

「な……に？」

「嘲笑《わら》うために決まってるだろうがよ！」

すーっと貧血の冷気に襲われるおれを、最高に楽しそうで底なしに邪悪な殺人鬼の哄笑《こうしょう》が貫く。

「わしは逃げた。わしは助かった！　あの地獄はぶっ壊れて焼け崩れて二度とわしを捕まえない！　わしは好きな女たちとうまい食いもんと使える手下どもに囲まれて、どこにでも行けてどこででもくたばることができる！　それに引き換えあんたは、ハッハ、あんたは！　そのまっ平らな地獄に一生捕まって、あったかい人肌にも触れずに臭い水をするだけで寂しく悔しく死んでいくんだ！　知ってるぞワティカって言ったな？　あの可愛い声の嫁さん残してな！」

ハハハハハ！　と暴風のような笑い声が際限なく続いた。

激怒、いや憤怒でおれは破裂しそうになり、奥歯をギリギリと噛み締めた。それが二つに割れるのすら感じた。他の誰に言われるよりもこの男に言われたことが悔しかった。おれはこいつの体験を理解できる。おれがこいつのように相手を嘲笑できたら、それはとつもなく心地よいだろうと想像できる。この境遇に対して抱いた深い恨みを、丸ごと吐き出すことができるのだから。痛切にうらやましく、ねたましい。

そして涙があとからあとから頬を伝った。こいつはアーソンで唯一おれの境遇を理解できる人間だ。それなのに笑いやがった。それがどれだけつらいかわかっていて笑いやがった。なんて冷酷で非道な男だ。同じ人間であることが信じられない。憎い。百ぺんぶっ殺しても飽き足らないほど憎かった。

顔を真っ赤にして声を殺して泣いていたおれが、しばらくして我に返ると、ビュホンではなくタワリ中尉の声がした。今まで聞いた中でも、一番やさしい口調だった。

「少尉。大丈夫か、少尉……」

「……聞いてたか？」

「聞こえた。あまりひどいので奥さんのほうは止めたが……私も聞くに堪えなかった。そっちは本当に大丈夫か。しっかりしろよ？」

「歯が割れた」

「すぐに警察へ通報した。録音も送ったから分析して居場所を割り出してくれるはずだ。きっと捕まるからな。あんなやつが野放しでいいわけがない」

「中尉」

「なんだ」

「ありがとう」

おれは腹の底から礼を言った。あの拷問のあとでは、本当に沁《し》みた。

けれども、事実を言ったのはビュホンのほうだった。

しばらくの間、おれは海水をすする気力さえなく、ぐったりと漂っていた。Uフォンがチャイムの音を立てた。おれとアーソンとの取り決めのひとつで、ワティカが話しかけてくる時はそれが鳴るようにしていた。

おれは少し救われた気がして、マイクを持った。

「やあ」

「タテルマ大尉？」

男の声だった。おれはぎょっとした。また他の人間が割り込んできたのだろうか。

幸いなことに、それはおれを笑うような相手ではなかった。

最悪なことに、それ以上の凶報を告げやがった。

「マナッシと申します。傷痍軍人の家族の会で世話役を務めております。私も弟が失明しているので……」

「ああ、ワティカの」

「はい。それで、申し上げにくいのですが、ワティカさんと……別れていただけませんか」

おれは瞬きし、その言葉の意味を懸命に考えた。

「え？」

「彼女は疲れ切ってしまったんです。あなたがいなくなってから二ヵ月半……長くはありませんが、帰る見込みもなくなってしまった。話ができるのに、帰りを待つことすらも許されない、そんなのは死に別れるよりつらい、と」

「──ワティカは？」

「そばにいます。私が無理に話す役を買って出ました。彼女が押し付けたんじゃありません」

「あんた……何をしてるか、わかってる？」

「とてもひどいことです。だから彼女ではなく私を恨んでください。私は罪を覚悟しています」

おれはライフベストから口元に突き出したマイクを見つめ、ぽつりとつぶやいた。

「ひどいな、ほんと」

それから両手でマイクを握ってコードを引きちぎった。

会話を再開したのは二日後だった。Uフォンを直すと決めた理由は実に散文的で、嚙み割った奥歯の痛みに耐えられなくなったからだ。麻酔はあったが使用量がわからない。仕方なくアーソンに訊くことにした。引きちぎったのは複雑なUフォン本体ではなくただの導線部分だったから、より合わせるだけで直った。

つながると真っ先にタワリ中尉が声をかけてくれた。

「生きていたか！　心配したぞ、二日もなにをしていた？」

「歯が痛いんだ」

「歯？　――ああ、割れたやつか。すぐに医者を呼んでやるから切るなよ。奥さんも謝っていた。君が悪党に笑われて弱っていたとは知らなかったんだ！」

「麻酔の使い方を教えてくれ」

「それにビュホンも捕まった。警察は最初からやつに目をつけていたんだ。信じられないだろうが本当だぞ」

「なあ、麻酔。アンプル何本使っていい？」

中尉は言葉を切り、やがて口調をおさえてドクターを呼んだ。

ドクターは中尉から因果を含められたらしく、治療のことに限って説明した。麻酔では歯の痛みは一時的にしか抑えられない。抜くことができない以上、相当尾を引くだろう。

そう言われておれはくさった。

再び出てきたタワリ中尉は、通信が途絶えていた理由などをしばらく聞いていたが、やがて避けられないと思ったのか、もう一度あのことに触れた。

「奥さんのことだが」

「……」

「やはり自分から話したいそうだ。どうする」

「中尉」

「なんだね」

「そうなるとおれ、生きていく自信がない」

「私に介入してくれと言っているのかね、それは」

短く間を置いて、それでも中尉ははっきり言ってくれた。

「してもいい。公平に見て、いま君を見捨てるのは、見捨てるほうが悪いと思う。もちろん男女のことだから善悪で割り切れはしないだろうが、まあ友人として、な」

「――いや、いいよ。二人で話す」

「いいのか？」

「あんた、今ちょっといいことを言ってくれたからな。面倒かけるのは悪いよ」

タワリ中尉はかすかに笑い、呼び出そう、と言った。

イービュークとアーソン本星とのやり取りののち、相手が切り替わった。おれもワティカも、数分無言だった。ひとことずつ気力をふるうようにして話し始めた。

「別れたいって？」

「ごめんなさい」

「どうして」

「つらくて」

「それはおれもだよ。でも君と別れたくはない」

「私もよ」

「じゃあ、なぜ」

「会いたいから」

「会いたいのにどうして」

「……会えないから」

「おれだってそうだよ。我慢できないか？」

「我慢、したわ」

「だったらこの先も――」

「何日？」

何日で済むかと強く言おうとして、おれは思わずマイクを見つめなおした。情感豊かだったワティカの声が、砂をまぶしたようにざらついていた。そういえば最近ずっとこんな声だ。いつからだ？

「ねえ、何日。ねえ。ねえ？」

かすれ声が急に高まったかと思うと、別人のように甲高い悲痛な叫びが飛び出した。

「会いたくて死にそうなんだもの――！」

「ワティカ……」

「お願い許して、好きだからなの！　好きじゃなかったらつらくない！　こんなに好きなんだから、いいでしょう？」

何も言えなくなった。

おれのことに嫌気が差して逃げ出したなら、おれに愛想をつかして袖にしたのなら、恨むこともできる。だが、彼女はまだおれを愛している。愛しすぎているから待つ痛みも大きくて耐えられない。そんな理由で泣かれたら、責めることなどできはしない。

できはしないが、おれだって彼女と同じぐらい弱い人間だった。ワティカの声を聞けない毎日を想像すると震えが起きた。この二日間、実際にそうだった。声を聞きたいのに怖くて聞けなかった二日間。

許すことも無理強いすることもできないおれは、懇願するしかなかった。

「いやだ、行かないでくれ、ワティカ」

「だめ、許して」

「頼む、君がいなかったらおれは一人ぼっちになる。お願いだ――」

「やめて、言わないで！　待たないで、私のこと忘れて！」

それからの半日は実にいやな時間だった。

おれもワティカも孤独から逃れたいと願っていたが、その願いのためには相手に犠牲を強いなければならなかった。苦しめたくないのに相手を苦しめているから、自分も苦しくなった。この問題にどちらも満足する解決など存在しなかった。好きな相手を苦しめることで自分の意を通すしかなかった。

互いに泣きながら懇願しあう泥沼の言い合いの末に、おれはかろうじて彼女を説き伏せた。

「一年だけ。きっと無人機がおれを見つけてくれるから。それまででいいから、おれを待っててくれ。な？」

「……うん」

泣き疲れてしわがれた声で、かすかにワティカがうなずいた。

話が終わるとおれも疲れ切り、ライフベストにぐったりと背中を預けた。こんなふうに夫婦喧嘩をして、体力が尽きたところで手打ちをしたことは前にもあったが、今度はどちらもかかっているものが違った。もし決裂したら命に関わる争いだった。

それから――おれはさらに大きな人恋しさに苛まれて、何時間も女々《めめ》しく泣いていた。和解の後には必ずワティカと肌を交わしていたことを思い出して。

三ヵ月、四ヵ月、五ヵ月。――おれは凍えず、乾かず、朽ちず、病みつきもせずに、生命と理性を保っていた。ライフベストの襟をうなじに感じながら目覚める都度、風は右や左や後ろから吹き、眠っている間におれはくるくると落ち葉のように吹き流されたことを示していた。それとも、おれの向きではなく風向きが変わったのかもしれない。

ただ、恐ろしく変化に乏しいパラーザの海にも、わずかなゆらぎはあった。百五十日目を過ぎたあたりで、おれはどうも肌寒い気がしてフライトスーツに両腕だけを通した。それで思い出したのは、八十日ほど前に海面の暑気のせいで額に汗をかいていたことだ。今はそれほど暑くはない。

パラーザにも四季があるのだと気づいた。しかしそのあとすぐ、四季があるのではなく温帯と冷帯を回流しているのかもしれないと思った。天恵のような考えが閃いてどちらでもよくなった。惑星全体の水温分布と照らし合わせればおれの現在位置がわかるじゃないか！

ただちにタワリ中尉に提案してみた。結果には落胆した。

パラーザの平均海水温は赤道帯で摂氏三十五度、緯度四十度で摂氏三十二度。四十度付近に海流の境目があるので、それより高緯度におれが流されることはないが、絞りこめるのはそこまでだ。南北八十度の帯のどこにおれがいるのかまではわからない。タワリ中尉が無念の事実をいくつか教えてくれた。おれが温度計を持っていて水温をコンマ一度まで調べられたら、衛星赤外線観測によってずいぶん範囲を絞りこめたこと。パラーザにもっと陸塊があれば、海流が偏《かたよ》って温度もばらつき、より位置を特定しやすかっただろうこと。

「しかし捨てたものでもないよ。陸塊がないからパラーザの海水はまんべんなく混じりあい、君は凍死や脱水死を免れているんだ」

「まったく、よくできているよな」

中尉は不思議そうに沈黙し、ややあって、そうだなと言った。

おれも遅れて気づいた。よくできているってなんだ、アトラクションじゃあるまいし。パラーザはあくまでも宇宙が作り出した天然の惑星だ。全域が海という珍しい環境ではあるが、たとえば始祖星・地球の太陽系にあったエウロパのように、似た星は皆無じゃない。

パラーザが快適なのはあくまでも偶然だ。それなのに、知らず知らずのうちに、パラーザの環境を所与のものと感じてしまっていた。そんな馬鹿な。おれはこの世界の生き物じゃない。

「おれは！」

いちだんと青みの深まった空の奥、燦々と輝く太陽に向かって叫ぶ。

「人間だぞーう……！」

パラーザにやってきたアーソン由来の生物はおれ一人、最初はそう思っていたが、日がたつにつれ意外な道連れが見つかった。

ある日、いつも身につけているライフベストを、水泳で脱いだついでにひっくり返してみると、ちょうど喫水線とでもいうべき襟の裏側に、うっすらと緑色の線ができていた。タワリ中尉に頼んで調べてもらうと、コケか藻のたぐいだろうという返事だった。そういうものはパラーザには原生していない。たぶん、惑星アーソンの空気中を漂っていた胞子が風に吹かれて基地に入り、おれのフライトスーツに付着したのだ。それがパラーザの海に到着して増えた。おれを養えるほど含水物に富んだ海水だから、藻を育てるぐらいわけはないだろう。

たかが藻だ。しかしそれはこの八億平方キロの海でただ一種の道連れだった。他に浮遊物もない以上、おれと藻は一蓮托生《いちれんたくしょう》ということになる。そのことをワティカに話してみた。

「肉眼だとバスルームのカビぐらいにしか見えないんだけどね、中にはアーソン製のＤＮＡが詰まってる。おれと一緒にパラーザの環境で生き延びようとしている。お互いがんばろうや相棒、って思うよ」

「アニミズムみたいなものね。あなた、自分の機にも機嫌の善し悪しがあるようなことを言ってたし」

ワティカの精神は小康状態を保っており、わりと淡々と対話してくれた。彼女にとってはわずらわしい作業になりつつあるのかもしれないが、おれとしては大きな救いだ。

「そういや言ってたな。その伝で行けばライフベストやパンツにも情が移ってもおかしくなさそうだが……そんなこともない」

「いいんじゃないの、それで正常でしょ」

「感謝はしているけどね。ベストがほつれでもしたらおれは溺れてしまうから」

「――サヤト、自殺はしない？」

ささやくような声に、おれは一瞬ぞくりとしたが、平静を装って言い返した。

「しないよ。してほしくないだろう。それとも……死んでほしい？」

「ちょっとだけ考えたわ。二回かな」

声がまた感情をなくした。

「いちにのさんで同時に逝ったら、楽になれるような気がした」

「ワティカ……」

「やらないわよ。抱き合ってならともかく、電話しながらじゃ心中にもなりやしない」

以前はなかったとげのようなものが声に含まれ、それとともに図太さを帯びたように感じた。おれはわずかに安心した。泣かれるよりずっとましだ。

夜が更け、ワティカにおやすみを言うと、おれは両目に包帯を乗せてから、イービュークに頼んで静かなクラシックを流してもらった。闇の訪れないパラーザで眠るのは、いつも簡単ではないのだった。

4

それは風の音から始まった。

百七十一日目。外交関係のさらなる悪化を告げていたアーソン中央放送がぷつりと切れ、タワリ中尉の声が入った。

「少尉、ちょっと……」

「ん？」

返事をし、おれは耳を澄ませた。妙なことに中尉はたっぷり三十秒も沈黙していた。彼の息遣いの他に、かすかな低音のノイズが聞き取れる。遠くで強い地吹雪が荒れ狂っているような音だ。イービューク基地は深夜零時に近いはずだから、大きな音が聞こえるのはおかしかった。

「タワリ中尉？」

「……聞こえたか？」

「ジェット航空機、とはちょっと違ったな。もっと噴射速度が速い。宇宙機か？」

「痩せても枯れてもパイロットだな。こっちではよくわからん」

「わからんってなんだ。緊急着陸か」

「タワーは何も言ってきていないんだ」

惑星イービュークにあるイービューク基地は、広大な滑走路や加速台を持つ宇宙空港だ。中尉は空港管制官ではなく救難隊の無線員だから、空港全体のことを把握してはいない。

「ちょっと見てくる。場合によっては出動がかかるかもしれんが、他の者を残そうか？」

「いや、ラジオを流しておいてくれればいいよ」

「そうか――」

パチパチとスイッチを切り替える音がしたが、放送は流れてこなかった。物を置く音、中尉が部下に呼びかける声、そして靴音。おれは苦笑した。中尉が操作を間違えてUフォンのマイクをつけっぱなしにしたのだ。前にも一度あった。

中尉が戻ってきて説明してくれるのを、おれはじっと待った。
五、六分後、すさまじい騒音がスピーカーから飛び出したのでおれはぎょっとした。相手のマイクを床に落とされたときよりもひどい、暴力的な衝撃音だった。続いてガラガラと複数の物が倒れる音、ガラスが割れるぱりぱりいう音。

そして乾いた連続破裂音と悲鳴。――銃撃戦!?

「中尉、中尉！　イービューク基地、何があった？　答えろ！」

返事はなく、やや離れたところ――Uフォンのある部屋の外で、騒がしい物音が交錯していた。銃声らしい破裂音と着弾の破壊音はますます増えていく。おれは迷ったあげく、口を閉じて聞き取りに専念した。わめくと音が聞こえない。

急速に激しさを増した戦闘音は、最初の衝撃音に似た轟音で頂点に達し、まったく突然に鎮まった。おれは息を呑んで静寂に聞き入った。向こうのマイクが壊れたのだろうか。

そうではなかった――やがてコツコツと足音が聞こえてきた。かすかにエコーしていたそれが急にはっきりする。誰かが部屋の中に入ってきたのだ。

おれは、向こうのスピーカーが生きていることを祈りながら声をかけた。

「そこにいるのは、タワリ中尉、あんたか？」

「Ia? Khi e yo haqma hondklaze?」

反射的にUフォンを切った。声に込められた抑揚も殺気も本物だった。

フォージ帝室語。

砂漠色の外套を着たあいつらが基地に攻め込んできたのだ。

唐突な異変に頭が追いつけず、おれはしばらく取り留めのないことばかり考えていた。

基地の人々は殺されてしまったのだろうか。タワリ中尉は無事だろうか。おれの声を覚えられはしなかっただろうか。いや、今のは本当にフォージ軍だろうか？　中尉たちの冗談かもしれないと一縷《いちる》の望みを抱いて、おれはそっとUフォンをつけなおしてみた。向こうの物音はせず、信号を受信していないことを示すホワイトノイズだけが聞こえた。この半年、接続を切られたことは一度もない。やはり異常事態が起きたのだ。

そう認識すると、頭が回りだした。

聞いた音を思い出すと、成り行きが想像できた。フォージ軍は電子光学隠蔽を行いながら大型機で奇襲をかけてきたのだ。滑走路を見渡すタワーや救難隊指揮所が反応する前に、すばやく部隊を各施設に行き渡らせ、擲弾《てきだん》かなにかで外から指揮所を黙らせて、一気に屋内へなだれこんだ。そしておそらく、基地を占領した。

占領は破壊よりよほど難しい。周到な調査と綿密な準備が必要だ。つまりこの襲撃は思いつきで急に行われたものではない。より大きな戦略の一環なのだ。

とうとうフォージがアーソンとの戦いの火蓋を切った……。

おれはしばらく呆然としていたが、あることに気づいた。救難隊は完全に不意討ちを食らってやられた。他の部署だって似たようなものだろう。下手をしたらイービューク基地全体が、よそに助けを求めるひまもなく口を封じられたのかもしれない。

だとすると、このことを知っているアーソン人はおれ一人だ。

「おい、冗談じゃないぞ……」

おれは三たびUフォンのスイッチを入れて、久しく使っていなかったコールサインを叫んだ。

「アーソン・ゼロ、アーソン・ゼロ！　こちらアーソン317、タテルマ大尉だ！　非常事態発生！」

非常用通信機のUフォンにチャンネル選択機能などない。あらかじめ割り振られた固有チャンネルに固定されている。おれのチャンネルは墜落以来おれの私用電話と化していたが、航空宇宙法上の義務で、本星の戦略偵察司令部では定期的に聴取を続けているはずだった。

半年前と同じように、十分もたたないうちに返事があった。

「アーソン317、こちらはアーソン・ゼロ。どうした、タテルマ大尉」

「アーソン・ゼロ、イービューク基地がフォージに占領されたらしい」

短い沈黙があった。おれの話を疑っているのか、おれの正気を疑っているのか、それとも別の理由か。かまわずおれは言った。

「要点を伝える。およそ三十分前、イービューク救難隊と交信中に大型機のエンジン音と思われる背景音を聴取した。その五分後に救難隊で戦闘音が起こった。戦闘後に現れた者たちがフォージ帝室語で会話していた。その後、基地とは音信が途絶えた。以上だ！」

「待て、本当か？」

「本当だ。イービューク基地はおそらく——」

「推測はいい、もう一度聞くぞ。君が聞いたのはフォージ湾岸語か、それともフォージ商交語か？」

「違う、フォージ帝室語だ。連冠詞を挟んでいたから間違いない！」

「了解した、待機せよ」

そっけない返事を残して通話は切れた。十五分ほどたってもう一度呼び出しがあったが、その内容は信じられないものだった。

「アーソン317、これより通信管制が実施される。非常時以外の通話は行うな」

「なに？　ちょっと待て、おれはずっと非常時なんだぞ」

「君の非常時ではない、アーソンの非常時という意味だ。以上」

「待て、切るな！　アーソン・ゼロ！」

おれは叫んだが、そのあといくら呼んでも返事はなかった。おれは腹立ちまぎれにわめいた。

「おい、信じたのか信じなかったのかどっちだ！　おれの妄想だとでも思ったのか！　おれは戦略偵察機のパイロットだぞ、嘘など言うものか！　——せめて信じなかったら信じなかったで、返事だけでもしてくれ。頼む、答えろ！　アーソン・ゼロ！」

Uフォンは、細い水流のようなノイズを流し続けた。おれは声が嗄れるまで叫び続け、合間に呼びかけがないかと耳を澄ませた。

それを半日ほど続けるうちに、恐ろしいことに気づいた。

「……誰も聞いていないのか？」

軍以外からも返事がないのだ。いつもは誰かしら声をかけてくるのに。

アーソン全星にUフォンが何台あるのか知らない。惑星上なら普通の電波通信機で間に合うので、Uフォンを持っているのは星間通信のユーザーだけだ。そんな人は多くはないから、せいぜい数万台のオーダーだろう。しかもそのほとんどは公用・業務用だと思う。だとしても私事でUフォンを使う物好きは必ずいるはずだ。あの邪悪なビュホンのように（そういえば、あいつが捕まったというのは本当だろうか？）。おれの存在はかなり知れ渡っているから、おれのチャンネルを誰も聞いていないなどということはありえない。しかもUフォンは距離を無視する。アーソンだけでなく、フォージの人間が聞いていることもないとは言えないのだ！

それなのに――沈黙。

「おい、誰か……返事をしてくれ。こちらはアーソン軍大尉、サヤト・タテルマ。惑星パラーザの海を漂流中。嘘じゃない、本当だ。証拠は、ああ、証拠は何もないが……」

おれは最悪の想像を必死に抑えながら、細々と呼び続けた。

真の孤独の恐ろしさを知った。

それは遅効性の毒のように、少しずつ効いてきた。

最初は、一夜明けた朝。

うとうととまどろんでいて、腕時計のアラームで目覚めた。覚醒しきらないまま、習慣に動かされてUフォンの無事を確かめた。スイッチを入れ、話しかけた。

「おはよう、タテルマだ。そっちの当直は……」

三十秒ほど待って、だしぬけに頬を張られたように思い出した。イービューク基地は襲われたのだ。朝一番の声で今日の当直を確かめようにも、当直も中尉も基地も安否が定かでない。それどころか安否が確かなものは何もない。

「ああ……誰もいないのか。では一時間後にまた呼び出す……」

誰かが聞いているかもしれないという意識を、この半年持ち続けていた。

聞いていてほしい、とぽつりと思った。

顔を洗い、適量の海水を水パックで量って飲み、ライフベストを脱いで水中で手足のストレッチをし、またベストをつけて、用を足した。それからベストを着たまま五分間のクロールを三本、それぞれ直角に向きを変えて行った。これらのことはルーチン化していて、考えが乱れていても体が勝手に動いた。

それが終わると、恐れが再び来た。

「イービューク基地……」

そちらの今日の天気は、という質問を飲みこんだ。誰も聞いていないのだ。

「じゃあコンベの朗読の……」

ディスクをかけてくれ、という頼みを飲みこんだ。誰もかけてくれないのだ。

「ラジオの……」

ニュースをUフォンに流してくれる者もいない。それどころかラジオが放送されているかどうかもわからない。

「……ワティカ」

もちろん出なかった。

さらに五つか六つ思いついた今日の予定が、すべてUフォンを使うものだったと気づいて、愕然とした。Uフォンを使わずにできることって、なんだ？

寒気がぞくぞくと足の爪先から這い登ってきた。古来、数知れない遭難者が直面してきた困難が、今ごろになって姿を現した。孤独だ。無為だ。長い空白の時間だ。誰よりも長い時間。

押し寄せる虚無を跳ね返そうと声を張り上げた。

「木々のむこうのともしびぃ、旅人はいま宿にぃ……」

無意識に口に出したのは、なぜか子供の頃に覚えた唱歌だった。それでも何か出てきたことにほっとした。唱歌に始まって軍歌、流行《はや》り歌、恋歌、でたらめな替え歌まで、手当たり次第に歌った。歌っている間は何も考えずに済んだ。

昼になる前に絶えた。歌いまくって痛む喉と、火照《ほて》った体だけが残った。

思考が始まった。あのことを考えかけた。

「くそっ！」

やみくもに泳ぎ始めた。半端な泳ぎ方では思考を止めることができない。体をいじめ抜くつもりで無理やり息継ぎしながら抜き手を切った。

二時間ももたずに力尽きた。仰向けになり、肺が裏返しに飛び出してしまいそうな深呼吸を、ハアッ！　ハアッ！　と繰り返した。急に気分が悪くなって吐いた。

また考えそうになり、必死で思考をねじ曲げた。まだできることはないのか？

——それがないから無数に死んだ。

「そうか……」

遭難者というものの境遇が、ようやくわかったような気がした。

いや、違う。

遭難したのはたった今だ。これまでは遭難などしていなかったのだ。これが——絶対かつ永遠の孤独こそが遭難なのだ。いや、この状態は遭難よりひどい。遭難ならばいつかは終わる。助け出されるか、命を落とすかという違いはあっても。それらはとにかく待てばやってくる。待つ意味がある。

ここには人生も死も、どちらも来ない。待つ意味はない。

しかしそれでも、今まではまだ最後の希望があった！ ほとんど幻想、ないしは妄想に近いものだったとはいえ、たとえ連絡が途絶えても、人々が心配してくれているというよすががあった！

戦争さえなければ。

――ついに思考が暴れだす。抑えを振り払っていくつもの破片をかき集め、巨大な悪夢を造り上げる。冷戦、誤解、戦略兵器による抑止、奇襲、開戦、全惑星応答なし。

「……みんな、生きているのか？」

それが最悪の想像。

すべての人々が滅んだ後で、ひとり生き残ること。

究極の孤独……。

その想像に至ってしまうと、実際に会話ができないことすらもささいな問題に感じられた。会話は、社会に所属していることを確かめる手段にしか過ぎなかったのだ。必要なのは隣人だった。共感だった。愛でも同情でも友情でも憎悪でも敵意でもなんでもいい、とにかく自分以外の何かが感情していること、それが自分を生かす糧だった。

それが絶えたのなら、もう生きていても仕方がない。

この想像のとおりなら——苦笑が漏れた——逆に始末がつけやすくなっただろう。どんな意味でも生きる理由はゼロなのだから、自殺すればいい。自殺が許されると言ってもいい。しなければならないこととして、従容《しょうよう》と死ねるだろう。

しかし、現実はどこまでも始末におえない。

たとえ人類が滅びていても、確かめる手段がないのだ。ひょっとするとみな生きているのかもしれない——そんな望みでもって、残酷に縛りつけてくるのだ。

今あるのは、共感を失い、餓死を阻《はば》まれ、自殺を封じられた、どのような意味でも価値があるとは思えない「生」だけだった！

ただ一つの終点、自然死に向かって伸びる、漂白されたような無影の道……。

脇腹でぶつりと何かが切れて、ぽろりと何かがこぼれた。

「……ん」

意識をそこに向けた。というより、意識を再び湧かせた。

手を近づけると、深海へ沈んでいこうとしていた小箱がちょうど手のひらに載った。持ち上げるとペンシルガンの細長い箱だった。少しずつほつれていたベストのポケットが、とうとう破れてしまったのだった。

小箱を見つめて、パクパクと蓋を開け閉めした。意味のない手遊びだった。ガンを取り出した。まだ何も考えていなかった。

指先だけでつまみをカチリと回した。

ぽっ！ と小さな煙とともに弾体が飛び出して額に跳ね返った。眉間《みけん》に火がついたような激痛が走った。そうなるとは全然思っていなくて、死ぬほど驚いた。

「わっ⁉」

わけのわからない恐怖に駆られて手足をめちゃくちゃに振り回した。盛大にあがった水しぶきが鼻と口に入って馬鹿みたいにむせた。激しく咳をしてから息継ぎしようと顔を上げると、上空のピンクの小さな炎が目に映った。額にぶつかって飛んでいった発光弾だった。

目を見張った。そんなものを見るのは初めてだった。今までずっと空と海しか見てこなかったから――。

とてつもなく愉快なアイディアが浮かんだ。

ペンシルガンの箱にはガンと六つの弾が入っている。上空に来た救難機に自分の位置を知らせるものだ。それを立て続けに打ち上げた。ピンクの火の玉がしゅうっと音を立てて二十メートルほど上まで飛んでいった。その勢いと輝きにあんぐりと口を開け、めちゃくちゃに拍手した。

次いで、発煙筒と発炎筒を取り出した。発煙筒は昼用、発炎筒は夜用とされている。それを、こともあろうに両方いっぺんに点火した。噴き出した炎を子供のように振り回し、盛大な煙の中にわざと顔を突っこんで、涙をぼろぼろ流してむせた。

さらに海面着色剤を流してそこらじゅうの海を蛍光イエローに染め、警笛をピイピイ吹き鳴らして吐き捨てた。シグナルミラーは手首のスナップを利かせて水平に投げ、水切り九回の記録を出した。最後に護身用の小型拳銃をひっぱり出して、水平線に向かって五秒で撃ち尽くし、おまけに銃自体を投げ捨てた。それで、後生大事に抱えこんでいた救助されるための装備は、きれいさっぱり使い尽くした。

背骨が震えるほど痛快だった！

「ざまあみろ、こんちくしょう！」

絶叫して、気力が蘇っていることに気づいた。そうそう、まだ楽しめるじゃないか！やりたいことも、できることもある。ほら、たとえば——ライフベストの繕《つくろ》い？　散髪代わりに髪を一本ずつ抜く？　ログブックに詩でも書く？　マスターベーション？　スーツのあちこちに移植したコケの生育の違いを確かめる？　潜水時間の限界に挑戦？

それだけでいいんだ。

何も、生きようとか耐えようなんて考えなくていい。一日ひとつでも、一週間にひとつでも、下らない馬鹿みたいな仕事をやってのけるだけでいい。落ちこんだり悲しんだりするのは、そういうのがひとつもなくなってからのことだ。

もう、日付なんて関係ない。こいつもいらない。――そう思って腕時計を覗いて、けっこう驚いた。連絡が途絶えてから五日たっていた。歌を歌ったあの日から四日間も、肉塊同然の無力さで漂っていたんだ。


一人で、なんでもやって、漂流した。

それがどれほどの長さだったのか、腕時計を捨ててしまったから、意識することもなかった。考えることは、その都度その都度自分に課した仕事についてだけだった。上等なのは、たとえば両手の指紋の本数を数えるなどの、終わりがあって記録できる仕事だった。物が出来上がる仕事もよかった。たとえば髪の毛を織ってガーゼを作るとか。

作業は楽しかったが、ひと仕事終えて次に移るときが危険だった。どれだけ慣れても感情が残っている限り期待も消せなかった。呼びかけはまだかな、と思う一瞬がしばしばあった。

「サヤト」

呼ばれて振り返ることが何度もあった。

「一緒に寝たい」

甘えた声でそう言われると、うなずくことにした。うん、おれもだよ、としみじみ答えた。否定したところで別にメリットもないのだ。幻聴を幻聴と割り切って受け入れてみた。

それはとても心安らいだ。

十本の指を人物に、両足を怪物に見立てて人形劇をやった。脚本を考えている間はよかったが、上演し始めてしばらくたってから、ライフベスト島における右足怪獣と左手の薬指嬢の道ならぬ恋を真剣に熱演している最中、何かの拍子に我に返ってしまった。

「……何やってんだ、おれ」

腹の底から笑った。手足を折り曲げて腹の上に寄せ集め、つくり声でぼそぼそしゃべる姿は、どこからどう見ても常軌を逸していると思ったから。そして、それを笑えるということは、まだ自分が正常なのだと思ったから。さらに、そんな判定自体も信用できないものだと諦観していたから。

笑いに笑って腹筋が痛くなって、さて劇を再開するかと思ったとき、声が聞こえた。

「タテルマ少尉、聞こえるか」

「やあ、タワリ中尉」

陽気に答え、アキレス腱がつらないように右足をそうっと持ち上げた。

「いよいよレイオー嬢と海魔ボ・グが結ばれるところだ。ちょっと待ってくれ」

「少尉、いや、タテルマ中佐。君は……本当に無事だったのか？　よく八十五日も……」

「中佐ってなんだ。あんただけはおれを少尉のままにしてくれると思っていたのに」

「君はまた特進したんだよ、今度は救国の英雄だ！　ああ、何から話したらいいか、いやまずは謝罪か」

「レイオー嬢、お探ししましたぞ。あなたのかぐわしい香りを頼りに、はるばる三百里を渡ってまいりました」

「——タテルマ中佐？」

ちょっと邪魔になってきたので、無視して劇を進めた。声はまだ何か言ってきたが、令嬢が海魔の背に乗り移るころには鎮まった。またひとつ狂気を撃退することに成功して、うれしかった。

しかししばらくすると、今度は別の声が聞こえてきた。

「サヤト、聞こえる？　私よ」

「これは、魔女の声？　ボ・グ、急いで！　追いつかれてしまうわ！」

「……サヤト？　冗談なら今すぐやめて。本気に聞こえるわ」

「ああ、なんて恐ろしい声！　毒よりも黒く刃よりも鋭い……」

ちょうど令嬢を追う魔女の役の、右手の中指にぴったりの声だった。思わぬエキストラの登場に、ますます演技に力が入る。

しばらくすると声はため息をつき、吹っ切れた感じの口調になった。

「報告しておくわ。私、マナッシさんと一緒になります。今度の戦争でその覚悟ができたの。——正直に言うと、いま、少しほっとしてる。あなたはもう私のことがわからないみたいだから……」

「ボ・グ、魔女の声はまだ聞こえる？　魔女は──」

　頭を撃たれたように震えた。

　幻覚がこんな残酷なことを言うはずがない、、、、、、、、、、、、。

「……ワティカ、君か？」

「サヤト？　私がわかるの？」

　声はまぎれもなくUフォンから出ていた。

　その瞬間、おれは世界が音を立てて組み換えられたような気がした。混沌と溶け合っていた自己と外界の境目が截然《せつぜん》と切り分けられ、おれは正気をとりもどした。すると、今の今まで自分が狂っていたことがわかり、背筋が寒くなった。

「わかる。いま頭がはっきりしたよ。危ないところだった……」

「そう……まだ無事なのね、あなたは……」

　声には複雑な感情がこもっていた。安堵した様子はあるのだが、前よりも冷たく澄んでいるような気がした。それは彼女がたった今言っていた話と関係があるようだったので、おれは尋ねた。

「すまない、何か大事な話をしていなかった？　聞いていなかったんだ」

「ううん……なんでもないわ、気にしないで」

「でも深刻そうだった」

「そんなことないわ。ねえサヤト、私はこれからもあなたを見守るわ。だから……元気でね」

その安らいだ声を耳にしたとき、おれはおぼろげに気づいた。

ワティカはもう泣いていなかった。

おれのために泣いてくれなくなってしまったのだ。

あの襲撃の日、すべての連絡が途絶えたことが世界の終わりに思えたが、タワリ中尉はいともあっさりと説明をつけてくれた。

開戦と同時に、両国ですべてのUフォンが没収されたのだ。どこからでもどこまでも届くUフォンは、致命的な情報の漏洩《ろうえい》を引き起こす危険物として、ずっと前から徹底的に所在地が調べられていた。Uフォンの逆探知は不可能だったが、Uフォンの流通経路はほぼ完全に政府に管理されていた。それを使った者はUフォンで会話したからではなく、あのビュホンのようにUフォンを所持していると露見したことで、居場所を突き止められたのだった。(ビュホンがあんなに早く捕まったのも道理だ、Uフォンは彼自身よりも厳しく追跡されていたのだ!)

もちろん両国の軍隊はUフォンを使ったが、おれと無駄話をすることは彼らの任務ではなかった。

それと同時に、おれを無視することがアーソン軍の任務でもあった。なぜなら、おれは起死回生の情報を彼らにもたらしたからだ。

アーソン軍首脳部では戦争が起こることを予測していたが、敵の主力がいつどこの拠点を狙うかまでは見通せないでいた。そこへおれが「フォージ帝室語を話す敵軍の襲来」を通報したのだ。実はそれが敵の見分け方の鍵だった。帝室語を話すのはフォージ軍の高級将校だけなのだ。そんな高官が襲撃に参加しているのは、イービュークが重要視されている証拠だと判断できた。

アーソン軍はこの情報をもとに兵力配置を変更したため、続く本格的な戦闘でフォージ主力を罠にはめることに成功し、三ヵ月弱という比較的短い時間で勝利を収めた。

「だから君はもっと感謝されていいはずなんだ。首脳部は当初、一年以上の戦争になると見込んでいたんだから」

中尉は憤懣《ふんまん》やるかたないという口調で言った。

「なのに君の通報を無視したふりをし、生きがいを奪ったうえ、またしても特進や叙勲などでお茶を濁そうとしている。さすがにあんまりだと思っているよ」

「そんなことはどうでもいいよ。それより中尉、あんたこそどうだった」

「なにが？」

「イービュークが襲われたときだよ。大丈夫だったか？」

おれがそう言うと、中尉はちょっとぽかんとした様子になって言った。

「私はうまく脱出して反撃に参加したが……心配してくれるのか？」

「しちゃいけないのか」

「そうじゃない。自分のことで精一杯だったろうに」

「それは反対だよ。おれはあんたたちアーソンの人々が生きていることに望みをつないで、生き延びたんだ。そうでなければとっくに自決してる。まあ、あんたを特別視していたわけじゃないがね」

「そうだったか……」

しばらくして、中尉はためらいがちに言った。

「君に関して、社会的な動きがひとつあるんだが、聞くか」

「聞きたくなくなるような言い方だな」

「いいニュースじゃないんだ」

「へえ、じゃ聞こう。この上まだおれを不幸にするような出来事があるなんて、興味深い」

「君は『ヌバックの種』だと言われている」

「──なんだって？」

「ヌバックの種だよ、建国神話の。大昔に愚昧《ぐまい》な人々がはびこっていた時、神が大洪水を起こして一度世界を滅ぼした。水が引いたあとにたった一つヌバックという木の種が残されて芽を出し、その大樹からもろもろの生き物と人間が生まれたというやつだ。――アーソンが滅びても君だけは生き延びる、と言ってる人間がいるんだ」

「やめてくれ」

おれは中尉の話を遮って首を振った。中尉が疲れたように笑った。

「嫌がると思った。重荷なんだろう？」

「当たり前だ」

気が滅入るような話だった。よりによって、あの孤独な漂流を肯定しやがるやつらがいるなんて！

顔を押さえていたおれは、何かを待っているような中尉の沈黙に気づいた。その意味はすぐに見当がついた。

「――あんたも？」

「ああ……支えになっていた。どんな戦火も君には届かない、と思うとね」

そのひとことは案外楽に入ってきた。おれはふっと軽い笑いを漏らした。

「そういう言い方ならいいんだ。結局のところ、おれたちは対等なんじゃないか？」

「それはいい発見だな」

タワリ中尉も笑った。

それからおれたちは、互いの無事を祝って乾杯した。

5

墜落から二百五十六日目のこの頃を境に、おれは行き着くところまで行ったようだった。戦争中の沈黙を補うように、いろんな連中がUフォンを通じて話しかけてきた。将軍だの大臣だのといった連中や、ヌバックの種呼ばわりする連中もいた。おれはそいつらとまったく平静に話すことができた。少なくとも自分では平静なつもりで。あの長い長い孤独を、自分だけを恃《たの》みにして渡ることができたのだ。もう怖いものなどないという感じだった。Uフォンを断たれることはいまだに恐怖のひとつではあったけれど、それをやられるとどうなるかも、もう見えた。

一度タワリ中尉に、半分説教、半分心配のような調子で言われた。

「少尉、君は自分がナグサ卿との会話中にしたことを覚えているか?」

「なんだったかな」

「とぼける気か? 君は爪のヤスリがけをしていたんだ! そんなことで大臣の挨拶をな

いがしろにしたんだ！　卿をなだめるのは大変だったぞ！」

「そんなことをしていたのか」

「していたのかって……本当に覚えていないのか」

中尉の口調が急に不安そうになった。おれは首を振る。

「ヤスリがけのほうは覚えているよ。あれはその日の仕事だったから。覚えていないのはその時誰と話していたかだ」

「少尉……」

「すまない、自分では重要なことから実行しているつもりなんだ。誰もいないとき、ああいうことは本当に重要なんだよ」

「少尉、君は……それがどういうことか自覚しているか？」

「している、正常じゃないな。でもおれは困らないよ」

「また医者を呼ぼうか。君自身が異常だと認めているんだ、早くカウンセリングを受けたほうがいい」

「それは勘弁してくれ。おれは異常は異常なんだろうが、むしろここで生きていくために適応したんだと思うよ。今の状態はとても安定している。そっとしておいてほしい」

「そうか……」

タワリ中尉の声が静まると、おれはサバイバルナイフを使った切り絵に戻った。中尉を含む数人の声だけは、玄関チャイムのようにはっきりと聞こえて、おれに返答を促すのだ。おれは返事をするが、たまに呼び出しが気のせいだったこともあって、まだ自分に幻聴が続いていることに気づくのだった。

こちらが大丈夫だと言っても信じやしないのが医者という連中で、結局おれはドクターの診察を受けた。しかしおれを診たドクターは二つのことに首をひねっていた。

「ふつう、幻覚を見るような体調だと認識能力も相当落ちているものだけどね。君はわりと健全な状態なのに幻覚を見ている。それに……幻覚に苦しんでいない。幻覚を失うのが苦痛じゃないのか？」

「おれはねドクター、幻覚どころか何もかも失うことを前提に、毎日生きているんです」

「それが事実だとしたら、ひょっとすると君は悟りというものに達しているのかもしれない。悟った患者は初めてだ」

「悟ってるかもしれませんが、たぶん狂ってますよ。今こうして話しているあんたが現実なのか幻覚なのか、おれは気にしていませんからね」

実に珍しいと言って医者は感心していた。おれは今までに聞いた何種類ものドクターの声と今のこの声、どれが本物なんだろうかと考えたりしていた。

三百二日目、ワティカと別れた。

ワティカがマナッシと寝ていることを認めたからだった。以前から気づいてはいたが、二人揃って明言されるとさすがに気持ちが沈んだ。しかし、さすがにこの期に及んで引きとめはしなかった。

　無念ながら、おれは言った。

「行ってくれ、おれから離れたところへ。中尉が証人だ、後で手続きを頼んでおく」

　ワティカだけが、はい、と言った。

　彼女の声が消えると、天を仰いでしばらく涙をこらえた。しばしばあった泥沼のやり取りで、さんざん恨みごとを言ったり怒鳴ったりした後なのに、まだ割り切れない気持ちがあった。自分にはなんの落ち度もなかったのに愛する女を奪われてしまったのが悔しかった。いや、会いに行けなかったのがおれの落ち度なのだろうが、そんな理不尽もないものだ！

「タテルマ少尉」

　相手が替わり、タワリ中尉が事務的に言ってきた。おれは訊いた。

「中尉、あんたは結婚してたっけ？」

「五年前に事故で亡くした」

　おれははっと息を呑んだ。余計なことを聞いてしまった。

「そうか、すまん……」

「いや、それは……」不自然に言葉を濁してから、中尉は続けた。

「詳しいことを聞きたいか？」

「あんたが不愉快でなければ」

「不愉快ではないさ、妻を思い出すのは懐かしいことだから。彼女は自動車事故で亡くなった。轢《ひ》かれたんだ」

「酔っぱらいか何かに？」

「いや、妊婦を乗せた救急車だ」

「……」

「何しろ急いでいたらしくてね、狭い道を大変な勢いで走っていて、よく確かめずに出た妻が轢かれてしまった。相手が相手なのですぐ一緒に病院へ運ばれたが、助からなかった。けれど、妊婦は無事出産したんだよ」

「……悔しかったかい」

「それはもう。つれあいが死ぬのはこたえるね」

知らなければ簡単に聞き流してしまいそうな口調だったが、タワリ中尉は救難隊員なのだ。多くの死を看取った彼がこたえるというのだから、さぞかしつらかったのだろう。

「だから首都にある軍属の墓地じゃなくて、近くの山に墓を建てた。気軽に行けて便利だが、事情を知らない人間に、さぼりに行っていると思われるのがちょっと難だ」

冗談のようなことを言って、中尉は話し終えた。おれはしみじみとうなずいた。

「あんたも苦労したんだね」

「したとも。それに比べれば、君の好きな人はこれから幸せに暮らすんだ。最悪の事態じゃないと思うがね」

そう来るとは思わなかった。慰めにしても意地が悪い。おれは言い返した。

「そこまで善人じゃないよ、おれは！」

「善人？　自分のために思うんだよ。別に善行でもない」

おれは耳を疑ったが、中尉は冗談を言ったわけでもないようだった。さも不思議そうに訊いてくる。

「善人か悪人かなんて区分を君は普段使っているのか」

「少なくともあんたは善人だと思っていた」

「馬鹿な。私と君の快不快がたまたま一致しているだけじゃないか。私たちに限らず、誰とだってそうだろう」

その時おれは、大きな不幸にもてあそばれている自分が、同じぐらい大きな幸運にも恵まれていると気づいた。

この慇懃《いんぎん》で愛想の悪い男が、漂流生活の道連れとしてとても得がたいパートナーであることに。

「少尉、タテルマ少尉。また妙な状態になったか？　おい！」

迷惑そうな中尉の声を聞きながら、おれはついさっきとは別の涙をしきりに拭っていた。

とうとうおれは安息の日々を手に入れた！

——事実はどうであれ、おれはそう感じた。いや、安息かどうかを判定するのはおれなんだから、それが事実だった。

会いたくてたまらない相手などというものはなくなった。コミュニケーションを交わしたい相手とは存分に交わしていた。タワリ中尉は相変わらず任務の合間に相手をしてくれたし、終戦によって民間のUフォンも再び解禁されたため、馴染みの相手や思いもかけぬ相手とも会話できた。

おれの暮らしは完成した。肩から下を暖かい水にそよがせ、首から上で考え、聞き、しゃべる。それだけの毎日。陸《おか》を歩き、スティックを握った日々は、はるか遠かった。朝な夕なに浮いては消える幻と同じ、真贋《しんがん》もつけかねるおぼろな影絵だった。

「五百日」

膨大な会話、耳にしては溶けていく声のどこかに、そんな言葉があったような気がする。

「一千日」

必要とされていないのがわかるのか、一本また一本と歯が抜けていった。

「一千五百日」

水泳をやめたのはいつだったろう。足が細って進めなくなったからやめたのか、それともやめたから青白い櫂《かい》のように成り果てたのか。

「二千日」

それを祝おうという誰かの呼びかけを、おれはゆっくり考えて断った。めでたいことなのか無駄なことなのかよくわからなかったから。

「二千五百日」

その前後には逆におれ一人で、ある祭りを主催した。パラーザの百周日記念。パラーザの一日はアーソン時間で二十四日と数時間ほどだった。

「三千日」

アーソン本星を訪れたフォージ軍人のシオノン侍爵と挨拶をした。紹介を受けたときには誰のことかさっぱりわからなかったが、一声耳にしたらたちどころに思い出した。

「Ia? Khi e yo haqma hondklaze?」

なに、無線機の破壊が完了していなかったのか、と通訳が棒読みで言った。まだ通訳自体が少なかった。だが若者たちがどんどん志願していた。

「三千五百日」

タワリ中尉が退役した。

それまで知らなかったが、中尉はもう四十歳を過ぎていた。冷戦は緩和されたし、肉体的にきつい救難隊の任務を、もう長い間続けていたので、いつ辞めてもいい立場だった。おれのために延ばしていたのかと訊くと、自惚《うぬぼ》れるなと冷ややかに言われた。

しかし中尉は、後任者にUフォンのワッチを申し送ってくれた。

「三千七百二十二日」

一日あたり二十一万六千平方キロずつ進んでいた、十機の無人機によるパラーザのスキャンが完了した。おれは発見されず、海流によって入れ違いになったようだった。

三千八百十五日目。

就寝時間を間近に控えたおれは、黒光りする銘木のような両腕をゆっくりと海面から持ち上げて、何度もていねいに顔を拭いた。六十日ほど前に顔の毛はすべて抜いたので、頬に刻まれた無数のしわとひびに指で触れることができた。

誤って皮膚を剝かないように慎重に洗顔を終えると、三つの祈りを始めた。まず胸に手を当てて奇跡の小箱に感謝し、次に太陽に感謝し、最後に月に感謝するのだ。

小箱への祈りを終えると、太陽を探した。太陽はちょうど左手の水平線にかかっていた。ということは、月は太陽の反対側にあるから、右手の方角だ。半周しなければいけない。

太陽への祈りののち、両手で少しずつ水をかいて、体を回した。

水平線に沈もうとしている月と、数百メートル先の黒い波が見えた。

「ほう……」

おれは目を見張った。今までいろいろな幻覚を見たが、そのほとんどはアーソンゆかりのもので、波や雲などパラーザにあるものは少なかった。欲していないからだろう。風向きはちょうど後ろからで、おれは自然にその波へと吹き流されていった。黒い波は海面からおれの頭よりも少し高いぐらいまで盛り上がっていて、波のくせに別の白波とぶつかってぴちゃぴちゃ音を立てていた。

おれは物珍しさにわくわくしてその幻覚を見つめていた。

じきに、不思議になった。けっこう近づいたのに消えないのだ。

そして、疑問を抱いた。これは波ではないんじゃないか。これは別のものだ。

じわじわと、恐ろしくなった。これはまさか……。

あと百メートルというところで、おれは小箱のつまみを探り、悲鳴を上げた。

「いーびゅく、いーびゅく！　きんきゅうじたいだ！　り、り、りっ」

「タテルマ大佐、イービュークです。落ち着いてください、聴取しています」

「りくっ！　りっ、りくだ！　しまだ！」

「大佐、今からタワリ元中尉を呼び出します。そのまま聞いていてください。いいですね」

おれは何年も感じなかった恐ろしさに襲われながら、なすすべもなく、その怪物、幽霊、あるはずがないもの——島を凝視していた。

やがて小箱が、おれの大好きな声をあげた。

「私だ、少尉。二十日ぶりだな、元気か」

「ちゅうい、しまっ！　しまがあるぞ！」

「落ち着いて報告しろ。距離、大きさ、海抜、植生、なんでもいい。人はいるか」

「人なんかのれないよ！　しまじゃなくていわだ！　いわ、まっくろないわ！　高さは、だいたい五十せんち！　きょりは、ええと、五十めーとる！」

「襲ってくる様子はあるか。移動はしていないか」

「するわけないだろう、岩だぞ！　そ、そう。げん、幻覚じゃない！」

「では危険はありそうか」

「わからない、で、でも、ないんじゃないか？　そうだ、島ならきけんじゃない。島は安ぜんだ。襲ってこない」

「聞け、タテルマ少尉。君のいる惑星パラーザに島はない」

「しかしあるんだ！　ち、中尉！　信じてくれ、幻覚じゃない！」

「ふむ……？」

不審そうにつぶやくと、中尉はしばらく黙りこんだ。

その間にも島はどんどん近づき、見れば見るほど輪郭がはっきりしてきた。ふと視線を落としたおれは絶叫した。常に美しいエメラルドグリーンに染まっているパラーザの海が、いつのまにかとてつもない存在感を持つ黒々としたものを擁していたのだ。おれの目には、海底から巨獣が現れつつあるように見えた。

「中尉、タワリ中尉！　下に何かいる、まっくろでものすごく大きなものだ！」

返答はなく、そのものはどんどんおれに近づいてきた。恐怖のあまり硬直していたおれは、突然それに気づき、怪物と島を見比べた。

違う、怪物ではない。これは海底だ。

遠い深淵からそびえ立つ海山が、先端だけをほんのわずかに海面から突き出しているのだ。

まぎれもないパラーザの陸地が、おれの右前方わずか三十メートルのところを、ゆっくりと過ぎ去ろうとしていた。

それは小さな部屋ほどの大きさの、平らな岩礁だった。

三千八百日目にして初めて目にする自分以外の固体だ。まるで渇いた人が水をがぶ飲みするように、おれの瞳はそのディテールと色彩をむさぼった。いま水から出たばかりのようにてらてらと光る岩肌、その武骨な輪郭とざらついた表面にえもいわれず興奮し、潮が打ち付けて渦を巻き、裂け目から躍動的に噴き上がるさまに驚嘆の息を漏らした。

おれはゆっくりと流されながら、もう一生見ることはないと思っていたスペクタクルを、無我夢中で眺めた。その強烈な刺激がおれの頭脳を賦活《ふかつ》させたのだろう、奇跡の小箱がもう一度声を上げた時、ひさびさにUフォンという名称を思い出すことができた。

タワリ中尉は、おれが聞いたこともないほど慎重な口調で言った。

「タテルマ少尉、もう上陸したか？」

「上陸？」

おうむ返しにつぶやいて、おれは吹き出した。そんな突拍子もないことを聞かれるとは。

「するわけないじゃないか。なぜそんなことを？」

「なぜって、ああ！　そうだな、少尉」

哀れむような叫びを上げてから、中尉はほとんどささやくように言った。

「いいか少尉、とても大事なことを言うぞ。今すぐ泳いでその島に上陸しろ」

「急にどうしたんだ。いつも幻覚扱いばかりするくせに」

「その島は幻覚じゃない。こちらでも確認した。――少尉、パラーザに水深数メートルの浅瀬がいくつかあると説明したことを覚えているか？」

「いや。いつだ？」

「初日だ。三千八百日前だ。その時は確かに、浅瀬は浅瀬に過ぎなかったんだ。しかし惑星パラーザにはちょうど百八十度離れた方角に月と太陽がある。パラーザは常に大潮なんだ。その干満の差が最大の海域に、自転によって浅瀬がやってきたとき――潮は引き、島が現れるんだ！　わかるか!?」

おれは混乱した。中尉の言っていることは難しすぎて、今のおれには理解できなかった。

中尉が猛烈に興奮しているのがなぜなのかわからなかった。

「タワリ中尉、よくわからないが、島が少しだけできて、消えるということか。それなら上陸しても意味がないじゃないか。泳ぎ損になってしまう」

「君はなぜ漂流しているんだ」

怖いほど静かな声で中尉が言った。おれは戸惑った。

「機が落ちたから……？」

「違う。君がどこにいるかわからなかったからだ」

中尉は突然、初めて、怒鳴った！

「私たちにはその島の位置がわかるんだ！」

おれはじっとUフォンを見つめ、その言葉の意味を考えた。

やがて頭から血の気が引く、気味の悪い寒気を覚えた。

助けがくる？

アーソンに戻れる？　すべてが待っている世界へ？

ゆっくりと首を動かして島を見た。おれはすでに島の横を通り過ぎ、遠ざかろうとしていた。距離は四十メートル。刻々と開いていく。

「先ほどすでにアラートをかけたから、十三時間後には救難機がそちらへ行く。救ってやるぞ、タテルマ少尉！　島へ泳げ、どんな手を使ってもたどりつけ！　これを逃したらもう見つけられんぞ！」

「い……いやだ」

「なに⁉」

おれは頭を抱え、悲嘆のうめき声を上げた。

「怖いよ、怖いんだよ！　今さらアーソンに戻るなんて無理だ！」

「馬鹿、しっかりしろタテルマ少尉！　何も心配することはないんだ、私がついている！」

「あんただけじゃないか！　きっとみんなはわかってくれないよ！」

なおも中尉の怒声が飛んできたが、おれは体を震わせるだけだった。

はかりしれない恐怖が降ってきた。はるかな故郷、十年ぶりの故郷。それもただ離れていただけではない。どんな人間も経験したことのない異界で、そこで生き延びることだけを目的に、心も体も造り替えてしまったのがおれなのだ。

こんなおれがアーソンへ帰るのは、もう一度未知の惑星に降下するようなものじゃないか！

無理だ。そんな恐ろしいことはいやだ。おれは、おれはこのまま、漂い流れていくだけでいい。つるりと滑らかで、かすかに歯茎に当たる、柔らかなパラーザの海に包まれているだけでいい。

「ごめんよ、おれは、おれは……もう、帰りたくないんだよ」

両手をきつく顔に押し当て、おれはすべてから目を背け、そのまま流れていこうとした。

「私の死をタテルマ大佐に話すな」

いきなりタワリ中尉の口調が変わった。おれははっと目を開けた。

「私の死は可能な限り伏せろ。彼は私を一番信用し、頼っている。彼は驚くべき精神力を持った気高い男だが、それでも一人の人間に過ぎない。今まで数々の苦難を乗り切ってきた彼でも、もう一度打撃を受けたら耐えられないかもしれない。……彼を悲しませないために代役を立ててくれ。彼を生かすためではない。彼が生きるかどうかは誰も口を挟んではいけない。そのことを彼ほど真剣に考えた人間はいないのだから」

聞くにつれ、じわじわと思い出した。これはタワリ中尉の声だ。これがタワリ中尉の声だ。では、ついさっき話していた相手は誰だ？

再び切り替わった声が、真実を教えてくれた。

「タワリ中尉は一年ほど前に病気で亡くなったんだ」

中尉にそっくりだが、わずかにイントネーションの異なる声——代役の男が、その時のことを思い出すように言った。

「退役ではなかったんだよ。病死を君に隠すために、中尉自身の考えで退役ということにしたんだ。いま聞かせたのは遺言だ。彼は身寄りがなかったから君のことを本当に心配して、交信を継続するために遺産の一部まで割《さ》いた。この私は……彼の演技をしていただけの、役者だ」

中尉が死んだ、ということがにわかには信じられなかった。むしろ、いま告げられたことのほうが嘘で、中尉が声色を使って偽者らしくしゃべっているのだと考えたかった。しかし、偽者の中尉は偽者のままで、決して本物に戻ってはくれなかった。

「タテルマ大佐、どうして明かしたと思う？　タテルマ大佐、あなたに戻ってもらいたいからだ。タワリ中尉だけではなく私たちみんなが、想像を絶する人生を歩んだあなたに会い、迎え入れたいと思っているんだ。でなければ、こんな大掛かりな芝居はしないし、何よりも、タワリ中尉との約束を破ったりしない！」

その叫びとともに、彼の背後から大勢の呼びかけがいっせいに起こって、おれは本当に驚いた。戻ってこい、帰るんだ、とみんなが言っていた。おれは夢でも見ているような気分だった。

しかしそれと同時に、静かな悲しみが胸に湧いてきた。本当にタワリ中尉は死んでしまったんだ。彼はもう、アーソンにもどこにも……。

「帰っても……中尉はいないんだな」

「そこにも、もういない」

おれは針で刺されたようにビクンと身を震わせた。

「あなたは真相を知ってしまった。もう、彼を頼りにすることはできない。それでもパラーザにいられるか？　一人でいられるか？　――頼む、戻ってくれ！　中尉のために！」

鞭打つような一喝だった。おれはもう一度振り返った。

島までは百メートル！

「わかった……泳ぐ、泳ぐからな？」

仰向けからうつぶせになり、水をかき始めた。顔面とライフベストの両肩に、ざばっ！と正面から海水が当たった。流れが速い。こんなに速い海流だったとは！

クロールをするほどの筋力はとても残っていない。平泳ぎに変える。流れに向かってそろえた両手を突き刺し、重い水を左右に押し分ける。両足を思いきりひきつけ、思いきり蹴る。

しかし、ああ！

腕が細い。水の重みに骨がきしみ、衰えた筋がぴりぴりと震える。

足が萎《な》えきっている。膝の関節がカタカタ揺れて、今にも外れそうだ。

「はあっ！」

大口を開いて腹の底へ息を吸おうとしても、悲しいほど入らない。肺も弱りきっている。限界まで目を見開いて顔を上げてみると、なんとさっきよりも島が遠ざかっている！

おれは覚悟を決めた。

「き、聞こえるか！」

「どうした？」

「泳ぐのに邪魔だ、ベストを捨てる！」

軽く息を呑む声が聞こえた。ライフベストを捨てればもう後戻りはできない。Uフォンもなくなる。

しかし、古い親友にそっくりの声が叫んでくれた。

「――よし、捨てろ！　十三時間後だからな！」

それを聞くが早いか、おれは前ボタンを一息に引っぱって外し、脱皮した昆虫のようにするりと海へ躍りだした。

途端に、体中の血管に音を立てて血が巡ったような気がした。

ざあっ！

軽く滑らかになった体に全力を注ぎこんだ。パラーザの海を初めて生身だけで泳いだ。海面を切り裂くような鋭いクロール。しぶきと波に力を食われながら、それでも流れに勝って遡った。

　全身の細胞からみるみる酸素が減っていく。古びた体の限界があっという間に近づいてくる。筋肉が熱い。いや、痛い。風船のように太腿が張る。息がもたない、全然もたない。次の息継ぎを待てずに吸って、恐ろしいほどの海水を飲む。鼻の奥をツンと突き刺され、むせた拍子に耳にも入り、顔を出そうともがいて、またとてつもなく体力を浪費する。

「ハアッ！」

　しぶきで島が見えない――

　なぜか唐突に墓が思い浮かんだ。広い基地を見渡せる明るい山に作られた、小さな墓だ。タワリ中尉はちゃんと嫁さんのところに葬ってもらえただろうか？　誰かあの話を知っているのか？　いや、もしかしたら、嫁さんの話はすべて、おれをなぐさめるための作り話だったのか？

　そんなはずはない！　中尉は嘘なんかつける性格ではなかった。だが、しかし、それとは比べ物にならないぐらい大きな嘘を、彼はついてのけた。さあ、どちらだ？

　確かめる方法はただ一つ――アーソンに帰るのだ！

　搔く、水を搔く、水を蹴る、両足を交互に、もう滑らかでもなんでもない。とにかく一グラムでも多くの水を後ろに押しやり、一センチでも前へ進むだけ。後ろへだけは下がるな、前にだけ進め、動け太腿、肩！　心臓など破裂しろ、肺ぐらい潰れろ！

あと少し、前、へ、沈、ちくしょう、中尉——

足が、踏んだ。

環境と主体の相互作用――広がる小川一水の世界へようこそ

ノンフィクション・ライター
松浦晋也

かなり多くの人が、書店で本を手に取るとまず解説を読むらしい。だから、最初に書いておかなくてはならない。面白い小説を読みたいと思っているなら、本書『老ヴォールの惑星』には大きな価値がある。

ＳＦファンで小川一水という名前を知っているならば、本書は期待を裏切らないだろう。ＳＦに興味がなく小川一水という名前も知らないのならば、本書は未知の才能との新鮮な出会いをもたらすだろう。

あなたが手に取っているこの本は、ここ数年めきめきと頭角を現してきた作家、小川一水の初中篇集だ。収録されているのは、ＳＦというジャンルの魂を純粋に凝縮したような傑作「老ヴォールの惑星」を始めとした四篇。しかも、多くの読者にとって初めて読むことになるであろう「ギャルナフカの迷宮」「漂った男」は、今後の小川作品の新たな展開を感じさせてくれる。

小川一水は、一九七五年岐阜県生まれ。中学生の時に、笹本祐一の『ラスト・レター』(ソノラマ文庫)を読んで小説執筆を志した。『ラスト・レター』は笹本のデビュー作《妖精作戦》シリーズの最終作で、悲劇ともとれる衝撃的なラストが、感受性が鋭敏な年代の読者に様々なトラウマを残した作品だ。小川によると「こんなラストは認めない。ハッピーエンドを自分で書いてやる」と思ったのだという。

高校に在学中の一九九三年、十七歳で集英社ジャンプノベル小説大賞の佳作を「リトルスター」で受賞してデビュー。二二世紀の太陽系を舞台にした、笹本祐一の影響が多分に窺える作品だった。一九九六年には同賞の大賞を受賞する。受賞作『まずは一報ポプラパレスより』(河出智紀名義)は同年に最初の単行本として出版された。架空の小国を舞台に、その国の王女と王女付きの秘書官が大国の陰謀と戦う、瑞々しいキャラクター・ノベルだ。その後シリーズ化されて〈ジャンプノベル〉誌に第四話までが発表された。

小説に本格的に取り組み始めた一九九〇年代後半、年齢にすれば二十代前半は、小川にとって仕事面でもプライベートでも迷うことの多い時期だったようだ。この時期の彼は、様々な方向性の作品を年二冊のペースで発表している。地方都市・名古屋に徹底的にこだわったSF活劇『アース・ガード』、銃器をテーマとしたファンタジイ『アマリアロード・ストーリー』、郵政省という官僚組織の中のはみ出し者集団が活躍する『こちら郵政省特配課』、翼を持つ新人類と人類との葛藤を描くSF『イカロスの誕生日』（以上ソノラマ文庫）、そしてSF的な設定で展開する学園アクション『グレイ・チェンバー』（集英社j-BOOKS）などなど。

そして、才能が開花する時が来る。二〇〇〇年九月に『回転翼の天使　ジュエルボックス・ナビゲイター』（ハルキ文庫）を発表。この作品で小川は、弱小ヘリコプター運航会社を舞台に空を飛ぶ仕事と、仕事に誇りを持って携わる人々を生き生きと描き出した。小説としてのスケールも大きくなっており、クライマックスで起きる大災害では小松左京『日本沈没』もかくやという大ネタを読者にぶつけてくる。

本人による年譜には「この頃から、取材と称して出かけるようになる。」とある。物事が起きる現場と、現場ならではの人間模様という、ネタの鉱脈を明らかに掘り当てたのだろう。

『回転翼の天使』の後、二〇〇一年後半あたりから、小川の快進撃が始まる。出版点数も二〇〇二年は六冊となり、しかも発表される一作ずつが常に前の作品よりも面白いという驚異的な状態が二〇〇五年現在まで続くこととなる。

地質調査という地味な主題で壮大なSFを仕掛けた『ここほれ ONE-ONE!』（集英社

スーパーダッシュ文庫)、遙かな未来に超技術を手に入れて異星の知性体を育成するようになった人類と、育成される種族との様々な葛藤を描いた『導きの星』(ハルキ文庫)、海洋開発を主題にした冒険SF『群青神殿』(ソノラマ文庫)、戦乱絶えない惑星を舞台に病院船ならぬ病院巨大航空機が活躍する『強救戦艦メデューシン』(ソノラマ文庫)――。

民間資本による月開発を重厚かつリアルに描いた『第六大陸』(ハヤカワ文庫JA)は、SFファンの強い支持を受け、二〇〇四年に星雲賞日本長編部門を受賞した。その後も『風の谷のナウシカ』を思わせる変貌した地球を舞台に、航空機を使った狩猟をモチーフに「食う、食われる/差別する、差別される」という重いテーマを軽やかに展開してみせた『ハイウイング・ストロール』(ソノラマ文庫)、遙かな未来に人類が植民した惑星で起きる大地震と災害復興をテーマにした『復活の地』(ハヤカワ文庫JA)と、執筆速度を緩めることなく、新作を発表している。

書くほどに調子が出ているという現状で、小川の代表作を挙げるのは難しい。二〇〇五年夏現在と時期を限定して小川作品入門のためにどれか一作ということなら、『復活の地』をお薦めする。架空の惑星を舞台にしているとはいえ、地震災害のありようは関東大震災を相当調査した上で描かれており、主人公は明らかに関東大震災からの復興を指揮した政治家、後藤新平をモデルの一人としている。政治、経済、軍事、外交、さらには天皇制までをも俎上に乗せ、もちろんSFとしても一級品である。

『回転翼の天使』以降、「現場と現場で働く人間」にこだわってきた小川だが、またそろそろ転換点に近づきつつあるようだ。本書『老ヴォールの惑星』収録の四篇は「現場と人間」というテーマが、今やより幅の広い「外部の環境と、環境と相互作用する主体」という形に変化しようとしているのではないかと思わせる。「老ヴォールの惑星」の知的生命体は、彼らの星の環境に適応し、抗い、ついに目的を達成する。「幸せになる箱庭」は文字通り環境と主体がテーマだ。「ギャルナフカの迷宮」と「漂った男」では、特異な環境が人間存在に与える影響が描かれる。

とはいえ、どの作品も決して難解ではない。付け加えるならば、小川の文章は直接的かつ明快であり、非常に読みやすい。

・「ギャルナフカの迷宮」同人誌〈Progressive 25 ギャルナフカの迷宮〉に発表した作品の改稿版
小川は、名古屋の老舗SF創作同人サークル「Progressive」で時折作品を発表している。主に自分にとって実験的なテーマや書き口に挑む時に、まず同人誌で腕試しをしているようだ。本作はそんな作品の一つを改稿したもの。環境で人間を矯正するというテーマは、堀晃「イカルスの翼」を思わせるが、本作には堀作品にはなかった「人間は社会を作る生き物だ」という視点が入っている。

・「老ヴォールの惑星」SFマガジン二〇〇三年八月号
一九九〇年代後半から、太陽系外の惑星が次々に発見されるようになった。今のところ見つかっているのは、恒星に非常に近い木星型のガス惑星――ホット・ジュピターだ。このような星は、発見が容易なのである。

この作品は、そんなホット・ジュピターに住む知性体が、人類とコンタクトするまでを描く。アーサー・C・クラークの傑作「太陽系最後の日」と同じシチュエーションを扱っているが、ラストの感動と余韻は決して負けてはいない。本作品は二〇〇三年のSFマガジン読者賞を受賞した。

・「幸せになる箱庭」SFマガジン二〇〇四年四月号
本作を発表したSFマガジン近況欄に、小川は以下の文章を寄せている。

「数年前からオンラインゲームをよくやっていますが、そこにはすでにSFが夢見た電網の中の世界が興っています。人間の想像力は画面とキーボードという幼稚なインターフェイスをも補って交流を成立させます。これで全感覚での没入が可能になったら、現実は価値を失うでしょう。必ずしもそれを不快に思わない私は何かを欠いているのでしょうか？」

　この文章が、作品のすべてを物語っているだろう。

・「漂った男」書き下ろし
人を食った設定は、どこか星新一のショート・ショートを思わせる。悲劇的な状況のなかで喜劇が進行する書法も、星新一的だ。だが、ラストで急転する状況の作り方と、主人公の心境変化は、星新一のペシミズムとは無縁である。間違いなく小川一水的。なによりも力強い。


「Progressive」関係者によると、「小川さんは長篇を書くのに疲れたり飽きたりすると、別の短篇を書いて疲れを癒して、また長篇書きに戻るんですよ」とのこと。十七歳の早いデビューと合わせて考えると、彼にとって小説を書くことは天職なのだろう。

　おそらく本書は小川一水の経歴の中で分水嶺的意味を持つことになるのではないか。「環境と主体」を描くという流れが、今後彼の書く長篇でどのように展開されるのか。私は今、非常な興味を持って、小川の次の長篇を待っている。

小川一水作品

第六大陸1
二〇二五年、御鳥羽総建が受注したのは、工期十年、予算千五百億での月基地建設だった

第六大陸2
国際条約の障壁、衛星軌道上の大事故により危機に瀕した計画の命運は……。二部作完結

復活の地Ⅰ
惑星帝国レンカを襲った巨大災害。絶望の中帝都復興を目指す青年官僚と王女だったが…

復活の地Ⅱ
復興院総裁セイオと摂政スミルの前に、植民地の叛乱と列強諸国の干渉がたちふさがる。

復活の地Ⅲ
迫りくる二次災害と国家転覆の大難に、セイオとスミルが下した決断とは？　全三巻完結

小川一水作品

老ヴォールの惑星

SFマガジン読者賞受賞の表題作、星雲賞受賞の「漂った男」など、全四篇収録の作品集

時砂の王

時間線を遡行し人類の殲滅を狙う謎の存在。撤退戦の末、男は三世紀の倭国に辿りつく。

フリーランチの時代

あっけなさすぎるファーストコンタクトから宇宙開発時代ニートの日常まで、全五篇収録

天涯の砦

大事故により真空を漂流するステーション。気密区画の生存者を待つ苛酷な運命とは？

青い星まで飛んでいけ

閉塞感を抱く少年少女の冒険から、人類の希望を受け継ぐ宇宙船の旅路まで、全六篇収録

クレギオン／野尻抱介

ヴェイスの盲点

ロイド、マージ、メイ——宇宙の運び屋ミリガン運送の活躍を描く、ハードSF活劇開幕

フェイダーリンクの鯨

太陽化計画が進行するガス惑星。ロイドらはそのリング上で定住者のコロニーに遭遇する

アンクスの海賊

無数の彗星が飛び交うアンクス星系を訪れたミリガン運送の三人に、宇宙海賊の罠が迫る

サリバン家のお引越し

メイの現場責任者としての初仕事は、とある三人家族のコロニーへの引越しだったが……

タリファの子守歌

ミリガン運送が向かった辺境の惑星タリファには、マージの追憶を揺らす人物がいた……

神林長平作品

敵は海賊・海賊版

海賊課刑事ラテルとアプロが伝説の宇宙海賊匋冥に挑む！　傑作スペースオペラ第一作。

敵は海賊・猫たちの饗宴

海賊課をクビになったラテルらは、再就職先で仮想現実を現実化する装置に巻き込まれる

敵は海賊・海賊たちの憂鬱

ある政治家の護衛を担当したラテルらであったが、その背後には人知を超えた存在が……

敵は海賊・不敵な休暇

チーフ代理にされたラテルらをしりめに、人間の意識をあやつる特殊捜査官が匋冥に迫る

敵は海賊・海賊課の一日

アプロの六六六回目の誕生日に、不可思議な出来事が次々と……彼は時間を操作できる!?

神林長平作品

敵は海賊・A級の敵

宇宙キャラバン消滅事件を追うラテルチームの前に、野生化したコンピュータが現われる

敵は海賊・正義の眼

純粋観念としての正義により海賊を抹殺する男が、海賊課の存在意義を揺るがせていく！

小指の先の天使

仮想世界で生涯を終えた者の魂はどこへ行くか？　人の意識と神への思索を極めた連作集

永久帰還装置

〝永久追跡刑事〟と称する謎の男は、世界を改変する能力を持つ犯罪者・ボルターを追う

ライトジーンの遺産

人造人間・菊月虹は、新米刑事・タイスと共に、続発する臓器をめぐる犯罪の解決に挑む

ハヤカワ文庫

著者略歴　1975年岐阜県生，作家
著書『第六大陸』『復活の地』『天涯の砦』『時砂の王』『天冥の標Ⅱ　救世群』（以上早川書房刊）他多数

HM=Hayakawa Mystery
SF=Science Fiction
JA=Japanese Author
NV=Novel
NF=Nonfiction
FT=Fantasy

老《ろう》ヴォールの惑星《わくせい》

〈JA809〉

二〇〇五年　八　月十五日　発行
二〇一一年十一月十五日　六刷

（定価はカバーに表示してあります）

著者　小《お》川《がわ》一《いっ》水《すい》
発行者　早川　浩
印刷者　西村正彦
発行所　株式会社　早川書房
郵便番号　一〇一‐〇〇四六
東京都千代田区神田多町二ノ二
電話　〇三‐三二五二‐三一一一（大代表）
振替　〇〇一六〇‐三‐四七七九九
http://www.hayakawa-online.co.jp

乱丁・落丁本は小社制作部宛お送り下さい。
送料小社負担にてお取りかえいたします。

印刷・精文堂印刷株式会社　製本・株式会社フォーネット社

ISBN978-4-15-030809-4 C0193

本書は活字が大きく読みやすい〈トールサイズ〉です。